KB261339

만리웅풍

FANTASTIC ORIENTAL HEROES

월인 新무협 판타지 소설

만리웅풍 10
월인 新무협 판타지 소설

초판 1쇄 찍은 날 § 2009년 7월 9일
초판 1쇄 펴낸 날 § 2009년 7월 15일

지은이 § 월인
펴낸이 § 서경석

편집장 § 문혜영
편집책임 § 정서진
편집 § 서지현 · 문정흠

펴낸곳 § 도서출판 청어람
등록번호 § 제1081-1-89호
등록일자 § 1999. 5. 31
어람번호 § 제2-1780호

주소 § 경기도 부천시 원미구 심곡2동 163-2 서경B/D 3F (우) 420-822
전화 § 032-656-4452 팩스 § 032-656-4453
http://www.chungeoram.com
E-mail § eoram99@chollian.net

ⓒ 월인, 2007

ISBN 978-89-251-1869-7 04810
ISBN 978-89-251-1006-6 (세트)

만리웅풍

[완결]

馬里雄風

10

웅풍천하 (雄風天下)

월인 新무협 판타지 소설

FANTASTIC ORIENTAL HEROES

청어람

目次

第百九章

시험(試驗)

萬里雄風

　　골목길을 막고 있는 인영을 향해 유진룡
은 천천히 걸음을 옮겼다.

　검은 무복에 검은 복면을 한 인영이었다. 그런 차림으로 어
두운 벽 그림자 속에 서 있으니 어둠의 일부가 된 것 같았다.

　괴인과의 거리가 가까워지자 전체적인 모습이 눈에 들어
왔다.

　벽 그림자 속에 파묻힌 복면인의 체격은 의외로 왜소했다.
키도 작았고 몸도 가늘었다. 그러나 온몸으로 풍겨 나오는
기운은 결코 만만치가 않았다. 어느 한곳도 빈틈이 없었고,
활시위를 잔뜩 당긴 것 같은 팽팽한 긴장감이 전신에서 느껴

졌다.

유진룡은 계속 걸음을 옮기며 언제라도 출수할 수 있는 자세를 유지했다.

'쩝!'

속으로 입맛을 다신 유진룡은 슬쩍 눈살을 찌푸렸다.

말을 섞을 새도 없이 검을 뽑은 복면인이 그 자리에서 푹 꺼진 후 벼락같이 눈앞으로 육박해 들었기 때문이다. 싸울 때 싸우더라도 정체는 알고 싶었지만 복면인은 그럴 여유를 주지 않고 짓쳐들었다.

복면인의 검이 거의 코앞으로 다가드는 순간 유진룡은 슬쩍 상체를 움직였다. 그러자 유진룡의 신형도 그 자리에서 꺼지며 반 장 정도 옆에서 번쩍 솟아났고 유진룡이 섰던 자리에는 복면인이 뿌린 검광만이 공간을 가득 메우고 있었다.

즉시 방향을 튼 복면인은 다시 세차게 검을 휘둘렀다. 이번에는 훨씬 더 신랄한 경기가 복면인의 검에서 쏟아져 나왔다.

유진룡은 발끝에 힘을 주며 슬쩍 신형을 움직였다.

슈아악―

유진룡의 신형이 바람처럼 그 자리에서 멀어졌다.

복면 사이로 드러난 괴인의 두 눈이 어지럽게 흔들렸다.

방금 유진룡이 펼친 신법은 암향표를 능가하는 것이었다. 몸이 가볍게 흔들리는가 싶더니 순식간에 오 장 가까이 뒤로 물러났다.

복면인은 흔들리던 눈빛을 갈무리하고 그 눈빛에 강한 호승심을 담았다. 그리고는 섬전처럼 검을 휘두르며 쇄도해 들었다.

유진룡의 눈이 방갓 속에서 이채를 띠었다. 복면을 뒤집어 쓴 채 어두운 골목을 막고 서서 느닷없는 기습을 해오는 인간의 손에서 펼쳐지는 검법이 뭔가 위화감을 느끼게 했다. 강맹한 공격에 비해 살기는 상대적으로 약했고, 어지러운 검초에서는 오랜 세월의 연륜이 녹아 든 정종의 냄새가 물씬 풍겨왔던 것이다.

쉬익!

쉭—

복면인의 검에서 날카로운 파공성이 일며 강맹한 검풍이 쏟아졌다. 그리고 뒤이어 푸르스름한 기운 한줄기도 같이 쏟아져 나왔다.

검기였다.

길이도 짧고 극강한 위력이 실리지는 않았지만 일류고수 소리를 듣기에는 손색이 없는 수준이었다. 그 검기가 유진룡의 전신을 난자하려는 듯 종횡으로 덮쳐들었다.

유진룡은 슬쩍 손을 흔들었다.

츄아아앙—

유진룡의 손에서 피어오른 석정화(石精花), 그러니까 천산에서 만년 석정수를 취한 후 그 기운을 제대로 펼치기 시작하면서 손바닥에서 피어오른 꽃송이를 유진룡은 그렇게 부르기로 했다. 그 석정화의 꽃송이와 복면인의 검에서 뿌려진 검기가 부딪치며 기이한 음향이 흘러나왔다.

순식간에 복면인이 뿌린 검기가 은빛 꽃송이에 마주쳐 모두 소멸됐다 그러고도 석정화의 꽃잎은 세 개가 남아 복면인의 상체로 날아들었다.

"헛!"

당혹성을 토한 복면인이 미친 듯이 검을 휘둘러 은색 꽃잎을 쳐냈다. 그 순간 유진룡이 검영 속으로 손을 불쑥 집어넣었다.

따다당—

망치로 철판을 두드리는 듯한 소리와 함께 복면인의 검이 유진룡의 손에 막혀 모조리 튀어 올랐다. 정확히 말하면, 검이 손에 닿기도 전에 손에서 피어오른 희뿌연 막이 검을 모조리 튕겨내 버렸다.

결국 쨍! 하는 소리와 함께 검이 허리를 뚝, 꺾으며 두 동강 나 떨어졌다.

동강 난 검을 내려다보며 어이없다는 눈빛을 하던 복면인은 검을 던져 버리고 이번에는 쌍장을 세차게 휘둘렀다.

연속으로 교차하는 복면인의 손에서 무수한 은빛이 작렬했다. 그리고는 여덟 자루의 비도가 팔방을 점하며 유진룡의 전신 대혈을 향해 날아들었다.

유진룡은 한쪽 발에 체중을 실으며 취팔선보를 밟았다.

흔들—

유진룡의 신형이 아지랑이가 피어오르듯 흔들리며 쥐새끼한 마리 빠져나가지 못할 만큼 엄중하게 덮쳐 오던 비도 사이를 여유롭게 빠져나갔다. 그것은 유진룡의 몸이 비도 사이로 빠져나가는 것이 아니라 비도가 유진룡의 허상을 뚫고 지나가는 것 같았다.

혼신의 힘을 다해 던진 비도가 단 한 개도 성공하지 못하고 허공 속으로 스며들자 복면인은 양손을 조금 전보다 훨씬 더 어지럽게 뿌려댔다.

피피피피핑—

복면인의 손에서 아까보다 더 많은 빛무리가 쏟아져 나왔다. 이번에는 비도가 아니라 은색 투골정(透骨丁)이었다.

수십 개도 넘는 투공정이 골목을 가득 메우며 쏟아지는 모습은 마치 커다란 그물이 덮쳐 오는 듯한 압박감을 느끼게 했다. 그럼에도 불구하고 유진룡은 그 자리에 꼼짝도 하지 않고 서서 날아오는 암기들을 묵묵히 쳐다만 보고 있었다. 일견하기에는 대처할 방도를 찾을 수 없어 몸이 굳어버린 것 같았다.

그물같이 덮쳐드는 투골정이 유진룡의 전신을 파고들려는 순간, 비로소 유진룡은 오른손을 슬쩍 흔들었다.

서두르지도 빠르지도 않은, 권태로움까지 느끼게 하는 움직임이었다. 그러나 그 손 그림자는 순식간에 늘어나며 온 공간을 가득 채웠다. 급기야 유진룡의 신형은 무수한 손 그림자 뒤로 사라져 버렸다.

따다다다당—

수십 개의 투골정이 철벽같은 손 그림자에 가로막혀 사방으로 튀어 올랐다.

투골정을 뿌린 복면인은 이번에는 정말 놀란 듯 주춤 뒷걸음질을 쳤다.

한 개의 손이 천수관음의 손처럼 늘어나 공간을 가득 메운 모습은 복면인으로 하여금 절로 당혹감을 느끼게 만들었다. 저 손 그림자들 중에서 몇 개라도 앞으로 튀어나온다면 육신이 산산이 부서져 버릴 것 같았다.

다행히 손 그림자는 튀어나오지 않고 방패가 걷히듯 거두어졌다.

"헛!"

복면인이 다시 당혹성을 토했다.

손 그림자가 걷혀지며 당연히 드러나리라 생각했던 손의 주인이 보이지 않았던 것이다. 땅으로 꺼졌는지 허공으로 솟았는지 텅 빈 골목에는 한줄기 바람만이 훑고 지나갔다.

"이쪽이오!"

갑자기 등 뒤에서 들려오는 목소리에 복면인은 기절초풍할 듯 놀라며 돌아섰다. 그런 복면인은 자신의 복면이 벗겨져

나가고 가려졌던 풍성한 머리카락이 흘러내리는 것도 느끼지
못하고 있었다.

"역시 여인이었군!"

복면을 손에 쥔 유진룡의 눈이 방갓 사이로 이채를 띠었다.

"어, 어떻게……?"

자신의 복면이 유진룡의 손에 들린 것을 본 여인이 황급히
양손을 얼굴에 갖다 댔다. 그녀의 손바닥에 얼굴의 맨살이 고
스란히 느껴졌다.

여인은 마침내 어깨에서 힘을 뺐다. 자신으로서는 어떻게
해볼 수 없는 상대였기 때문이다.

"소문보다 고강하군요."

여인이 고개를 저으며 말했다.

"당신은?"

잠시 여인을 쳐다보던 유진룡이 눈 사이를 좁혔다. 그리고
는 급히 방갓을 벗었다. 뜻밖에도 안면이 있는 여인이었다.

"오랜만이에요."

여인은 아직도 홍분이 가시지 않은 얼굴로 고개를 가볍게
숙였다.

여인은 영화전장 총주와 함께 사천당문을 방문했던 정소
채였다. 또한 그녀는 누군가의 추적을 받던 곡미령 일행을 유
진룡이 빼돌릴 때 곡미령의 대역을 맡았던 영화전장의 일원
이었다.

"정말 뜻밖이오. 그런데 당신이 어떻게……?"

유진룡은 사방을 두리번거렸다. 혹시 정소채가 영화전장의 총주와 함께 오지 않았나 해서였다.

영화전장 총주의 황금색 영패를 마웅탁으로부터 받은 후, 영화전장의 총주가 언젠가 자신을 찾을 것이라는 예상을 하고 있던 터였다. 그런데 뜻밖에도 이 여인이 먼저 나타난 것이다.

"저 혼자뿐이에요. 우선 사과의 말씀부터 드릴게요. 총주님으로부터 유 공자님의 무위를 충분히 시험해 본 후 일을 도모하라고 하셔서 본의 아니게 이판사판으로 공격을 했어요. 그런데 소문이 너무 축소되었군요."

정소채는 사과의 말과 함께 고개를 절레절레 흔들었다.

유진룡은 여전히 의구심 가득한 눈으로 정소채를 쳐다보았다. 그 말로 그녀가 다짜고짜 공격을 한 의문이 풀렸다 치더라도 다른 의문은 더욱 증폭되었다.

그동안 방갓을 쓰고 최대한 은밀하게 움직였는데 어떻게 그녀가 자신을 이렇게 정확히 찾아냈는지 귀신이 곡할 노릇이었다. 예전에 비해 훨씬 공력이 높아지고 무공도 늘면서 감각 또한 그만큼 예민해졌는데 미행을 당했다는 것이 어이없었다. 아울러 총주가 자신에게 그녀를 보낸 이유도 궁금했다.

"날 어떻게 찾았소? 그동안 미행의 낌새는 조금도 못 느꼈는데……."

유진룡은 슬쩍 눈살을 찌푸리며 물었다.

"다 방법이 있죠."

정소채가 의미심장한 미소를 지었다. 유진룡은 공력을 끌어올려 주변의 기색을 살폈지만 여전히 미행의 흔적은 느껴지지 않았다.

"총주께서 보내주신 황금 패찰은 가지고 있으시죠?"

유진룡의 궁금증을 덜어주려는 듯 정소채가 불쑥 질문을 던졌다.

유진룡은 고개를 끄덕였다.

영화전장 총주에게서 받았다며 마응탁이 서책과 함께 나무상자에 동봉한 패찰을 말함이었다. 또한 그것은 영화전장의 도움을 받을 수 있는 영패라고도 했다.

"그 패찰에는 저희들만 맡을 수 있는 독특한 향기가 스며 있지요."

정소채가 유진룡을 정확히 찾아낸 궁금증을 풀어주었다.

"제법 힘이 실린 신분증인 줄 알았더니, 개 목걸이였군."

유진룡은 품속에서 황금색 패찰을 꺼내 코에 갖다 대고는 냄새를 맡았다. 그러나 자신은 아무런 냄새도 맡을 수 없었다.

"그게 어떤 물건인데…… 개 목걸이라니요."

정소채는 패찰을 보는 것만으로도 가슴이 설레는 표정을 하며 유진룡을 향해 살짝 눈을 흘겼다.

"어쨌든 꼬리를 밟힌 것이 아니라니 다행이오. 그런데 대체 이곳에 어쩐 일이오?"

패찰을 품속에 도로 넣은 유진룡이 가장 중요한 질문을 던
졌다.

"그건 얘기가 좀 기니까 자리를 옮기죠."

정소채는 골목 저쪽에서 들려오는 인기척을 느끼며 먼저
자리를 떴다.

"쩝!"

입맛을 다신 유진룡도 슬쩍 발을 움직였고, 그의 신형이 그
자리에서 푹, 하고 꺼졌다.

정소채가 유진룡을 이끌고 간 곳은 근처에 있는 고급 객점
이었는데, 주루도 겸한 곳으로, 넓은 실내와 함께 객실도 여
러 개 있었다.

객실에 자리를 정한 정소채는 유진룡과 다탁을 마주하고
앉아 차를 주문했다.

금방 차가 나오고 정소채가 따라 주었지만 유진룡은 거들
떠보지도 않고 정소채가 이곳에 온 이유부터 물었다.

"우선 차나 한잔 드세요."

정소채는 아직 손도 대지 않은 유진룡의 찻잔을 보며 말했
다. 반면 그녀는 벌써 두 번째 찻잔을 채우고 있었다.

유진룡은 찻잔을 들어 맹물을 들이켜듯 쭈욱 들이켰다. 정
소채가 마음먹고 시킨 고급차였지만 그런 건 유진룡에게 의

미가 없었다.

한 잔의 차를 단숨에 벌컥 마시는 유진룡을 보며 정소채가 고소를 지었다. 저런 사람들만 있다면 중원의 차 산업은 몰락을 면치 못할 것이었다.

"한 잔 더 드세요."

정소채는 유진룡에게 한 잔의 차를 더 따랐다. 그리고는 자신도 두 잔째인 찻잔을 들어 올렸다. 한바탕 드잡이질을 한 뒤였기에 목이 말랐던 것이다.

차를 한 잔 더 마시며 정소채는 슬쩍 슬쩍 유진룡을 훑어보았다.

외모는 처음 만났을 때와 달라진 것이 없었지만 풍기는 분위기는 너무 달랐다.

우선 온몸이 마치 청동불상같이 단단한 느낌을 주었다. 물론 처음 보았을 때도 깎아 만든 듯한 조각 같은 몸매에 돌처럼 단단한 느낌을 받았지만 지금은 뭔가 또 달랐다. 그때의 돌조각 같은 몸에 만년한철 갑옷을 한 겹 더 입혀놓은 것 같았다. 또 그런 기운들이 안으로 잘 갈무리되어 있어 그것이 오히려 깊이를 알 수 없는 심해처럼 무거운 중압감을 느끼게 만들었다.

'대체 어떤 기연이 있었기에……?'

정소채는 다시 한 번 곁눈질로 유진룡의 모습을 훑었다.

유진룡을 만나기 위해 행적을 쫓던 중 육성의 일원이자 흑사련의 제일밀영주 진국동이 그의 호위들과 함께 유진룡의 손에 처참하게 죽고 제일밀영대가 궤멸되었다는 정보를 입수했다.

사존의 일원인 남궁가주에게 중상을 입힌 진국동이라 들었다. 그런 그가 호위들과 함께 유진룡의 손에 육편이 되어버렸다는 것이 믿어지지가 않았는데, 이젠 조금 실감이 났다. 혼신의 힘을 다해 던진 비도와 투골정이 너무도 쉽게 허공으로 사라지거나 막혀 버렸다. 그것만으로도 충분히 무위를 짐작할 수 있었고, 총주의 지시를 십분 이행할 수 있을 것 같았다.

두 잔의 차를 다 마신 정소채는 찻잔을 내려놓으며 유진룡을 정시했다.

유진룡의 눈에는 조급함이 일고 있었다. 정소채가 여기까지 와서 자신을 찾은 것을 보면 결코 사소한 일은 아닐 것이지만 한시바삐 제갈세가로 가야 한다는 생각에 마음이 급한 유진룡이었다.

"총주님의 지시를 가지고 왔어요."

정소채는 유진룡의 눈빛을 읽고는 본론을 꺼냈다.

유진룡은 묵묵히 고개를 끄덕였다. 그러지 않고는 이 여인이 자신을 찾을 이유가 없을 것이기 때문이었다.

"어떤 지시 말이오?"

유진룡이 질문을 던졌다.

"우선 이걸 받으세요."

정소채는 작은 자기병을 내밀었다.

“이게 뭡니까?”

유진룡은 자기병을 받아 이리저리 돌려보며 물었다.

“천인혈독의 해약이라는 것이에요. 유 공자는 필요없다고 알고 있지만 다른 사람들은 이것이 없으면 치명적이지요. 혹시 소용이 있을지 모르니까 보관하세요.”

“천인혈독?”

“그래요. 도천극이 만든 독이지요. 천 사람의 피를 모아 수십 년 동안 부패시켜 만든다고 들었어요. 그렇게 엄청난 목숨과 시간을 투자하지만 겨우 한 숟갈 정도밖에 못 얻지요. 대신 그 독성은 엄청나요.”

정소채는 잠시 진저리를 치는 듯 어깨를 움츠렸다.

“얼마나 강력하기에……?”

유진룡은 눈살을 찌푸리며 물었다.

그동안 도천극의 무리들이 사용한 독은 소름이 끼쳤다. 그 독으로 만박노조를 죽음에 이르게 만들었고—물론 은자유림곡 사람들에 의해 되살아났지만—자신이 철사홍과 주애청을 구할 때도 독을 사용하여 그들을 혼수상태에 빠뜨렸다. 또한 단리하연을 납치했을 때도 중독을 시켜 그녀를 구하러 간 자신을 핍박했다. 그런 놈이 또 어떤 독을 만들었을지는 몰라도 지독한 독임에는 틀림없을 것이다.

“그 독은 이제껏 중원에 나타난 어떤 독보다 치명적이에요. 단 한 방울이면 수백 명의 목숨도 취할 수 있어요. 하지만

더 끔찍스러운 것은 그 독이 인간의 정신까지도 중독시킨다
는 점이에요.”

　정소채는 천인혈독의 끔찍스러움을 상세히 설명했다. 그
리고 그 독에 중독된 무림맹 사천 지부에 속해 있던 점창과
아미, 청성의 제자들이 흑사련의 꼭두각시가 되었다는 사실
도 알려주었다.

　유진룡은 정소채의 설명이 끝남에도 불구하고 한동안 아
무 말도 없이 앉아 있었다.

　도천극은 지금까지 생각했던 것보다 훨씬 무서운 놈이란
생각이 들었다. 마웅탁을 통해서 알게 된 구유묵가의 후손이
란 신분도 놀랄 만한데 이젠 그런 독까지 만들어 온 중원을
휩쓸어오고 있었다.

　인간의 정신까지 중독시켜 자신의 꼭두각시로 만들어 버
리는 독!

　그건 정말 도천극다운 독이었다. 만약 그 독이 온 중원에
퍼지고 소향상회에까지 퍼진다면?

　소름 끼치는 일이고, 생각조차 하기 싫은 일이었다.

　“해독약은 충분한 것이오?”

　유진룡은 조급한 심정으로 질문을 던졌다.

　“제가 말씀드리려는 것이 그것이에요. 천만다행으로 해독
약이 만들어졌지만 맹점이 있어요.”

　정소채가 걱정스런 표정을 지었다.

“맹점?”

“그 독은 해약을 먼저 복용한 상태에서는 아무런 영향을 안 받지만 독에 먼저 중독된 후 해약을 투입하면 목숨은 살릴 수 있어도 중독된 정신까지는 해독되지 않는다고 해요. 그러니까… 그 독에 먼저 중독된 상태에서는 속수무책이라는 것이에요. 그런 독으로 도천극은 점점 더 위험한 짓을 벌이려고 해요. 그래서 유 공자님의 도움이 필요해요.”

설명을 마친 정소채는 조심스럽게 유진룡을 쳐다보았다.

“그놈이 어떤 짓을 벌이려는지 구체적으로 말해줄 수 있겠소?”

유진룡은 한 모금의 차로 목을 축인 후 물었다.

“놈은 황실에까지 마수를 뻗치려고 해요.”

“황실?”

유진룡은 눈 사이를 와락 좁히며 정소채를 쳐다보았다. 그동안 내내 영화전장의 숨겨진 정체가 궁금했다. 그리고 절대로 사소한 조직이 아닐 것이란 것도 짐작하고 있었는데 짐작대로 그들은 황실이라는 거대한 조직과 연결되어 있었다.

“맞아요. 우린, 아니, 총주님은 황실의 사람이에요. 총주님의 신분과 유 공자님께 부탁한 일등 자세한 것은 이 서찰에 있으니 읽어보세요.”

정소채는 말을 맺음과 함께 품속에서 서찰 한 통을 꺼내 유진룡에게로 내밀었다.

유진룡은 천천히 서찰을 꺼내 읽었다. 서찰을 읽는 유진룡의 표정이 점점 무거워졌다.

"젠장!"

서찰을 다 읽은 유진룡이 마침내 역정을 토했다. 그런 유진룡을 정소채가 깊은 눈으로 쳐다보고 있었다.

"놈들이 언제 움직일지 모른다고 했어요. 그러니 지금부터 준비해야 한다는 말씀도……."

유진룡이 여전히 복잡한 표정을 짓고 있자 정소채가 조바심이 이는 표정으로 채근했다.

"당장은 그럴 수 없소!"

유진룡이 딱 잘라 말했다.

"아니, 왜?"

유진룡의 그런 반응이 의외인 듯 정소채는 화들짝 당황하는 모습을 보였다.

"왜 그런가요? 당신의 목적과 우리의 목적은 부합되는 게 아닌가요? 유 공자께서 최대한 빨리 움직여 주시면 그만큼 피를 적게 흘리게 되고 무림의 평화 또한 빨리 찾아올 수 있는 것 아닌가요?"

정소채가 더욱 다급하게 채근했다.

"무림의 평화니 성인군자니 하는 것도 좋지만, 난 내 동생들의 안전이 더 중요하오."

유진룡이 고개를 흔들었다.

  "하지만 도천극이 건재하는 한 언젠가는 동생들도 위험하게 돼요. 그건 누구보다 잘 아시잖아요?"
  "언젠가는 그놈을 내 손으로 죽일 것이오. 하지만 지금 당장은 더 급한 일이 있소. 그 일을 하기 전에는 어떤 일도 할 수 없소."
  유진룡이 고개를 흔들었다.
  "유 공자, 그건……."
  "더 이상 어떤 말도 하지 마시오. 지금은 세상 어떤 일보다 그 일이 더 급하니까!"
  유진룡이 벌떡 일어섰다. 그리고 완강한 몸짓으로 등을 돌렸다.
  "할 수 없군요. 그럼 우선 그 일부터 끝내도록 하세요. 그리고 총주님의 부탁을 들어드릴 때까지는 계속 따라다니겠어요."
  정소채도 어쩔 수 없다는 듯 고개를 저으며 일어섰다.
  "휴우― 그건 마음대로 하시오. 그런데… 그것보다 이 금패로 얼마만큼의 인원을 동원할 수 있소?"
  유진룡이 갑자기 생각난 듯 말했다.
  "수백, 아니, 원하신다면 천 명도 가능해요."
  정소채가 걱정스레 답했다.

第百十章
중독(中毒)

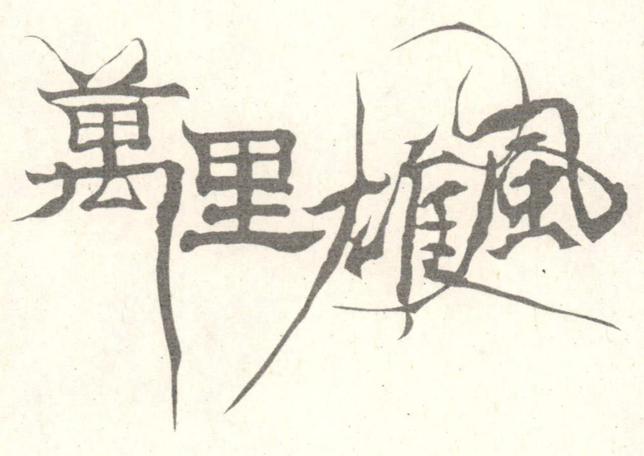

萬里雄風

장마가 끝나가는 시점. 섬서 외곽에는 정도맹의 일차 저지선이 구축되어 있었다.

사천을 파죽지세로 점령한 흑사련은 섬서성을 향해 진격해 오고 있었다. 섬서성이 놈들의 손에 들어가면 그다음으로는 중원의 한복판이라 할 수 있는 호북성과 하남성도 침략을 당하게 될 것이고, 정도맹 총단이 있는 하남성 정주 역시 흑사련과 맞닥뜨리게 된다.

정도맹 총단에 정파무림 인원 전체가 배치되어 있는 것은 아니지만 정도맹주를 비롯한 각 문파의 명숙들이 포진되어 있는 정도무림의 상징이었기에 그곳이 무너지면 정파무림은

같이 무너지고 흑사련의 천하가 될 것임이 자명했다. 그래서 섬서성과 사천 접경 지역에 정도맹은 일차 저지선을 견고하게 구축하고 있었다.

그 저지선의 주축은 화산파와 종남파였다.

섬서성은 그들 두 문파가 자리한 곳이라 자연 그 두 문파의 문도들이 주축이 되어 엄중한 진세를 구축하고 있었다.

화산파에서는 무진자(撫眞子)를 비롯한 일대제자 다섯 명이 문도들을 이끌고 있었다. 무당과 함께 검의 종파라 할 수 있는 화산에서 일대제자 다섯 명이 한꺼번에 모인다는 것은 그만큼의 무게감을 느끼게 했기에 자연 화산파 문도들의 표정에는 결연한 기운이 가득했다. 그리고 또 그만큼 어깨에 힘이 실렸다.

그에 질세라 종남파에서도 일대제자 네 명과 함께 세 명의 장로가 참가하여 이곳 방어선의 중요함을 몸으로 인식시켰다.

"오늘은 비가 올 듯 바람이 축축하구려."

화산의 무진자(楸眞子)가 종남의 정우 도장(定宇道長)에게 말을 걸었다. 정우 도장은 종남파의 장문인인 청산검객(靑山劍客) 유양 진인(儒暘眞人)과 동기인 일대제자로, 그가 한번 검을 뿌리면 붉은색 검기가 구름처럼 팔방을 덮쳐 대처할 방도를 찾지 못하고 온몸이 새까맣게 탄 채 쓰러진다고 하여 적운검(赤雲劍)이란 별호로 불렸다.

"그렇구려. 저 산 너머로 먹구름이 밀려오는 것으로 보아 오후에는 비가 쏟아질 것 같구려."

정우 도장이 근심 어린 얼굴로 답하며 주변을 둘러보았다.

이렇게 들판에 진을 친 상태에서 쏟아지는 비는 제일로 달갑지 않은 손님이었다. 아무리 모든 장비와 군량을 비에 젖지 않게 단속해도 습기가 스며들어 무기들은 녹이 슬었고, 군량은 썩어버렸다. 또한 진창이 된 벌판에서는 흙탕물이 튕겨 싸움은 물론, 가까운 거리를 이동하는 일조차 몇 배로 힘들게 했다.

화산파와 종남파의 문도들 및 정도맹에서 차출되어 온 무인들도 비 냄새를 맡았는지 분주히 움직이며 그에 대비했다.

"빗속에서 놈들이 쳐들어오지나 말아야 할 텐데……."

무진자가 무거운 음성으로 걱정을 했다.

"그러게 말입니다. 워낙 패악한 놈들이라 폭우도 아랑곳 않고 쳐들어오지나 않을까 그것이 염려됩니다."

정우 도장도 수심이 어린 목소리로 화답했다.

그동안 흑사련이 파죽지세로 사천을 가로지르고 섬서의 경계를 향하며 일으킨 살육은 소문만으로도 치를 떨리게 했다.

그들을 맞아 싸운 정도의 군소 문파와 무가들은 모두 멸문을 당했다. 놈들은 어른은 물론, 아이들까지도 남겨두지 않았다. 그야말로 그들은 앞을 막는 문파의 씨를 말려 버렸다. 그

래서 얼마 후부터는 웬만한 무가들은 지레 겁을 먹고 흩어졌
고 놈들은 순식간에 섬서성까지 치달려온 것이다.

"두 분 도사님은 무슨 정담을 그리 깊이 나누시는지요."

화산의 또 다른 일대제자 천양자(天暘子)가 다가오며 미소
를 지었다. 그는 무진자의 사제였는데, 무진자와 정우 도장의
진지한 얼굴을 보며 무슨 심오한 진리를 탐구하는 줄 생각하
는 모양이었다.

"허허! 천문을 읽으며 세상사를 논하고 있었지요."

정우 도장이 억지로 시름을 떨치듯 너털웃음과 함께 답했
다.

"그러시다면 이 몸도 좀 끼워주시구려. 마음이 심란하여
통 수행을 못했는데 두 분 도사님의 심오한 도담을 들으며 깨
우침을 얻을까 합니다."

천양자가 정우 도장을 향해 미소를 지었다.

"허허! 저보다는 도력이 한참 높으신 분이 그러시니 몸 둘
바를 몰라 저 먹구름 속으로라도 숨어야 하겠소이다."

정우 도장이 한층 더 가까워진 비구름을 보며 미소를 지었
다.

"벌써 그런 경지에까지 도달하셨단 말입니까? 저는 당장
돌아가서 삼 년 면벽수련이라도 해야 할 것 같소이다."

세 사람의 도사는 그런저런 담소로 가슴 복판을 짓누를 근
심을 덜어내고 있었다.

툭!

툭!

마침내 머리 위까지 도달한 먹구름이 빗방울을 떨어뜨렸다.

빗방울은 어느새 빗줄기로 변하고 뒤이어 폭우가 되어 쏟아져 내렸다.

장대 같은 빗줄기는 장막을 친 듯 순식간에 사위를 차단하여 아직 점심도 먹기 전인 대낮이었지만 초저녁같이 어둡게 만들었다.

"허어!"

무진자가 탄식을 흘렸다.

벌써 들판에 물이 차오르고 천막 안으로 흙탕물이 스며들었다.

"이러다간 온통 젖고 말겠군요."

정우 도장이 혀를 찼다.

"그러게 말입니다. 길게 뿌리지는 말아야 할 텐데… 엇!"

근심 어린 눈으로 하늘을 쳐다보던 정우 도장이 경호성을 토했다.

벌판과 그리 멀리 떨어지지 않은 곳에서 화살 하나가 날아오르며 희미한 호각 소리를 뿜어냈기 때문이다.

그것은 우는 화살이라 불리는 초명적(哨鳴鏑)이었다. 화살의 촉 부분에 호각을 끼워 쏘아 올리자마자 날카로운 소리를 내며 신호를 보내거나 경각심을 일깨우는 것이다.

"초명적이 왜 벌써?"

천양자가 두 눈을 크게 뜨며 목소리를 높였다.

이곳의 경계망은 적이 쳐들어오면 십 리 밖에서 보초를 서고 있는 초병들로부터 황색 화탄이 터져 오른다. 그것으로 일차 경고를 한 후 그들은 후퇴하고, 다음으로는 오 리 밖의 초병들로부터 적색 화탄이 터져 오르고, 마지막으로 이 리 밖에서 초명적이 날아오르는 것이다.

그런데 황색 화탄도, 적색 화탄도 터지지 않고 초명적부터 울렸다. 그것도 들릴락 말락 희미하게…….

"아뿔사!"

천양자가 탄식을 토했다.

장대처럼 쏟아지는 빗줄기에 쏘아올린 화탄은 터지지도 못했고, 초명적 역시 호각의 바람구멍으로 물이 들어가 희미한 경고음 한줄기만 겨우 불어내고는 멈추어 버린 것이다.

"어서, 어서 경종을 울려라!"

무진자가 목이 찢어져라 고함을 질렀다. 그러나 그 고함 소리가 끝나기도 전에 벌써 몸을 날려오는 흑의사내들의 모습이 벌판 끝에서부터 보이기 시작했다.

뎅뎅뎅뎅―!

경종이 울리며 천막 속에서 수많은 정도맹 무사들이 우왕좌왕 뛰쳐나오기 시작했다.

"최대한 빨리 천막 주변으로 전열을 정비하라!"

열 개로 편성된 편대의 대주들이 고함을 지르며 무사들을 휘몰았다.

황색 화탄과 함께 움직이고, 적색 화탄과 함께 배치와 무장을 끝낸 후, 초명적 소리에 무기를 빼 들어 전투 준비를 하게 훈련된 무사들은 두 개의 화탄이 터지지 않은 상태에서 갑자기 들이닥친 적들로 인해 혼란이 가중되었다.

피잉—

핑—

빗줄기를 뚫고 수십 발의 화살이 먼저 날아들었다.

"크윽!"

"으악!"

화살에 꿰뚫린 사내들이 비명을 지르며 쓰러졌다. 그 쓰러진 자들에 걸려 다른 사내들도 중심을 잃고 비틀거리기 시작하며 난장판이 되었다.

"방패, 방패를 세워라!"

대주 한 명이 고함을 질렀다. 그러나 개인 무기조차도 제대로 챙기지 못한 무사들이 방패까지 준비했을 리 만무했다.

다시 한 무리의 화살이 날아들었고 화살 수만큼의 정도맹 사내들이 죽거나 쓰러졌다.

"쳐라!"

두 번의 화살 세례 후 날아드는 사내들을 보며 이젠 전술

따위는 필요없고 난전을 펼칠 수밖에 없다는 것을 느낀 대주
와 조장들이 고함을 지르며 앞으로 뛰쳐나갔다.

쟁—

최초의 격돌이 일었다. 그런데 그 결과는 너무 허무했다.

어느 소속인지는 살필 겨를도 없었지만 팔에 찬 견장으로
보아 어떤 조의 조장이 분명한 사내가 검과 함께 허리가 양단
되며 바닥으로 나뒹굴었다.

단 일 합에 검과 함께 정도맹 섬서 지부 조장 한 명의 허리
를 양단한 사내는 그리 크지 않은 체구의 중년인이었다.

짙은 흑의를 입고 머리에는 영웅건을 동여맨 중년인은 도
무지 흑도인으로 보이지 않았다. 청수한 외모에 중후한 기품
마저 느껴졌다. 하지만 그 손속은 끔찍했다.

"크하하하! 정말 재미있군."

정파의 명숙같이 인자한 표정을 한 중년인은 피가 뚝뚝 떨
어지는 검을 들어 올리며 한 마리 맹수처럼 포효했다.

선한 표정과 달리 그의 눈에서 번쩍하고 혈광이 쏘아졌
다.

"모두 죽여라!"

중년인이 고함을 지르며 다시 검을 휘둘렀다.

이번에는 한 청년 무사의 팔이 허공으로 떠오르며 선혈이
폭포수처럼 사방으로 비산했다.

"크윽!"

"크아악!"

이곳저곳에서 비명이 터져 나오며 빗줄기 속으로 자욱한 피보라가 연신 피어올랐다.

화산의 또 다른 일대제자 정현 도장(正弦道長)이 볼살을 부르르 떨며 제일 먼저 들이닥친 중년인을 향해 검을 휘둘렀다.

쑤아앙―

한가닥 검기가 사방을 밝히며 섬전인 듯 뻗어나갔다.

"하앗―!"

또 한 명의 정도맹 무사를 베어 넘긴 중년인이 신속히 몸을 돌려 정현 도장이 날린 검기를 향해 검을 휘둘렀다. 중년 사내의 도에서도 시퍼런 검기가 일며 정현 도장의 검기를 흩어 나갔다. 두 줄기 검기가 얽힌 곳에서는 장대같이 쏟아지는 빗줄기마저 비켜 나갔다.

"이 검법은?"

정현 도장이 심하게 흔들리는 눈으로 중년 사내를 쳐다보았다. 선혈 한 가닥을 입에 문 중년인은 비틀거리는 신형을 추스르며 다시 검을 쳐들었다.

"잠시, 잠시 멈추시오!"

정현 도장이 검을 잡지 않은 한 손을 흔들며 중년 사내의 움직임을 제지하려 했다.

"이런 재미있는 순간에 멈추라고? 크하하!"

중년 사내가 광소가 함께 다시 검을 휘둘렀다. 시퍼렇게 벼려진 검이 빗줄기를 깨끗이 자르며 정현 도장에게로 날아들었다. 정현 도장은 황망한 표정을 지우고 매화검의 일초인 매화노방(梅花路傍)의 초식을 펼쳤다.

현란한 매화검이 중년인의 검을 찍어 누르기도 하고 흩뿌리기도 하며 다섯 개의 매화 송이를 피워 올렸다.

파파팍!

매화 송이가 중년인의 상체를 파고들며 선혈이 되어 터져 나왔다.

"크흐흐, 정말 재미있어, 정말!"

중년인은 심장에 구멍이 나고 그곳에서 생명이 쉼없이 빠져나가는 것을 보면서도 조금도 개의치 않고 만족한 표정과 함께 도를 들어 올렸다. 그러나 심장이 관통당한 그의 몸은 주인의 의지를 따라주지 않았다.

철썩!

사내의 도가 바닥으로 떨어지며 흙탕물을 튀겼다.

"흐흐흐!"

생명의 불꽃이 다 소멸된 사내는 소름 끼치는 미소와 함께 바닥으로 쓰러졌다.

"이, 이런!"

정현 도장이 탄식을 토했다. 무언가를 알아내기도 전에 중년 사내는 생을 마감해 버린 것이다.

그러는 사이에도 거의 일방적이라 할 만한 살육이 계속되고 있었다.

"이놈들!"

정현 도장이 사자후를 터뜨리며 피보라 속으로 뛰어들었다.

처음에는 일방적으로 밀리던 정도맹의 무사들이 화산의 일대제자들과 종남의 장로들이 선두에 나서 흑사련의 예봉을 꺾음과 동시에 흑사련의 고수들을 한 사람씩 베어나가자 차츰 전열을 정비하기 시작했다. 그렇게 되자 싸움은 더욱 격렬한 양상으로 바뀌어갔다. 억수같이 쏟아지던 빗줄기만이 조금 가늘어졌을 뿐이다.

"저건!"

연신 병기 부딪치는 소리가 터져 나오는 가운데 종남의 정우 도장이 두 눈을 부릅떴다.

"어찌 저 사람이……."

정우 도장은 자신의 눈을 의심하며 손을 부르르 떨었다.

"멈추어라!"

정우 도장이 고함을 지르며 달려나갔다.

고막을 터뜨릴 듯한 정우 도장의 고함에 싸움의 한쪽 축이 잠시 주춤거리며 소강상태가 되었다.

"당신은 청성의 한천자(漢天子)가 아니시오?"

정우 도장은 떨리는 음성으로 한 초로인을 향해 다가갔다.

도관 아래로 단정하게 틀어 올린 머리가 반도 넘게 흰색으로 탈색된 초로인이 휘두르던 검을 내리며 정우 도장을 향해 고개를 돌렸다.

"이게 누구시오, 종남의 정우 도장이 아니오?"

초로인은 이를 허옇게 드러내며 미소를 지었다. 미소와 함께 그의 눈에 어린 붉은 광채가 조금 옅어졌다.

"맞구려. 대체 이게, 이게 어찌 된 일이오? 한천자께서 종남과 화산의 문도들을 향해, 그리고 정도맹의 무사들을 향해 검을 휘두르다니……!"

정우 도장이 턱을 덜덜 떨며 소리를 질렀다.

눈에 붉은 기색이 돌며 야차처럼 검을 휘두르던 한천자를 보며 처음에는 실혼인이라 생각했다. 차라리 그랬다면 이렇게 가슴이 떨리지 않았을 것이다. 그러나 한천자는 실혼인이 아니었다. 자신을 알아보고 미소까지 짓는 정상인이었다.

그런데 어떻게 이럴 수가 있단 말인가?

한천자는 청성의 일대제자로, 청성 장문인의 사제였다. 그렇지만 그 오성이 뛰어나고 인품이 깊어 사형과 함께 장문인 후보로 추대되기도 했다. 본인이 극구 사양하는 바람에 사형이 장문인이 되었지만 오히려 그보다 뛰어난 사람이었다. 그런 그가 이런 모습이라니……?

정우 도장은 넋을 잃은 듯 한천자를 쳐다보았다.

"하하! 사람의 운명이란 것이 한 치 앞도 내다볼 수 없다고 하지 않소. 이것도 다 운명이라고 생각하시구려."

한천자는 더욱 짙은 미소와 함께 검을 흔들었다. 그 모습은 한시라도 빨리 대화를 중단하고 다시 검을 휘두르고 싶어하는 기색이 역력했다.

"제정신으로 어찌 이럴 수가 있단 말이오? 정말 미친 것이 아니오? 흑사련 무리에게 패한 사천성 정파의 제자들이 도천극에게 충성을 맹세했다는 헛소문이 들렸지만 믿지 않았고, 천번만번 양보하여 그렇게 됐다 하더라도 그것은 아직 수양이 부족한 젊은이들에 한한 것이라고 생각했는데, 어찌 당신 같은 사람까지……."

정우 도장은 더 말을 잇지 못했다.

"그러기에 사람 팔자 시간문제라 하지 않았소. 보시다시피 난 미치지 않았소. 그리고 흑사련주 도천극에게 굴복하지도 않았소. 하지만 그의 말을 따르면 기분이 너무 좋고 이렇게 검을 휘둘러 고리타분한 정파인들을 도륙하면 형언할 수 없는 희열이 느껴지는 걸 어쩌겠소. 마치 파정(破精)의 순간을 억제할 수 없는 수컷의 본능처럼 말이오."

한천자는 연신 피가 튀어 오르는 전장을 한 번 둘러본 후 다시 입을 열었다.

"아마도 지금의 모습이 내 본모습인 모양이오. 이제까지는 무수한 금욕에 의해 그 본성이 억제되어 있었을 뿐이오. 그것을 활화산처럼 터뜨리니 무릉도원이 따로 없구려. 하하하!"

한천자가 광소를 터뜨렸다.

"어찌… 어찌 그런 궤변을……."

"궤변이라 생각하고 싶다면 그렇게 생각하시오. 하지만 난 이젠 내 본성을 더 이상 억압하고 싶지 않소. 으하하하!"

한천자는 땅거죽이 터질 듯 광소를 터뜨린 후 검을 들어 올렸다.

"오시오, 정우 도장. 한 번쯤은 승부를 겨루어보고 싶었소. 평생 동굴 속에서 수련만 한다면 무엇 하겠소. 이렇게 시험을 해봐야 그 보람을 느끼지 않겠소? 하하하!"

한천자는 어지럽게 검을 휘두르며 정우 도장을 향해 짓쳐 들었다.

"원시천존이시여!"

정우 도장은 탄식처럼 도호를 외치며 한천자의 검을 막아 갔다.

한편, 화산의 무진자는 무진자대로 놀란 눈을 부릅뜨지 않을 수 없었다.

그 역시 점창의 명숙인 난풍소검(亂風燒劍) 무원 진인(無願 眞人)을 마주하며 정우 도장과 거의 흡사한 경우를 당하고 있었다.

"무원 진인! 대체 이게 무슨 짓이오? 도력 높은 도사께서 어찌 이런……."

"산이 높으면 골도 깊다는 말이 있듯이 도력이 그만큼 높아지면 억눌렸던 욕망도 그만큼 깊은 것이 아니겠소. 그것이 더 이상 참지 못하고 물길을 찾은 것뿐이라오."

무원 진인은 조금도 동요의 빛을 보이지 않고 담담하게 답했다.

무진자는 기가 막히다 못해 억장이 무너지는 심정이 되었다.

차라리 강시라면 말이 되었다. 그러나 현실은 절대로 그렇지 않았다. 상대는 정신이 멀쩡했고, 자신이 어떤 짓을 벌이는지 뻔히 알고 있으면서 그것을 철저히 합리화시킬 줄도 알았다.

무진자는 눈을 질끈 감았다.

무원 진인은 이제 그간의 모든 것을 배신한 철저한 배신자가 되어 있었다. 그래서 훨씬 더 위험했다.

실혼인이라면 그 시술자가 시키는 일만 할 것이지만 그는 능동적으로 움직이며 정파를, 그리고 지금까지 자신의 몸담았던 모든 것을 부정하고 파괴하려 들 것이다. 저들은 이제 흑사련의 무리들보다 열 배는 더 위험한 적이 되어버린 것이다. 자파의 무공으로 자파의 문도들을 쓰러뜨릴 것이고, 정파의 약점을 파고들어 정파를 무너뜨리려 할 것이다.

"이제 다시 어울려 봅시다."

무원 진인이 빙그레 웃으며 검을 들어 올렸다.

"태상노군이시여……."

무진자도 도호를 외치며 검을 들어 올렸다.

파앗—

무원 진인의 신형이 그 자리에서 푹 꺼졌다. 그리고는 무진자 바로 앞에서 솟아올랐다.

무진자는 화산의 보법인 세류표를 밟으며 검을 휘둘렀다.

까앙—

두 자루의 검이 부딪치며 불꽃을 토해냈다.

한 번의 격돌과 함께 무원 진인의 검이 아래로 꺾이며 그대로 무진자의 복부를 향해 쑤셔들었다.

"어헛!"

무진자가 기겁을 하며 뒤로 물러났다. 방금 무원 진인이 펼친 수법은 정상적인 초식이 아니었다. 그건 살수들이나 뿌릴 수 있는 검초로, 자신의 생명을 도외시한 치명적인 살수였다. 그렇게 하면 무진자의 복부에 검을 쑤셔 넣을 수도 있겠지만 자신 역시 목줄기에 큰 상처를 입거나 잘못하면 목이 잘릴 수도 있었다. 그런데도 무원 진인은 조금도 망설이지 않고 검을 쑤셔왔던 것이다.

"허어—."

무진자는 절망적인 탄식을 토했다. 이렇게까지 심성이 변했다면 더 이상 어쩔 수 없었다. 손속에 인정을 두었다가는 자신이 죽는 것은 물론이고, 아직 다 피어보지 못한 제자들까지 무수히 죽을 것이다.

"이젠 어쩔 수 없구려."

무진자는 불끈 살기를 끌어올리며 검을 쳐들었다. 주인을 따라 그의 검에서도 뭉클뭉클 살기가 피어올랐다.

"바로 그것이외다. 그렇게 해야 진정한 대결이 되는 것이오. 으하하하!"

무원 진인은 광소를 터뜨리며 땅을 박찼다. 그의 신형이 한 마리 야조처럼 허공으로 솟구쳤다가 무진자에게로 떨어져 내렸다.

"하앗!"

무진자도 허공으로 솟구치며 검을 휘둘렀다.

쉬이익—

파공음과 함께 무진자의 검이 어지러운 검초를 펼치며 무원 진인의 검을 막아나갔다.

"정말 좋구려!"

무원 진인은 희열에 들뜬 감탄사를 토하며 난풍검의 초식을 펼쳤다.

이번에도 그가 펼치는 초식은 정상적인 것이 아니었다. 훨씬 더 신랄하고 살기 짙은 기운이 스며 있어 무진자는 온 신경을 곤두세웠다. 자신의 살을 내어주고 뼈를 취하려 드는 무원 진인의 초식에 정상적인 초식으로 상대했다가는 양패구상을 면할 길이 없었다.

　무진자의 검이 시퍼런 빛을 내며 쭈욱 늘어났다. 그것은 절정고수가 뿌릴 수 있는 검기였다. 그 검기 속에서 매화꽃이 일곱 송이나 한꺼번에 피어올랐다. 이미 살기를 잔뜩 끌어올린 무진자였기에 더 이상 망설일 것이 없었다. 무진자는 바람을 가르며 검을 휘둘렀다.

　파파파팟—

　매화 송이가 사방으로 비산하며 무원 진인의 전신을 덮쳐 갔다. 피에 미쳐 광분하던 무원 진인도 이번에는 경시할 수 없었는지, 두 눈을 부릅뜨며 비산하는 매화 송이를 쳐나갔다.

　매화 송이가 하나씩 베어져 허공에서 빛무리로 화해 흩어졌다.

　"하앗!"

　빛으로 화하는 매화 송이 속에서 무진자의 기합성이 터졌다. 그리고는 선명한 핏줄기가 튀어 올랐다.

　"허허!"

　심장 깊숙이 검이 박힌 무원 진인이 공허한 웃음을 흘렸다. 그의 검은 무진자의 어깨를 꿰뚫고 있었다.

　"무진자께서 이런 수법을 펼칠 줄 몰랐소이다."

　무원 진인이 선혈을 울컥 토하며 내뱉었다. 그의 말대로 이번에는 무진자가 어깨를 내어주며 무원 진인의 심장을 취한 것이다.

　"당신은 기필코 제거해야 할 존재가 되어버렸기에……."

무진자가 괴로운 얼굴로 말했다.

"흐흐… 그게 아니라 당신도 당신 본능에 충실한 것이 아니오? 상대의 심장을 찌르는 순간의 그 쾌감……."

"잘 가시오."

무진자의 검이 무원 진인의 심장을 빠져나와 그의 목을 날렸다.

"내세에서는 원래의 모습으로 되돌아오길 빌겠소. 원시천존……."

무진자는 통곡을 하듯 도호를 읊었다. 그리고는 더욱 격렬해지는 대전 속으로 몸을 날렸다.

"한 놈도 남기지 말고 모두 베어라!"

정도맹 소속의 풍기대 대주 조해붕(趙解朋)은 악에 받친 고함을 지르며 검을 휘둘렀다.

처음에는 갑작스런 기습으로 인해 기선을 제압당하고 막심한 피해를 입었지만 화산과 종남의 장로들이 전면에 나서 예봉을 꺾고 앞으로 쳐나가자 전열을 수습할 시간적, 공간적 여유가 생겼다. 그 여유 속에 정도맹의 무사들이 반격을 시작하여 이젠 대등한 싸움을 할 수 있게 됐다.

"오행삼각진(五行三角陣)을 펼쳐라!"

조해붕이 옆쪽에서 밀려드는 흑사련 무사들을 보며 고함을 질렀다.

차차차창—!

즉시 검진이 펼쳐지며 파도처럼 밀려드는 흑사련 무사들을 향해 정도맹의 조직적인 반격이 시작되었다.

"도천극의 주구들, 한 놈도 살려두지 않겠다."

조해붕은 이를 갈며 도를 휘둘러 나갔다. 도신이 보통의 도보다 넓은 그의 파양도(破陽刀)가 한 번 휘둘러질 때마다 귀곡성과 함께 흑사련의 무사들이 피를 뿌리며 쓰러져 갔다.

"후후!"

두 명의 흑사련도를 한꺼번에 베어 넘겼을 때 뒤에서 나직한 웃음소리가 들렸다.

순간 조해붕은 머리끝이 쭈뼛 서는 것 같은 느낌을 받았다.

한줄기 나직한 웃음소리는 마치 지옥의 유부에서 흘러나오는 호곡성 같아 심신을 얼어붙게 만들었다.

파앗—

돌아섬과 동시에 조해붕은 파양도를 세차게 뿌렸다.

쨍!

파양도가 철벽을 두드린 것 같은 둔중한 느낌을 전해주었다. 그리고 그 철벽같은 느낌의 주체가 눈에 들어왔다.

"협봉검?"

주해붕은 눈을 부릅떴다. 자신의 파양도에 비해 삼분지 일이나 될까 말까 한 가늘디가는 협봉검이 만 근 바위같이 파양도를 막고 있었다.

협봉검을 든 사내는 칙칙한 회의에 강퍅한 인상의 중년인이었다. 특이한 점은 조해붕을 쳐다보는 눈빛에 언뜻언뜻 붉은빛이 흘러나오고 있다는 것이었다.

파앗! 길게 놀라고 있을 틈이 없었다. 이럴수록 더욱 세차게 밀고 나가야 한다는 것을 실전을 통해 처절하게 몸에 익힌 조해붕은 협봉검을 밀어낸 후 쾌속하게 도를 휘둘렀다.

"쓸 만하군!"

회의사내는 만족한 웃음을 흘리며 조해붕의 전신을 훑었다. 그 눈길은 마치 어물전에서 생선을 고르는 숙수 같았다.

"개자식이!"

뭔가 이상한 기분을 느낀 조해붕이 다시 파양도를 휘두르려는 순간, 회의사내의 손에서 붉은 가루가 쏟아져 나왔다.

'독?'

순간적으로 위기감을 느낀 조해붕은 급히 호흡을 멈추었다. 그러나 아무 소용 없이 전신의 기운이 쭈욱 빠지며 온몸이 까마득한 무저갱 속으로 떨어지는 느낌을 받았다.

털썩!

조해붕은 파양도를 든 자세 그대로 바닥으로 쓰러졌다.

"후후!"

쓰러진 조해붕을 향해 신속히 다가온 회의사내는 나직한 웃음과 함께 콩알만 한 알약 하나를 조해붕의 입속에 튕겨 넣었다.

"넌 이제부터 흑사련도이다. 그리고 네 주인도 도천극 흑사련주이시다. 언제나 그걸 명심해라."

회의사내는 주문처럼 음울하게 말한 후 일어섰다. 그러고는 사방을 두리번거렸다.

"독을 많이 소비해서 쓸 만한 놈들을 골라 뿌려야 한다는 게 너무 번거롭군."

회의사내는 약간은 짜증스런 표정으로 장내를 둘러보다가 종남의 문도 한 명에게로 시선을 맞추었다.

"저 노인은 한층 더 쓸 만하군."

회의인은 훌쩍 몸을 날렸다.

"저놈들이 왜?"

무진자는 휘두르던 검을 거두고는 저 앞쪽으로 시선을 돌렸다.

마치 전멸이라도 시킬 듯이 거세게 달려들던 흑사련의 무리들이 전의를 상실한 것처럼 슬슬 뒤로 물러나기 시작했다.

그건 쉽게 이해가 되지 않는 행동이었다. 서서히 전세가 나아지긴 했어도 아직까지는 정도맹의 피해가 두 배 이상 컸다. 그런 상황에서 계속 놈들이 밀어붙이면 정도맹은 막심한 타격을 입을 것이었다. 그런 상황에서 놈들은 서서히 물러나고 있었다.

"몰아붙여라!"

혹사련의 뒷걸음질에 힘을 얻었는지 누군가 고함을 질렀고, 저승 문턱까지 몰렸던 정도맹 무사들이 함성과 함께 앞으로 쏘아졌다. 그렇게 되자 혹사련의 퇴각 속도는 더욱 빨라져 급기야는 썰물처럼 까마득히 멀어져 갔다.

둥!

둥!

대고의 포효가 전투 종료를 알렸다.

이곳저곳에서 승리의 함성, 아니, 살아남은 환희에 대한 함성이 일어났다.

"휴우—."

무진자는 긴 한숨을 내쉬었다.

풍전등화의 위기에서 벗어났고 회복 불능의 피해를 입지도 않았다.

'그런데… 뭔가 석연치 않아.'

무진자는 가슴 한쪽을 할퀴고 지나가는 어떤 섬뜩한 느낌에 고개를 이리저리 돌렸다.

"무사하셨구려, 무진자!"

종남의 장로 한오자(韓吳子)가 다가오며 탄식 같은 인사를 했다.

"무사… 하셨구려?"

무진자는 떨리는 음성과 함께 한오자의 손을 덥석 잡았다.

피아를 분간하게 힘든 격전 중에 언뜻 한오자의 시신을 본

듯했다. 그런데 이렇게 멀쩡하게 살아 있는 것을 보니 한편으로 놀랍고도 한편으론 천만다행이라는 생각이 들었다.

"놈들의 일장을 맞고 쓰러졌다가 천운으로 살아났지요. 이미 한 번 죽었다가 되살아난 목숨이니 이제부턴 새로운 삶을 시작해야겠소이다."

"그러셔야지요. 더욱 매진하셔서 대성을 이루셔야지요."

무진자가 고개를 끄덕였다.

"대오각성이라……. 후후!"

한오자가 스산한 웃음을 흘렸다.

第百十一章

제갈세가

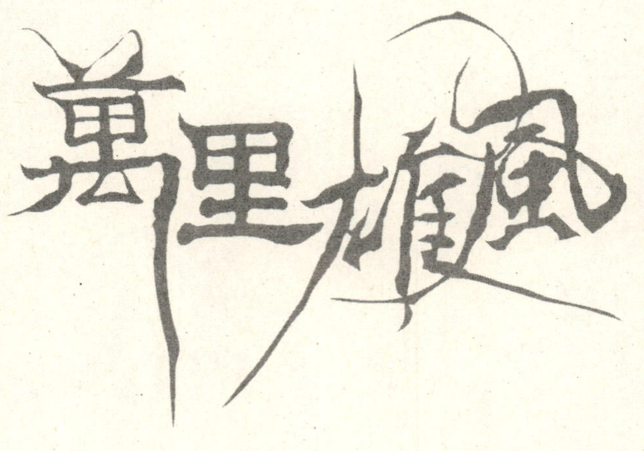

촤르륵―

황의를 걸친 중년인이 한 장의 지도를 탁자 위에 펼치고는 촛불을 당겨 지도를 비추었다.

한 가지만 빼면 보통의 지도와 다를 바가 없었다.

산과 강, 그리고 그 사이로 난 길들이 세세히 그려져 있고, 인근 성시의 모습 역시 세밀히 그려져 있었다.

여느 지도와 다른 점이 있다면 지도의 중앙에 위치한 장원의 모습이었다.

한 개의 장원이 아무리 크다 할지라도 성시와는 비교할 수가 없다. 그런데 이 지도에 그려진 장원의 모습은 성시의 넓이와 비슷했다.

그것은 어떤 목적에 의해서 장원의 모습을 특별히 크게 그렸다는 것이다. 그렇게 크게 그려졌기에 건물의 위치나 그 주변의 구조물들이 세세히 묘사되어 있었다.

"정말 특이하군!"

한참 동안 지도를 바라보던 황의중년인이 감탄 어린 목소리로 말했다.

"어떤 점에서 말이오?"

황의중년인 옆에 있는 또 한 명의 중년인이 말을 받았다. 짙은 흑의를 걸친 그는 내심을 짐작할 수 없는 표정과 눈빛을 하고 있었다.

"우선 건물의 배치가 여타의 장원과 전혀 다르오. 배산임수(背山臨水), 남향 등의 원칙은 전혀 무시한 위치에 있고, 각 건물 사이사이에 있는 이 부조화스러운 탑과 돌기둥……."

"건물 자체가 하나의 진식이지요."

흑의인은 대답과 함께 의미심장한 미소 한가닥을 입가에 피워 올렸다.

"진식에도 조예가 깊은 모양이구려?"

황의인이 흠칫 놀라는 표정과 함께 흑의인을 쳐다보았다.

"그냥 심심풀이로 익혔을 뿐이오. 그런데 이 진식은 전혀 감도 못 잡겠군요."

흑의인은 신음처럼 중얼거리며 입맛을 다셨다.

"하긴, 제갈무후의 후예들인데다가 천 년도 넘는 세월 이전에 진식으로 육손을 가둔 절예를 이제껏 계승하여 발전시켰으니 오죽하겠소."

흑의인이 고개를 주억거리며 말했다.

"함부로 쳐들어갔다가는 지옥 구경을 하겠군."

황의인은 슬쩍 흑의인의 눈치를 살피며 말했다.

"꿈에도 그런 생각은 마시오. 건물도 건물이지만 건물 밖의 수림을 한번 보시오. 그곳 역시 절묘한 진식이 펼쳐져 있어 건물에 다가가기도 전에 수림에서 온갖 괴물의 환영이 다 튀어나올 것이오. 굳이 쳐들어가려면 대포나 화탄으로 진식부터 무너뜨린 후에나 가능할 것이오. 우리가 받은 명령 또한 제갈세가는 함부로 치지 말고 그곳으로 향하는 놈을 모두 잡으라고 했으니 그렇게 하면 될 것이오."

흑의인이 경고를 하듯 말했다.

"벌써 보름째 외곽만 둘러싸고 죽은 듯 기다리고 있으니 좀이 쑤셔서 못 견디겠군."

황의인이 입맛을 다셨다.

"그런 심정이야 나도 마찬가지지만… 어쩌겠소, 련에서 하달된 명령이 그러하니……."

흑의인은 그 말과 함께 의자 뒤로 몸을 깊숙이 기댔다.

"그런데 제갈세가로 찾아오는 놈은 대체 어떤 놈이기에 련주는 우리에게 이런 준비를 하며 기다리게 하는 것이오? 검황 독고장천이라도 된단 말이오?"

황의인이 눈살을 찌푸렸다.

"그건 나도 잘 모르겠소. 나이는 스물을 갓 넘긴 정도의 새파란 청년이라 했소. 하지만 련주의 표정으로 봐서는 검황보다 그를 더 위험한 인간으로 여기는 것 같았소."

흑의인이 고개를 저으며 답했다.

"거참!"

황의인은 혀를 차며 다시 지도 위로 시선을 던졌다.

지도 속 제갈세가의 장원은 여전히 신비막측한 기운을 내뿜고 있었다.

"그런데 그놈은 대체 어디로 어떻게 오고 있는 것일까요?"

"어디로 오든 상관없지 않소? 개미 새끼 한 마리 스며들지 못할 정도로 천라지망을 펼쳐 놓았고, 제갈세가의 진식에도 대항할 복안을 세워놓았으니."

흑의인이 자신만만한 표정을 지었다.

＊　　　＊　　　＊

"뭔가 이상해."

제갈세가의 가주 제갈유성(諸葛流星)은 고개를 갸웃거렸다.

요 며칠 사이 뭔가 이질적인 느낌 한줄기가 뇌리 구석에 달라붙어 떨어지지 않고 있었다. 그런데 그 느낌이 구체적으로 어떤 것인지 집어내려 하면 안개 속에 파묻힌 것처럼 모호해 졌다.

보일 듯하다가도 시선을 집중하면 사라져 버리는 신기루 같은 느낌! 그러나 이제까지 그런 느낌은 실체가 훤히 보이는 것들보다 오히려 더 큰 파장의 결과를 가져오기도 했기에 제 갈유성은 그 느낌을 뇌리 한복판으로 끌어내려 안간힘을 쓰 고 있었다.

최초로 그런 느낌을 받은 것은 딸 제갈연지(諸葛蓮池)와 함 께 객점에서 점심을 먹은 후부터였다. 그때부터 무언가 위화 감을 느꼈고, 그 느낌이 아직까지 끈질기게 달라붙어 있는 것 이다.

보통 사람들이라면 이런 느낌을 절대로 가질 수 없다. 제갈 세가의 피를 이어받은 사람으로, 독문심법인 태허공령심법(太 虛共靈心法)을 십성으로 익힌 후에야 가능했다.

인간의 오감 능력을 극도로 끌어올려 제육감까지 활성화 시키는 심법!

그 심법에 의한 제갈유성의 육감은 범인의 상상을 초월할 정도로 활성화되어 있었다.

제갈유성은 눈을 지그시 감고 태허공령심법을 운기하기 시작했다.

서서히 자신의 존재가 사라지고, 정신은 물론 육신까지 우주의 삼라만상 속으로 잠겨들어 가기 시작했다. 그렇게 자신이 사라져 버린 상태에서 제갈유성은 전지적인 시선으로 자기 자신을, 더 나아가 자신의 최근 일상을 살펴보았다.

달라진 건 없었다.

장원 안도 평화스러웠고, 자신이 거닐던 수림진과 탑진이 펼쳐진 장원 주변도 고요하기 그지없었다. 그런데도 손가락 끝 한부분에 보이지 않는 가시가 박힌 것 같은 느낌 한줄기는 떨쳐지지 않았다.

이럴 수는 없는 일이었다.

태허공령심법을 십성으로 펼치고도 잡히지 않는 그 무엇, 아니면 그 어떤 존재!

그런 존재가 과연 있을 수 있다는 말인가?

뚝!

제갈유성의 이마에서 한줄기 땀이 흘러내렸다. 그리고 굵은 힘줄이 불거져 나왔다.

'아직은…….'

아직은 역부족이었다.

그 존재를 알아차리기 위해서는 태허공령심법을 십일성, 아니면 십이성 익혀야 가능할 것 같았다.

'알 수 없는 일이다.'

제갈유성은 온몸으로 소름이 돋는 느낌을 받으며 호흡을 골랐다. 이 상태로 더 심력을 끌어올리다가는 내상을 입을 위험이 있었다.

제갈유성은 서서히 호흡을 고르며 내력을 거두어들이려
했다. 그 순간, 번쩍! 하는 섬광 한줄기가 뇌리를 밝혔다가 빠
르게 사라져다.

'헛!'

경호성을 삼킨 제갈유성은 거두어들이던 공력을 급하게
끌어올리며 그 섬광을 쫓았다.

소멸되려던 섬광 한줄기가 골목길을 돌아나가는 나그네의
옷자락처럼 시야에 들어왔다.

제갈유성은 혼신의 힘을 다해 그 빛을 주시했다.

번쩍!

산란하던 빛이 급격히 합쳐지며 하나의 형상으로 모여졌
다. 제갈유성은 뇌전에라도 맞은 듯 전신을 떨며 그 형상을
바라보았다.

호리호리한 몸매에 관옥 같은 얼굴!

남장여인이라고 해도 무방할 것 같은 청년이었다. 그 청년
이 지금까지 그토록 자신을 괴롭혔던 존재였다.

"십일성에 이른 것을 감축드리오."

청년이 더욱 짙은 미소와 함께 가볍게 고개를 숙였다.

"십일성?"

제갈유성의 육신을 덮은 의복이 폭풍우에 휩싸인 것처럼
펄럭거렸다.

"누구신가, 공자는?"

제갈유성은 걷잡을 수 없이 떨리는 심정과 함께 질문을 던졌다.

이런 경험은 처음이었다.

태허공령심법 속으로 외인이 들어오다니?

이건 괴사라고 할 만했다. 태허공령심법보다 한 차원 높은 인식능력을 가지지 않고는 이럴 수는 없는 일이다.

그건 도저히 불가능한 일이라고 생각했다. 하지만 그 불가능한 일이 지금 엄연히 벌어지고 있지 않은가?

저 청년은 태허공령심법을 위에서 내려다보고 있을 뿐만 아니라 그동안 자신을 끊임없이 질타하여 십일성에 이르게 한 것이다. 그리하여 비로소 이런 만남이 가능한 것이다.

아직 가문의 누구도 밟아보지 못한 십일성의 경지!

제갈유성은 그 전인미답의 경지에 서 있었지만 기쁨도, 성취감도 느끼지 못하고 있었다.

"누구신가, 공자는?"

제갈유성은 다시 질문을 던졌다.

"태양천가!"

청년이 옅은 미소와 함께 답했다.

"오오! 실제로, 실제로 존재하는 가문이었구려."

제갈유성은 벼락에라도 맞은 듯 온몸을 떨었다.

*   *   *

"주군!"

밖에서 다급한 음성이 들렸다.

"들어와라!"

흑의인이 문을 향해 소리치자 평범한 장사꾼 차림을 한 사내가 급히 안으로 들어왔다.

"제갈세가에서 갑자기 급박한 움직임이 감지되었습니다."

사내는 빠르게 보고하고는 흑의인과 황의인을 차례로 쳐다보았다.

"상세히 말하게."

황의인이 사내를 재촉했다.

"그동안 조용하던 제갈세가의 장원 안에서 오늘 오후 갑자기 부산한 움직임이 있었는데, 그다음부터 장원 주변으로 물안개가 피어올라 장원의 모습이 모호해졌습니다."

사내가 약간은 긴장된 표정으로 설명을 덧붙였다.

"진이 발동됐군!"

황의인이 신음처럼 말했다.

"그럼 그놈이 이미 제갈세가로 들어갔다는 말이오?"

흑의인이 펄쩍 뛰며 황의인을 쳐다보았다.

"그럴 리는 없습니다. 그동안 물샐틈없이 지켜보았으나 외인이 제갈세가로 들어가지는 않았습니다. 심지어 제갈세가에서도 누가 밖으로 나온 것은 제갈가주와 그의 딸이 딱 한 번 외출한 것뿐입니다."

소식을 전했던 사내가 고개를 흔들며 강한 어조로 말했다.

"그들이 최근 장원 밖으로 나왔다가 만난 사람은?"

황의인이 다시 물었다.

"그때 제갈가주가 만난 사람은 영호진(令狐鎭)이란 자로, 이 인근의 유지입니다. 그 외에는 아무도 만나지 않고 귀가했습니다. 워낙 은둔자적인 사람들이라 외출마저도 극히 드물었습니다."

"영호진이란 자에게서 특별한 점은?"

"없었습니다. 대화를 엿들었는데, 둘째 아들의 혼사 문제를 논의한 것뿐이었습니다. 물론, 주고받은 서신이나 물건도 없었습니다."

"그런가? 그런데 왜 갑자기 제갈세가는 장원 주변에 진세를 발동시킨 것일까?"

황의인은 눈을 가늘게 뜨며 지도를 들여다보았다.

"련주가 말하길, 놈은 우리가 짐작할 수 없는 뛰어난 능력을 지녔다고 했소. 그러니 어떤 방식으로든 연락을 취했을 것이오. 그러지 않고는 제갈세가에서 갑자기 진세를 발동시킬 이유가 없겠지요."

흑의인의 말에 황의인은 고개를 끄덕였다. 그리고는 소식을 전한 사내를 쳐다보았다.

“부하들은?”

“인근 십 리 밖에서 매복하고 있습니다.”

사내가 답했다.

“포위망을 오 리 안으로 좁힌다. 그리고 특급 경계령을 내린다.”

황의인이 단호한 목소리로 명령을 내렸다.

“복명!”

사내가 허리를 숙이고는 신속히 사라졌다.

*   *   *

“대원들 모두가 연락이 두절되었어요.”

다급하게 실내로 들어선 정소채가 긴장된 음성으로 말했다.

“한 명도 빠짐없이 모두 그렇단 말인가?”

중년의 사내가 말을 받으며 불신의 표정을 지었다.

“그렇습니다. 열 명의 대원이 모두 연락 두절입니다.”

정소채가 무겁게 고개를 끄덕였다.

실내에는 몇 명의 사내들이 탁자 주위로 둘러앉아 있었고, 그중에는 유진룡의 모습도 보였다.

제갈세가로 향하는 도중에 정소채를 만난 유진룡은 영화전장 총주로부터 받은 금패를 내밀고 영화전장 지부에서 인원을 동원했다. 그리고는 모종의 일을 꾸몄는데, 지금과 같은 결과를 맞이한 것이다.

"연락이 두절된 지는 얼마나 되었소?"

유진룡이 정소채를 향해 질문을 던졌다.

"약 반 시진쯤 되었어요."

정소채의 대답에 유진룡은 탁자에 펼쳐 둔 지도를 향해 시선을 고정시켰다.

지도에는 중앙의 한 지점을 향해 방사선으로 열 개의 선이 그려져 있었다. 중앙의 한 지점은 제갈세가였고, 그 제갈세가를 향해 집중된 방사선의 선을 따라 영화전장의 대원들을 동시에 투입시킨 것이다. 물론 그들 열 명 모두 젊은 청년들이었고, 책상물림 서생 차림으로 변장을 시켰다. 그런데 그들이 모두 반 시진 만에 연락이 두절되어 버렸다.

유진룡은 긴장감 속에서도 한가닥 안도감을 느꼈다.

제갈세가로 향해 은밀하게 다가가던 청년들이 모두 사라져 버렸다는 것은 제갈세가 주변으로 천라지망이 펼쳐져 있다는 말이다. 그건 은영무객 진국동을 처치하면서부터 짐작했고, 그 천라지망이 예상보다 훨씬 두껍다는 사실이 긴장감을 느끼게 만들었다.

그런 중에서도 한가닥 안도감을 느끼게 하는 것은 아직 마웅탁이 놈들 손에 잡히거나 놈들의 촉수에 걸려들지 않았다는 것이다. 놈들이 마웅탁을 잡았다면 벌써 포위망을 풀고 도

천극에게 끝로 갔을 것이니 제갈세가로 향해 은밀하게 다가
가던 청년들은 사라지지 않았을 것이다.

'하긴 그렇게 쉽게 잡힐 놈이 아니지.'

속으로 중얼거린 유진룡은 보일 듯 말 듯 고개를 끄덕였다.

소향상회에 들렀다가 자신에게 전해준 서찰과 책자도 두
번이나 보자기로 감싸고, 그것도 모자라 아예 나무판을 짜서
못질까지 해놓을 정도로 철두철미한 놈이었다. 그런 놈이 아
무 대책 없이 움직이며 놈들이 쳐놓은 덫에 덜컥 걸려들지는
않을 것이다.

"반 시진이면… 각각 이곳쯤에 도달했겠군요."

유진룡은 열 명의 청년이 방사선형 직선로를 따라간 궤적
을 어림했다.

"그래요. 거의 비슷한 속도로 움직이게 했으니 각각 이 정
도 거리까지 다가갔다고 봐야 해요. 그러니까 여기서부터 원
형으로 포위망이 펼쳐져 있겠지요."

정소채가 붓으로 지도 위에 원을 그렸다.

"일단 이 원이 일차 포위망이라 보면 되겠군."

옆에 있던 중년인이 날카로운 눈빛으로 지도를 노려보며
고개를 끄덕였다.

범상치 않은 눈빛의 중년인은 영화전장 융중(隆中) 지부의
부주였다. 이름은 고염우(高染右)라고 했는데, 유진룡이 금패
를 내밀었을 때 반사적으로 무릎을 꿇으며 혼비백산하는 모

습을 보이기까지 했다. 그로 미루어 유진룡은 자신이 가진 금패의 위력이 절대로 가볍지 않다는 것을 실감하고는 좀 더 신경 써서 갈무리하고 다닐 필요성을 느꼈다.

"아마 포위망은 그것 한 겹만은 아닐 것입니다. 모두 일차 포위망에서 잡혀 버려 이차 포위망이 어느 선에서 쳐져 있는지 짐작할 수 없는 것이 아깝군요."

다른 사내 하나가 신중한 음성으로 말을 받았다.

그는 부주 고염우의 명을 받아 실질적으로 부하들을 지휘하는 역할을 하고 있었다. 이름은 종하무(宗基無)라 했는데, 날렵한 몸매가 흑표 한덕무를 연상시켰다. 다른 점은 한덕무가 권갑을 끼고 권법을 펼치는 반면 이 사내는 등에 장검을 차고 있다는 것이었다.

"다른 대원들을 더 투입해서 이차 포위망을 확인하는 것이 어떨까요?"

정소채가 고염우를 보며 조심스럽게 말했다.

"그러기엔 너무 늦었어. 지금쯤이면 경각심을 가지고 더 엄중한 포위망을 펼치고 있든지 아니면 뭔가 이상한 점을 발견하고 다른 수작을 부릴지도 모를 일이야."

고염우가 고개를 저었다.

놈들도 바보가 아닌 이상 열 명이나 되는 청년이 동시에 제 갈세가로 향했다가 거의 동시에 잡힌 것을 알면 뭔가 있다는 것을 느끼고 대책을 강구할 것이다. 그 대책을 세우기 전에 움직이는 것이 오히려 나았다. 그것이 고염무의 생각이었고, 유진룡 역시 같은 생각을 하고 있었다.

"그런데 이 자식은 왜 아직 안 오는 것인가?"

종하무가 밖을 쳐다보며 눈살을 찌푸렸다. 누군가를 기다리는 그의 눈에 조급한 기운이 넘쳐 왔다. 부하 열 명의 생사가 불분명한 상황인지라 속이 타는 모양이었다.

그때 마침 문밖에서 누군가 급히 달려오는 소리가 들렸다.

"가져왔습니다."

상자 하나를 손에 든 사내가 숨을 헐떡거리며 실내로 들어섰다.

그는 종하무보다 더 젊어 보이는 사내로, 이십대 후반 정도의 나이로 짐작되었다.

탁!

사내는 상자를 탁자 위에 내려놓고 급히 뚜껑을 열었다.

야옹!

상자 안에는 털이 온통 흰색인 고양이 한 마리가 영리한 눈빛을 빛내며 기어나왔다.

"지금부터 네 능력을 발휘해 보아라."

몸을 일으킨 고염우가 실내의 문을 열자 백묘는 잠시 꼬리를 이리저리 움직이더니 쏜살같이 밖으로 달려나갔다.

"우리도 어서 출발합시다. 저놈은 너무 빨라 까닥하면 놓치기 십상입니다."

고염우가 신속히 실내를 빠져나가자 그 뒤를 이어 유진룡을 비롯한 다른 사람들도 바람처럼 실내를 빠져나갔다.

*　　*　　*

화양객점(和梁客店)은 융중(隆中) 인근에 있는 가장 큰 객점이었다.

수천 평의 대지에 본채 건물은 물론, 별채 건물도 몇 개나 가지고 있는 화양객점은 그야말로 한 채의 장원만 한 규모를 자랑했다.

본채는 그날그날 찾아오는 손님을 맞는 곳이고, 별채는 장기 투숙하는 손님을 맞아 수입을 올렸는데, 대부분은 손님이 뜸한 별채보다 항상 손님이 북적거리는 본채가 더 많은 수익을 올렸다. 그러나 가끔 예외도 있어 돈 많은 부자들이 별채에 장기 투숙하면 오히려 사정이 역전되기도 했다.

그런 예외의 사정이 최근에도 벌어졌다.

보름쯤 전부터 일단의 사내들이 별채의 모든 건물을 무기한 빌렸고, 그들이 하루하루 내는 숙박비는 본채에서 벌어들이는 수입보다 오히려 많았다.

자연 화양객점의 주인 왕진산(王晉山)의 입은 크게 벌어지고 하루에도 몇 번씩 객점을 둘러보며 숙수와 점소이 등에게 주의를 주는 것을 잊지 않았다. 그러다 보니 가뜩이나 늘어난

일에 하루에도 수차례 주인의 눈치까지 보아야 하는 점소이
와 숙수들의 입은 한 발이나 튀어나왔다.

"젠장, 피곤해 죽겠군."

화양객점의 점소이 정삼은 비지땀을 흘리며 역정을 토했
다.

본채의 손님은 물론이고, 별채 손님들의 비위까지 맞추려
니 온몸이 파김치가 된 기분이었다.

"휴—."

아침부터 지금까지 내내 바쁘다가 겨우 쉴 틈을 찾은 정삼
은 소매로 땀을 훔치며 주방 입구의 자리에 주저앉았다.

정삼은 통통 부어오른 다리를 주무르며 물 한 잔을 벌컥 들
이켰다, 이대로 저녁때까지 손님이 더 이상 오지 말았으면 하
는 간절한 소망을 담고……

그러나 그렇게 좋은 팔자를 타고났다면 이런 곳에서 점소
이나 하지 않을 것이다. 정삼의 간절한 바람과는 상관없이 객
점 문이 활짝 열리며 손님이 하나 들어왔다.

'빌어먹을……'

돌처럼 무거운 몸을 일으키며 정삼은 저주스런 불평을 토
하려다 얼른 입을 다물었다. 손님은 한 명뿐이었고, 뜻밖에도
이십대 초반의 여자였다.

이십대 초반의 여자라도 음식이나 차를 시키는 건 마찬가
지였지만 그녀의 미모가 출중하다면 이야기가 달라진다. 아

주 드물게 이런 출중한 외모에 일행 없이 혼자서 객점을 찾은 여인의 시중을 들어주는 것은 정삼의 일과에 있어서 유일한 낙이었다.

멀리서도 눈요기를 할 수 있었고, 주문을 핑계로 최대한 가까이 다가가서 여인의 몸에서 풍기는 체향도 맡을 수 있었다. 그러다 자신의 친절에 여인이 미소와 함께 눈이라도 맞춰주면 하루의 피로가 말끔히 풀리는 것이다.

"어서 오십시오."

정삼은 언제 피곤했느냔 듯이 바람처럼 여인에게로 달려갔다. 그리고는 최대한 친절한 표정과 함께 입을 열었다.

"무엇을 올릴까요?"

정삼은 고개를 숙이며 여인의 향기를 은밀히 들이켰다. 꽃향기 같기도 하고 풋풋한 살 냄새 같기도 한 체향이 뇌리를 가득 채웠다.

"우선 엽차 한 잔!"

여인이 짤막하게 말했다.

"예, 예!"

"그리고 소면 한 그릇과 오리 구이 한 마리."

여인은 빠르게 주문을 했고 정삼은 연신 허리를 굽실거리며 답했다.

"마지막으로……."

"예, 예!"

정삼이 더욱 허리를 숙이며 코를 여인 가까이 가져갔다.

"냄새나는 머리통을 한 번만 더 가까이 들이대면 넌 죽는다!"

여인이 차가운 음성에 정삼은 기절초풍할 듯 허리를 바로 세웠다.

'무림인?'

정삼은 등줄기로 식은땀이 흐르는 것을 느꼈다.

비록 무기를 소지하지는 않았지만 조금 전 낮은 목소리의 경고와 함께 온몸을 얼릴 듯 뻗어 나오던 냉기는 이 여인이 무림인이라는 것을 절로 짐작케 해주었다. 그것도 고수의 수준임을…….

"조, 조심하겠습니다."

정삼은 지옥 문턱에서 도망치듯 부리나케 주방을 향해 뛰어갔다. 그리고는 여인이 주문한 것을 숙수들에게 일러준 후 최대한 여인의 시선이 미치지 않는 곳에 몸을 숨겼다.

저 여인이 무림인인 이상 은밀한 시선으로 훔쳐보는 것도 불가능했다. 무림인들은 뒤통수에도 눈이 달렸다고 하니 독사 같은 저 여인은 자신의 그런 시선조차 알아차리고 일장을 날릴 수도 있었다.

'빌어먹을! 내 복에 무슨…….'

정삼은 불평을 삼키며 다시 무거워진 다리를 주물렀다. 몇몇 다른 손님들도 있었지만 그들은 한참 식사 중이어서 식사가 끝날 때까지는 신경 쓸 필요가 없었다. 그때까지는 휴식이나 취하면 되었다.

그러나 재수가 없는 날은 겹쳐서 없게 마련이었다. 정삼에게 쉴 틈을 주지 않고 객점 문이 다시 열리며 몇 명의 인영들이 급히 안으로 들어왔다.

"어서 옵셔!"

정삼은 반사적으로 소리치며 문을 향해 달려나갔다.

'이들도 무림인!'

정삼은 세 명의 사내와 뒤에 있는 한 명의 여인을 보고 숨을 멈추었다. 이들의 몸에서도 조금 전 자신의 혼쭐을 빼놓은 여인 못지않은 냉기가 풍겨 나오고 있었다. 더구나 이들은 등과 허리에 도검까지 차고 있었다.

정삼은 혹시 이들의 창가에 앉은 여인과 같은 일행이 아닌가 여인 쪽으로 시선을 돌렸다.

창가에 앉은 여인은 새로 들어선 인영들을 보고는 짧은 순간 당황한 표정을 짓더니 창밖을 향해 얼른 몸을 돌렸다. 그것으로 보아 일행이 아니라 서로 마주치기를 꺼려하는 사이 같았다.

정삼은 얼른 고개를 돌렸다.

서로 그런 사이라면 자신 역시 최대한 조심하여 이들이 서로 마주치지 않게 하는 것이 만수무강, 아니, 객점 평화의 지름길이었다.

"무엇을 드릴깝쇼?"

정삼은 슬쩍 몸을 돌려 창가에 앉은 여인 쪽을 가리며 물었다.

"만두 네 접시와 구운 오리 두 마리!"

일행 중 한 사내가 짤막하게 말하고는 날카로운 눈으로 사방을 둘러보았다.

"아, 그리고……."

정삼이 몸을 돌리려는 순간, 다른 사내 하나가 정삼을 돌려세웠다.

"이곳 뒤쪽에는 뭐가 있나?"

사내가 물었다.

"별채가 있는데… 그곳에는 이미 손님들이 들어 계십니다."

정삼은 뒤쪽 별채를 쳐다보며 답했다.

"그 손님들은 어떤 사람들이지?"

긴장된 기색을 얼른 지운 사내 하나가 선수를 빼앗겨 애석하다는 듯한 표정과 함께 물었다. 그러면서 점소이 정삼에게 동전 몇 닢을 얹어주었다.

"보름 전쯤부터 별채를 왕창 세내었는데, 어떤 사람들인지는 잘 모르겠습니다."

정삼이 손바닥 위의 동전을 얼른 챙기며 반색한 표정으로 답했다.

"언제까지 있을지는?"

이번에는 여인이 물었다. 조금 전 자신에게 경고를 한 저 구석자리에 앉은 여인보다 못하지 않은 미모의 여인이었다.

"그것도 잘……."

정삼은 고개를 저으며 답했다.

"알았으니 일 봐."

다른 사내가 말했고, 정삼은 얼른 주방 쪽으로 몸을 움직여 새로운 손님들이 주문한 내용을 불러주었다.

*　　　*　　　*

휘익―

유진룡은 은밀하게 화양객점의 담을 뛰어넘은 후 별채 안의 동정을 살폈다.

마웅탁으로 위장하여 제갈세가로 향했던 고염우의 부하들 몸에 냄새를 뿌려놓았고, 그 냄새를 따라 흰색 털의 고양이는 곧장 이곳까지 달려왔다. 그것은 고염우의 부하들 중 최소한 한 명 이상이 이곳에 잡혀 있다는 말이었다. 만약 열 명이 모두 이곳에 잡혀왔다면 놈들은 계략에 빠진 것을 눈치채고 움직일 것이다. 그전에 유진룡은 본거지 한가운데를 쳐서 발칵 뒤집어놓고 고염우와 정소채 일행, 그리고 그들이 동원한 사람들은 본채와 외곽을 조이며 그들을 잡을 계획이었다.

유진룡은 신속히 만리추영보를 밟았다.

이젠 극성에 이른 만리추영보는 그림자마저 떨쳐 버릴 듯 유령 같은 움직임을 보이고 있었다.

콰앙—

화양객잔 별채의 문을 걷어찬 유진룡은 그대로 안으로 돌진했다.

"어엇!"

은밀히 몸을 숨긴 채 보초를 서고 있던 사내 하나가 당혹성과 함께 몸을 움직였다. 유진룡이 걷어찬 문이 박살 나며 사내에게로 무지막지하게 날아가고 있었기 때문이다.

사내가 신속한 움직임으로 박살 난 문을 피했다. 그러나 유진룡은 이미 사내의 움직임을 예측하고 있었던 듯 사내의 코앞에서 솟아냈다.

퍼억—

유진룡의 주먹이 사내의 명치에 정확히 꽂히자 사내는 입을 딱 벌리며 앞으로 꼬꾸라졌다.

쉬이익—

사내를 꺼꾸러뜨리고 막 돌아서려는 순간, 시퍼런 장검 한 자루가 벼락처럼 떨어져 내렸다. 일체의 군더더기 없이 직선으로 떨어져 내리는 장검의 기세는 쇠기둥이라도 반쪽 낼 듯 강맹했다.

장검이 유진룡의 정수리를 쪼개는가 싶은 순간, 유진룡의 신형은 허깨비처럼 그 자리에서 꺼져 버렸다. 그리고는 어느새 사내의 뒤에서 솟아오르며 사내의 목을 향해 수도를 뻗고 있었다.

그러나 사내 역시 절대로 만만치 않았다. 유진룡의 신형이 사라지자마자 신속히 보법을 밟은 사내는 신형을 번개처럼 돌리며 목으로 다가오는 유진룡의 손을 향해 장검을 그어 내렸다.

"제법!"

짤막한 찬사와 함께 입가에 미소를 머금은 유진룡은 쳐나가던 손을 슬쩍 흔들었다. 그러자 순식간에 유진룡의 손이 수십 개의 환영을 그리며 사내의 전면을 그물처럼 뒤덮어갔다.

대경한 사내가 기절초풍한 모습으로 검을 흔들었지만 어느새 검은 세 동강으로 떨어져 내렸다. 그리고 검을 잘라 버린 손 그림자 중 한 개가 사내의 목덜미를 쳤다.

사내는 비명도 지르지 못한 채 뒤로 넘어갔다.

"웬 놈이냐?"

장검을 든 사내가 바닥으로 무너져 내리기도 전에 소란과 함께 여러 명의 사내들이 쏟아져 나왔다.

'속전속결!'

생각을 굳힌 유진룡은 아직 다 쓰러지지 못한 사내를 걷어차 진로를 틔우고는 포탄처럼 안으로 쏘아져 들었다.

퍼퍼퍼퍽!

사내들 몇 명이 바위 위로 떨어졌다가 튀어 오르는 물방울처럼 사방으로 튕겨 나갔다. 그런 사내들의 몸이 땅에 떨어지기도 전에 유진룡의 신형은 이미 별채 중앙의 건물 문을 향해 육박해 들었다.

"막아!"

"피해!"

두 가지 상반된 내용의 고함이 터져 나오며 무지막지한 장력 한줄기가 쏟아져 나왔다. 그야말로 커다란 바위라도 박살을 낼 만한 강맹한 장력이었다.

막 건물의 문을 박차려던 유진룡은 신속히 신형을 멈추며 쌍장을 쭈욱 뻗었다.

유진룡의 양 손바닥에서 아지랑이같이 투명한 기운이 한 송이 꽃 모양을 띠며 건물 안에서 쏟아진 장력에 마주쳐 나갔다.

퍼엉—

굉음이 터지며 그 압력을 이기지 못한 건물의 문짝이 터져 나가고 뒤이어 건물의 일부까지 박살 나며 허공으로 치솟아 올랐다.

第百十二章

혼천연무진(混天煙霧陣)

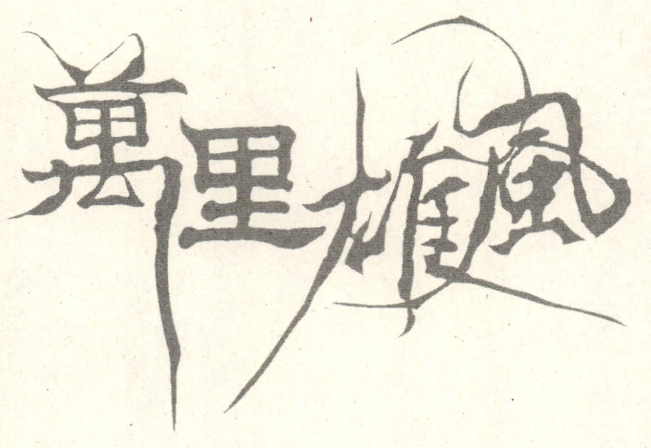

萬里雄風

"시작된 모양이다."

별채 중앙에서 폭음이 들려오자 고염우는 급히 몸을 일으켰다. 혹시 이곳 본채에도 놈들의 잔당들이 있거나 자신의 부하들이 잡혀 있을 경우에 대비하여 살폈지만 이곳보다는 별채가 놈들의 본거지인 것 같았다.

"우리도 어서 합세합시다!"

삐익! 하고 누군가에게 신호를 보낸 종하무가 검을 뽑아 들며 급히 신형을 옮겼다. 그 순간 객점의 내실에서 몇 명의 사내들이 유령처럼 나타났다.

"역시 계략을 꾸민 놈들이 있었군!"

제일 앞에 선 사내 하나가 고염우와 정소채 일행을 차가운 눈으로 쳐다보았다. 온몸을 얼려 버릴 듯한 눈빛에 고염우는 물론, 종하무와 정소채도 흠칫 놀라며 그 자리에서 움직임을 멈추었다.

"열 명이나 되는 놈들을 똑같은 모습으로 꾸며서 이리로 잡혀오게 한 것이 네놈들인 모양이군. 그러잖아도 잡으러 갈까 생각 중이었는데 제 발로 걸어 들어오다니, 고맙다고 해야 하나?"

앞에 선 사내의 눈이 조금 가늘어지는가 싶은 순간 사내의 몸이 아지랑이처럼 흔들리며 고염우 일행의 앞으로 쇄도해 들었다. 그를 따라 다른 사내들도 종하무와 정소채 등을 향해 달려들었다.

'방심했다.'

고염우는 이를 악물며 검을 그어 올렸다.

부하들이 사라진 후 신속히 움직이며 놈들이 대처하기 전에 이곳까지 왔다고 생각했는데 놈들은 미리 준비하고 있었던 것이다.

쉬이익―

고염우의 검이 바람을 가르며 사내의 가슴을 양단할 듯 베어나갔다.

"흥!"

냉랭한 콧소리를 터뜨린 사내가 운두대도(雲頭大刀)를 휘

둘러 고염우의 검을 쳐내며 그 여세를 몰아 고염우의 목을 잘
라왔다.

고염우가 신속히 보법을 밟아 사내의 도세를 벗어나며 사
내를 향해 다시 검을 휘둘러 갔지만, 한발 앞서 사내의 운두
대도가 고염우의 허리를 베어왔다.

팟!

고염우의 허리 한쪽에서는 선혈이 솟구쳤다. 그러나 사내
는 일체의 여유도 주지 않고 고염우의 목을 향해 재차 검을
휘둘렀다.

"피하시오, 부주!"

종하무가 고함을 지르며 고염우의 목을 향해 떨어져 내리
는 검을 막았다.

쨍—

검에서 불꽃이 튀며 고염우의 목숨을 겨우 구했지만 대신
자신이 상대하던 사내의 검에 종하무는 무방비 상태로 놓일
수밖에 없었다.

흑의사내의 검이 종하무의 가슴을 갈라갔다. 그 순간 좀 전
에 점소이 정삼을 혼쭐낸 후 구석 쪽으로 몸을 돌리고 있던
여인이 손을 세차게 흔들었다.

피잉—

들릴 듯 말 듯한 파공음과 함께 종하무를 향해 검을 휘두르
던 사내의 몸이 흠칫 굳어지더니, 잠시 후 그 자리에서 풀썩

쓰러졌다.

갑작스런 사태에 종하무는 물론, 고염우를 공격하던 사내까지 움직임을 멈추고 사태를 파악하느라 고개를 이리저리 돌렸다.

그들의 눈에 묘령의 여인이 들어왔다.

"당신은……?"

정소채가 눈을 크게 뜨며 여인을 알아보았다.

"지옥화(地獄花) 당소미(唐素美)……."

정소채가 신음처럼 중얼거렸다.

총주의 명을 받고 사천당문에 머무르며 천인혈독의 해독약이 완성되는 것을 기다리다 몇 번 본 적이 있던 여인이었다. 그녀는 당문의 젊은이들 중 소문주 당상진을 제외하고는 독을 쓰는 데 있어서 제일의 고수였다. 그래서 지옥화라는 별호를 얻고 있었는데, 그녀가 뜻밖에도 이곳에 나타난 것이다.

정소채는 자신이 떠난 후 당문이 멸문을 당했다는 소문을 들은 적이 있던 그녀였기에 눈을 더욱 크게 떴다. 그러는 사이 지옥화 당소미가 다시 한 번 손을 흔들었다.

피피핑—

섬칫한 음향과 함께 다시 두 사내가 쓰러졌다. 그렇게 되자 다른 사내들이 주춤거리며 앞으로 나서지 못했다.

"당신이 어떻게?"

정소채가 얼이 빠진 얼굴로 다시 물었다.

"지금 그게 급한가요?"

당소미는 냉랭하게 답하고는 뒤에서 가세하는 사내들을 노려보았다.

"어쨌든 고마워요."

정소채는 고개를 끄덕인 후 검을 고쳐 잡았다. 당소미가 아니었으면 놈들에게 당했을지도 몰랐다. 그만큼 놈들은 고수였고, 다시 가세하는 자들 역시 마찬가지일 것이다.

"고맙소!"

고염우와 종하무도 당소미에게 인사를 한 후 검을 고쳐 잡았다.

*   *   *

후두두둑!

허공으로 치솟았던 파편이 떨어져 내리자 한 사내의 모습이 나타났다. 방금 막강한 장력을 뿌린 장본인이었다.

유진룡은 사내를 정시했다.

삼국지의 장비처럼 뻣뻣한 수염을 한 중년인이었다. 그러면서도 가라앉은 눈빛과 무거운 기도는 고수의 풍모를 아낌없이 내비치고 있었다.

중년인은 노기가 가득한 눈으로 잠시 유진룡을 바라보다

가 쓰러져 있는 사내들에게로 눈을 돌렸다. 쓰러진 사내들은 절명이라도 했는지 하나같이 꼼짝도 하지 못하고 있었다.

"천둥벌거숭이 같은 놈이!"

중년인은 다짜고짜 손을 흔들었다. 그의 손에서 다시 무지막지한 장력이 쏟아졌다.

유진룡은 그 자리에 신형을 고정시키며 우수를 흔들었다. 즉시 그의 우장에서 손 그림자 하나가 피어올랐다.

퍼펑—

손 그림자와 쏘아져 나온 장력이 마주치며 폭음을 토해냈다.

"으음!"

나직한 신음과 함께 사내가 뒷걸음질을 쳤다.

"대체 누구냐, 네놈은?"

사내가 뒤늦게 유진룡의 정체를 물었다. 얼핏 그의 입술에 선혈이 어렸다.

"저승사자!"

유진룡은 짤막하게 답한 후 다시 손을 내밀었다. 이들의 정체를 확인한 이상 망설일 것이 없었다. 최대한 빠르게 제거하는 것이 마웅탁을 위한 최선이었다.

우웅—

유진룡의 손에서 희뿌연 강기가 꽃 모양으로 솟아올랐다.

그리고 그것은 순식간에 폭발하며 사방으로 쏘아져 나갔다.

"크윽!"

"크으윽!"

중년인 주변에 있던 사내들이 비명과 함께 쓰러졌다.

"크윽!"

중년인도 몇 개의 꽃잎에 어깨와 허벅지 등을 관통당하며 비명을 터뜨렸다.

유진룡은 비틀거리는 중년인을 향해 주먹을 뻗었다.

파아앙—

정권에서 쏟아진 경기 한가닥이 중년인을 향해 송곳처럼 쏘아져 갔다.

두 눈을 부릅뜬 중년인이 쌍장을 교차하며 연거푸 여덟 번을 흔들었다. 그를 따라 유진룡도 주먹을 흔들었다.

커다란 접시가 날아든 송곳에 의해 금이 가고 마침내 박살이 나듯이 중년인이 뿌린 장력은 허공에서 흩어지며 사방으로 비산했다. 그 사이로 날카로운 경력 한줄기가 거침없이 파고들었다.

"크윽!"

심장이 관통당한 중년인이 비명을 지르며 뒤로 밀려났다. 그를 따라 심장에서 솟구치는 핏물이 길게 꼬리를 만들었다.

"모두 쳐라!"

중년인과 유진룡의 대결을 지켜보던 사내들이 발악적인

고함과 함께 건물 안에 있던 사내들이 한꺼번에 쏟아져 나왔다. 우두머리를 잃은 지금의 경우라면 사기가 꺾일 만도 한데 오히려 더 발악을 하며 달려드는 모습은 이들이 평소에 어떤 훈련을 받았는지를 익히 짐작케 해주었다.

유진룡은 슬쩍 몸을 움직여 건물 밖으로 나왔다. 그리고는 땅바닥을 향해 강하게 발을 굴렀다.

쿠웅—

유진룡의 발바닥 아래에서 육중한 진동음이 울렸다.

무거운 내력이 실린 진각이었다.

처음에는 그냥 둔중한 음향만이 울리는 것 같던 진각의 여파는 조금 후에 나타났다.

줄을 잡고 한쪽 끝을 흔들면 그 자리에서는 큰 움직임이 없지만 점점 크게 줄 반대편 끝으로 전해지며 강하게 요동치듯이 유진룡이 밟은 땅바닥은 조용한 반면 그곳으로부터 멀어질수록 점점 더 크게 요동치며 땅거죽이 터져 오르기 시작했다. 그리고 급기야는 사내들이 쏟아져 나오는 건물 앞에서는 포탄이 터지듯 땅거죽이 터져 올랐다.

땅거죽에 휩싸인 건물이 좌우로 요동치며 무너져 내리기 시작했다. 건물 안에서 다 빠져나오지 못한 사내들이 무너져 내리는 건물의 잔해와 터져 오르는 땅거죽에 휩싸이며 피를 토하며 튕겨나기 시작했다.

"항마금강보(降魔金剛步)?"

당소미의 가세로 객점 안의 사내들을 모두 쓰러뜨리고 유진룡과 합세하러 달려오던 정소채는 그 자리에서 우뚝 서며 신음처럼 소리쳤다.

단 한 번의 진각으로 저런 위력을 발휘하는 보법이라면 항미금강보나 천마군림보 밖에 없을 것이다. 그러나 그것은 아니었다. 그런 보법들과는 뭔가 다르면서도 그런 위력을 발휘하는 유진룡의 보법에 정소채는 물론, 고염우와 당소미 등도 멍하니 서 있었다.

"도와줄 것도 없네요. 어서 저들을 족쳐서 동료들을 구해요!"

정소채가 소리를 질렀다. 그 소리에 고염우와 종하무가 쓰러진 사내들을 향해 빠르게 달려나가 반항할 능력이 남은 사람들을 제압하기 시작했다.

잠시 후 별채에 남아 있던 사내들이 모두 제압되고 장내가 정리되었다.

"대체 당신들 정체가 뭐죠?"

유진룡도 정소채 일행으로 생각한 당소미가 유진룡과 정소채를 번갈아 쳐다보며 물었다.

정소채는 영화전장 총주가 떠나고 나서도 사천당문에 한참 동안 기거했지만 정체를 끝내 알 수 없었는데, 지금 이곳의 엄청난 광경을 보니 도저히 짐작조차 가지 않았다.

당소미는 눈을 가늘게 뜨고 정소채 일행과 유진룡을 몇 번이나 훑어보았다. 유진룡도 정소채 일행들에게 새롭게 가세한 당소미를 멀뚱히 쳐다보았다.

"소개하겠어요. 이분은 우리와 거래 관계가 있는 백호투왕 유진룡 공자이고, 이쪽은 사천당문의 금지옥엽인 당소미 소저예요."

"백호투왕?"

당소미가 두 눈을 크게 뜨며 유진룡을 쳐다보았다. 유진룡의 별호에 대해서 알고 있는 모양이었다.

'사천당문?'

유진룡도 눈 사이를 좁히며 당소미를 쳐다보았다.

독의 종가로 알려진 사천당문은 익히 알고 있었다. 그 가문의 사람들이 지나간 곳에서는 물도 함부로 마시지 말고 심지어는 숨도 크게 쉬지 말라고 했다. 그런 가문의 여식이 왜 이곳에 있는지 이해가 되지 않은 유진룡의 눈은 짙은 의혹에 잠겼다.

"정말 당신이 백호투왕이란 사람인가요?"

당소미가 믿어지지 않는 표정으로 물었지만 유진룡은 묵묵히 당소미를 쳐다보기만 했다.

"내 얼굴에 뭐가 묻었나요?"

대답은 않고 자신을 빤히 쳐다만 보는 유진룡을 향해 당소미가 뾰족하게 물었다.

“그런 건 아니고… 왜 사천당문의 소저가 이곳에 나타났는지 궁금해서 그런 것이오.”

유진룡은 당소미에게서 시선을 돌리며 답했다.

“그건 나중에 얘기하기로 하고 우선 동료들을 찾아요.”

정소채의 말에 고염우와 종하무 등이 부하들을 데리고 별채 안으로 쏟아져 들어갔다.

잠시 후 그들은 축 늘어진 열 명의 동료를 데리고 나왔다.

“심한 고문을 받았지만 다행히 목숨에는 지장이 없어요.”

정소채가 한숨을 내쉬며 말했다.

“이들이… 전부가 아닌 것 같소.”

유진룡은 쓰러져 있는 사람들을 보며 중얼거렸다.

“무슨 말인가요?”

정소채가 긴장된 눈으로 유진룡을 쳐다보았다.

“예상보다는 인원이 적소. 고수도 한 명뿐이고…….”

유진룡은 불안한 눈으로 뒤쪽 건물을 쳐다보았다. 그곳에는 더 이상 다른 놈들이 보이지 않았다.

유진룡은 쓰러진 채 꿈틀거리고 있는 한 사내를 잡아 일으켰다.

“다른 사람들은?”

사내의 어깨를 잡은 유진룡은 이글거리는 눈으로 사내를 쳐다보며 물었다.

“네 아비에게나 물어봐라!”

사내는 피투성이가 된 상태에서도 비릿한 미소를 흘리며 악을 썼다.

유진룡은 사내의 어깨를 잡은 손에 공력을 불어넣었다.

“크아악!”

사내가 처절한 비명을 질렀다. 그러나 대답은 하지 않았다.

“이럴 땐 이게 빨라요.”

당소미가 유진룡을 밀치며 품에서 빠르게 무언가를 꺼냈다. 그건 손가락만 한 침과 작은 도자기 병이었다.

병에 침을 넣어 그 안에 든 용액을 묻힌 당소미는 사내의 경동맥 부분에 얼른 찔러 넣었다.

“큭!”

잠시 괴로워하던 사내는 어느새 늘어지며 눈의 초점이 풀렸다.

“다른 사람들은?”

당소미가 냉냉한 음성으로 물었다.

사내가 잠시 꿈틀거렸다. 당소미는 조금 더 깊이 침을 찔러 넣었다.

“다른 사람들은?”

“제갈세가로…….”

“언제?”

“약 일각 전.”

사내가 억양없는 목소리로 답했다.

“너희들을 이끄는 사람은?”

당소미가 다시 물었다.

“이영주와 삼영주.”

사내가 답했다.

“이, 삼영주? 그게 누구야?”

당소미가 신경질적으로 다시 물었다.

“이영주는 멸절장 허적… 삼영주는 양혼절맥수 공우기.”

사내가 그것까지 답하고는 축 늘어졌다.

“세상에! 육성 중 두 명이나……?”

사내의 대답을 들은 당소미는 비명을 질렀다. 그녀도 허적과 공우기의 악명은 익히 알고 있는 모양이었다.

‘양혼절맥수 공우기!’

유진룡은 또다시 등장하는 공우기의 이름을 되뇌며 그의 모습을 떠올렸다.

자신과 마주치며 대결을 할 때도 그랬고, 단리하연을 납치할 때도 대협의 풍모를 보이며 예의를 다해 대해주었다는 말을 그녀로부터 들었다. 그래서 한가닥 호감을 갖고 있었는데 이곳에서 다시 만나게 될 줄은 몰랐다.

어쩌면 그는 그때와는 다른 사람으로 변해 버렸을지도 모를 일이었다.

"그들 두 사람이 제갈세가를 향해 달려갔다면 뭔가 있다는 말이고, 그건 필시 유 공자 동생과 관련되었을 거예요."

정소채가 다급한 음성으로 말했다.

"지금 바로 가야겠소!"

유진룡은 그 자리에서 몸을 날렸다. 순식간에 유진룡의 신형이 까마득히 멀어졌다.

"같이 가요!"

정소채도 고함을 지르며 몸을 날렸다. 그녀를 본 당소미도 몸을 날렸다.

"뒷일은 부하들에게 맡기고 따르게!"

고염우도 종하무에게 고함을 지른 후 몸을 날렸다.

*　　　*　　　*

수림 사이로 안개가 더욱 짙게 피어오르고 있었다.

그것은 정말 기이한 현상이었다.

바깥 날씨는 맑기 그지없는데 수림 안에만 짙은 안개가 덮여 일 장 앞을 구분하기 힘들었다.

스스스—

그 안개가 더욱 짙어졌다. 그리고는 급속도로 영역을 넓혀나가 수림 밖은 물론, 장원 주변의 들판을 뒤덮고 인근 산자락까지 이어졌다. 급기야 제갈세가를 중심으로 한 들판과 산이 완전히 안개에 뒤덮여 있었다.

"가공할 진식이군!"

숲의 한자락에서 차가운 눈빛을 한 흑의인이 고개를 절레절레 흔들며 중얼거렸다. 절정고수들에게서나 보일 수 있는 기도를 내뿜는 중년인이었다. 그 옆으로 그에 못지않은 기도를 내뿜는 황의의 중년인이 서 있었고, 그 뒤로 여러 명의 사내들이 시립해 있었다.

두 명의 중년인 뒤에 서 있는 사내들은 갑자기 온 세상을 덮쳐 오는 짙은 안개의 당황한 눈빛이 역력했다.

처음 장원 주변의 탑들과 수림 사이로 안개가 피어오를 때는 신기하다는 표정을 하고 있었지만 그 안개가 순식간에 마을 몇 개는 덮어버릴 정도로 확장되자 숨이 막히는 듯한 압박감을 느끼고 있는 것이다.

"역시 제갈세가야!"

흑의의 중년인이 미소와 함께 고개를 끄덕였다.

밀영의 여섯 영주 중 이영주의 자리를 차지하고 있는 멸절장 허적이었다. 그리고 그 옆에 선 황의의 중년인은 양혼절맥수 공우기였다.

"이러다간 여기서 꼼짝도 못하겠군."

점점 더 짙어지는 안개를 바라보며 공우기가 중얼거렸다. 그의 말대로 안개는 이젠 온 산을 뒤덮어 지척도 분간하기 힘들었다.

"하하!"

허적이 공우기를 향해 웃음을 흘렸다. 여유롭기 그지없는 표정의 그는 무언가 믿는 구석이 있는 모양이었다.

"그래서 준비한 것이 있지요."

허적은 뒤쪽을 향해 손뼉을 쳤다. 그러자 몇 명의 사내가 무언가를 들고 나타났고, 그 뒤로 한 명의 왜소한 노인이 따라왔다.

노인은 꼽추였다. 그래서 그렇게 왜소해 보이는 모양이었다. 얼굴 또한 심하게 일그러져 노인으로 보였지만 실제로는 더 젊은 것도 같았다. 그렇게 나이를 짐작할 수 없을 정도로 모든 것이 기형인 꼽추였지만 그이 눈빛은 칼날보다 더 날카롭게 빛나고 있어 대단한 지력의 소유자임을 짐작케 해주었다.

"후후!"

꼽추노인이 비릿한 웃음을 흘렸다.

"그동안 많은 발전을 이루었군. 하지만 내 앞에서는 무용지물이지."

이가 듬성듬성 빠진 노인의 입에서 까마귀 울음소리 같은 음성이 흘러나왔다.

"우선 전방 십장 앞 곤(坤)의 위치에 깃발 하나, 왼쪽 오장 앞 감(坎)의 위치에 깃발 세 개, 그리고 우측 삼장 앞 이(離)의 위치에 화탄 하나를 던져라."

꼽추노인이 신속히 명령을 내리자 같이 온 젊은이들은 빠르게 몸을 움직여 노인의 지시를 따랐다.

깃발이 꽂히고 화탄이 하나 터지자 놀랍게도 먹구름처럼 온 사방을 덮어오던 안개가 걷혀지며 허적 일행이 서 있는 곳은 훤하게 드러났다.

"역시! 당신의 솜씨는 명불허전이오."

허적이 감탄사를 터뜨렸다. 공우기도 적이 놀란 표정을 지으며 고개를 빼어 앞을 쳐다보았다.

자신들 주변은 마치 껍질을 벗겨낸 것처럼 안개가 걷혀 있었다. 하지만 여전히 다른 곳은 짙은 안개가 끼어 있었다.

"우리끼리만 잘 보여서는 무얼 하겠소?"

공우기가 여전히 안개 자욱한 앞을 쳐다보며 말했다.

"시간문제외다. 흐흐흐!"

까마귀 울음소리로 웃은 꼽추노인이 다시 청년들을 쳐다보았다.

*　　　　*　　　　*

"진을 모두 펼쳤습니다, 아버님!"

제갈가주 제갈유성의 아들 제갈정윤(諸葛正潤)이 빠르게 말했다.

"수고했다."

제갈유성이 고개를 끄덕이며 세가의 담장 밖을 응시했다.

"그런데 귀인은 어느 곳에서 오시는지요?"

제갈정윤이 초조한 표정으로 물었다.

"그건 나도 알 수 없다. 우리는 혼천연무진(混天煙霧陣)만 완벽히 펼쳐 주면 되느니라."

제갈유성은 담담히 답했다.

"우리 가문 외의 사람으로 혼천연무진을 뚫고 들어올 사람이 있을 줄 몰랐습니다."

제갈정윤은 도저히 믿어지지 않는다는 표정으로 말했다.

제갈유성은 묵묵히 고개만 끄덕였다. 그런 그의 얼굴에 만감이 교차하고 있었다. 초조함과 경외감, 그러면서도 한가닥 호승심이 엿보였고 끝내는 목마른 듯한 갈망의 빛이 흘러나왔다.

"그가 무사히 당도하기만 하면 이 진법은 몇 배로 완벽하고 무서워질 것이다."

제갈유성은 흥분된 목소리로 말했다.

"그렇습니까, 아버님? 그간 아무리 애를 써도 성공하지 못했던 그것을 이룰 수 있다는 말씀인가요?"

제갈정윤의 목소리가 높아졌다.

제갈유성은 다시 고개를 끄덕이며 밖을 응시했다. 그러다 어느 순간 그의 얼굴이 급격히 굳어졌다.

"저건!"

제갈유성의 목소리가 격앙되었다.

“왜 그러십니까, 아버님?”

제갈정윤이 부친의 시선을 따라 급히 고개를 돌렸다.

“파혼연무진(破混煙霧陣)! 저게 왜?”

제갈정윤은 고함과 함께 부친의 얼굴을 쳐다보았다. 제갈유성의 볼살이 부르르 떨리고 있었다.

“유산(流山), 이놈!”

제갈유성이 두 주먹을 쥐고 뿌드득 이를 갈았다.

“설마 유산 숙부님이 파혼연무진을? 그렇습니까, 아버님?”

제갈정윤이 고함을 쳤다.

“이 반도 놈! 죽이지 않고 목숨을 붙여 쫓아냈으면 참회하며 살 것이지, 끝까지 가문에 누를 끼치는구나!”

제갈유성은 다시 한 번 이를 간 후 제갈정윤에게로 고개를 돌렸다.

“비상 경종을 울려라. 그리고 혼천연무진과 함께 팔방금쇄진(八方禁鎖陣)을 펼쳐라.”

제갈유성의 고함 소리에 제갈정윤은 바람처럼 몸을 날렸다.

第百十三章
구출!

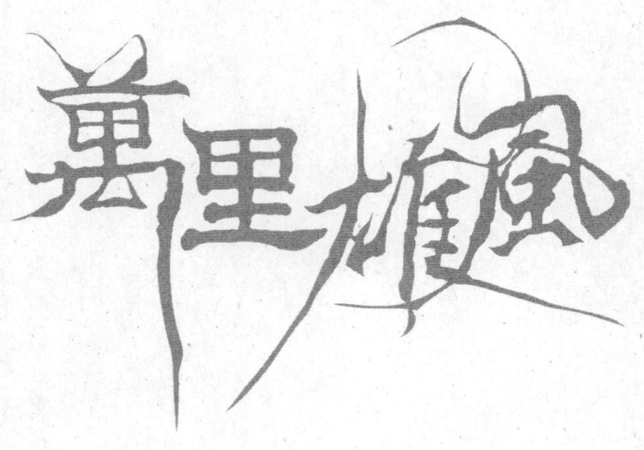

"**어**쩐지 너무 쉽다 했지."

자욱한 연무 속에서 한 청년이 신음성처럼 중얼거렸다. 허름한 나무꾼 복장에 지게를 짊어진 청년이었다.

겉보기에는 영락없는 나무꾼이었지만 사방을 둘러볼 때마다 흘러나오는 현기막측한 눈빛은 차림새와는 너무 이질적이었다.

이상한 나무꾼은 만권공자 마웅탁이었다.

"역시 도천극, 아니, 묵천극의 암계는 두터워."

마웅탁은 고개를 끄덕이며 하늘을 향해 시선을 돌렸다.

"오시(午時)라… 그리고 맞바람에 파혼연무진……. 득보다는 실이 많겠군.”

몇 마디 중얼거린 마웅탁은 지게를 벗어 그것으로 바닥에 두드렸다. 즉시 지게가 부서지며 몇 가지 물건들이 쏟아졌다.

그중 짧고 가느다란 단창(短槍)을 집어 든 마웅탁은 그것을 전방으로 던졌다.

스스스—

옅어지던 안개가 다시 짙어지며 마웅탁의 몸은 안개 속으로 사라져 버렸다.

*   *   *

“저곳이다!”

꼽추노인이 까마귀 울음소리를 내며 손가락으로 한곳을 가리켰다.

“깃발!”

꼽추노인은 깃발을 건네받아 즉시 허공으로 던졌다.

파파파파—

네 개의 깃발이 생명체라도 된 듯 꿈틀거리며 안개 속으로 파고들어 각각의 방위를 점하며 바닥에 꽂혔다.

스스스스—

연무가 걷히며 그 속에서 무언가가 드러났다.

“이, 이런!”

꼽추노인이 고함을 질렀다. 짙은 연무 속에서 드러난 것은 한 자루 단창이었다.

"이런 쳐 죽일 놈! 파천기(破天旗)를 가져오너라. 그리고 너희들은 화탄을 더 가져오너라!"

꼽추노인은 발작적으로 고함을 지르며 허적과 공우기를 쳐다보았다.

"두 분 대협은 제갈세가의 저 떨거지들을 처치해 주십시오. 그사이 이 몸은 두 분이 원하시는 놈을 기필코 잡아드리겠습니다."

꼽추노인은 제갈세가에서 쏟아져 나오는 사람들을 가리키며 말했다.

조금 전까지 지척을 분간하기 힘들 정도로 자욱하게 피어올랐던 안개는 이곳저곳에서 쥐가 파먹은 듯 걷히고, 그 속으로 제갈세가의 사람들이 신속히 움직이는 모습도 선명히 보였다.

"그렇게 하지요."

멸절장 허적이 고개를 끄덕였다.

"삼영주께서는 왼쪽을 맡으시지요. 난 오른쪽을 맡겠소. 그리고 아무리 제갈세가가 기문진학이나 학문에 능하다고 하지만 그들의 본신 무공 또한 무시할 수 없으니 조심하시지요."

허적은 아랫사람에게 당부하듯 공우기에게 말했다.

번쩍!

순간적으로 공우기의 눈에서 한가닥 살기가 흘러나왔다.

그것은 제갈세가의 사람들을 향한 것인지, 아니면 건방진 모습의 허적을 향한 것인지 모르게 애매한 방향으로 쏘아지고 있었다.

"험! 험! 그럼!"

헛기침을 두 번 토한 허적은 우측 전방을 향해 쏘아졌다.

'건방진 놈!'

속으로 나직하게 읊조린 공우기도 잠시 후 그 자리에서 사라졌다.

*　　　*　　　*

'이건 제갈세가 사람의 수법이다.'

자신이 만든 진식이 하나하나 깨어지는 것을 본 마응탁은 긴장감에 침을 삼켰다.

제갈세가에 피워 올린 혼천연무진, 그리고 그 속에서 자신이 만든 팔괘은형진(八卦隱形陣)이 합쳐지면 그 누구도 자신의 위치를 찾을 수 없다. 그런 계책과 함께 자신은 제갈세가로 입성할 생각이었다.

도천극의 마수가 아무리 두텁다 할지라도 사천당문만큼이나 무서운 제갈세가 안에서라면 놈들도 어떻게 할 수가 없을 것이다. 그런데 제갈세가로 근접하기도 전에 놈들의 마수가 상상할 수 없을 정도로 강하게 덮쳐 오고 있었다.

혼천연무진이 걷혀지고 팔괘은형진마저 깨어져 나가고 있었다. 이건 절대 외부인의 실력이 아니었다. 오랜 세월 제갈세가에서 수련한 제갈세가의 사람들만이 펼칠 수 있는 수법이었다.

'배신?'

마웅탁은 순간적으로 그런 생각을 했다. 그러나 곧 고개를 흔들었다. 제갈세가가 배신을 하고 자신을 잡으려 했으면 처음부터 혼천연무진을 전부 걷었어야 했다. 그런데 혼천연무진은 여전히 펼쳐진 상태에서 부분부분이 걷혀지고 있었다. 그렇다면 제갈세가의 일족 중 누군가가 가문의 뜻에 반하여 독자적으로 행동하고 있다는 말이다. 그리고 그는 제갈세가의 절기들을 제대로 이해하고 있는 고수였다.

마웅탁은 손에 든 단창의 숫자를 헤아려 보았다.

이젠 네 개가 남아 있었다. 그것으로는 제갈세가로 입성하기에는 부족했다. 더군다나 진법의 고수가 있는 상태에서는 더욱 그랬다.

"모험을 할 수밖에."

마웅탁은 한 개의 단창을 세차게 앞으로 던졌다. 그리고는 신속히 이동했다.

*　　　*　　　*

"팔방금쇄진과 함께 구궁역쾌진(九宮逆掛陣)을 펼쳐라!"

제갈세가의 담장 밖까지 나온 제갈유성은 가문의 사람들을 진두지휘하며 고함을 질렀다.

스스스―

주변의 지형이 변하며 즉시 연무가 짙어졌다. 그리고는 사방으로 퍼져 나갔다.

그것을 보며 제갈유성은 이를 갈았다.

"이놈, 유산!"

제갈유성은 사촌 동생의 이름을 질겅질겅 씹듯 뱉어냈다.

꼽추에 대머리, 그리고 찌그러진 얼굴!

그렇게 기구한 운명으로 태어난 사촌 동생 제갈유산은 그 모습만큼이나 성격도 뒤틀려 있었다. 그러나 그는 그런 성격을 철저히 숨기며 제갈세가의 절기들을 하나하나 습득해 나갔다. 가문의 어른들은 그를 한편으로 측은하게, 다른 한편으로는 가상히 여겨 아낌없는 가르침을 내렸다.

그런 가르침 속에서 대성한 그는 전대 가주가 물러나던 날 가문의 가주 직을 요구했다.

그의 실력과 정성은 알지만 꼽추에 기형인 그가 가문의 주인이 되기에는 한계가 있었다. 뜻이 좌절된 그는 결국 숨기고 있던 성정을 드러내며 가문에 막대한 피해를 입혔다.

어느 날 밤, 제갈세가의 서고가 불타고 비전 여러 권이 실전되다시피 했다. 그리고 그것은 제갈유산의 짓임이 밝혀졌다. 참수로 다스려야 할 죄였지만 제갈유성이 가문의 어른들 앞에 며칠 동안 울며 매달린 끝에 그는 가문에서 추방되었다.

그런 후 이십 년이 넘게 소식이 없던 그가 가장 중요한 이 순간에 송곳니를 드러내며 나타났다. 그리고 그의 송곳니는 예전보다 훨씬 길고 날카로울 뿐 아니라 치명적인 독까지 묻어 있었다.

"죽일 놈!"

제갈유성은 원독 어린 음성을 흘렸다.

그 순간 머리끝을 곤두서게 하는 음향과 함께 강력한 장력 한줄기가 노도처럼 밀려들었다.

"헛!"

다급성을 터뜨린 제갈 유성은 양손을 쭉 뻗었다. 폭음과 함께 먼지가 허공으로 치솟았다. 또한 사방의 안개도 한 꺼풀 벗겨 나갔다.

'으음!'

제갈유성은 신음을 삼켰다.

단 한 번의 격돌이었지만 상대가 절정고수임을 느낄 수 있었다. 그리고 무공만으로써는 절대로 자신의 상대가 아님도 알 수 있었다.

"영리한 양반이 이렇게 밖으로 나올 줄 몰랐소!"

안개 속에서 한 인영이 모습을 드러내며 흐릿하게 웃었다.

"그만큼 중요한 손님이란 말이겠지요?"

멸절장 허적은 제갈유성과 마주한 것이 너무나 즐거운 듯
더욱 짙은 미소를 지었다.

"네놈은?"

제갈유성이 입술을 씹으며 물었다.

"허적!"

허적의 대답에 제갈유성의 눈이 크게 부릅떠졌다.

허적이면 멸절장이란 별호를 가진 육성의 일인이었다. 앉
아서 구만 리를 보는 제갈유성이 그를 모를 리 없었다.

"멸절장……."

제갈유성이 신음처럼 읊조렸다.

"영광이로소이다."

허적이 고개를 과장스럽게 깊이 숙였다.

"도천극의 개란 신분이 그렇게 큰 영광이었던가?"

제갈유성이 고개를 드는 허적을 향해 경멸스런 어조로 말
했다. 그러자 웃고 있던 허적의 표정이 천천히 굳어졌다. 그
것은 마치 가면을 바꾸어 쓴 듯 이질적이었다.

"죽이지는 않으려 했는데 명을 재촉하니 할 수 없구려."

허적이 다시 웃었다. 그 미소는 아까와는 완전히 다른 섬뜩
한 웃음이었다.

우우웅—

허적의 손에서 한가닥 기류가 엉켰다. 그 기류는 서서히 핏
빛으로 변해갔다.

제갈유성도 손바닥에 은색의 기류를 뭉쳤다.

"하앗!"

허적이 손을 쭈욱 뻗었다. 동시에 제갈유성도 쌍장을 뻗었다.

폭음과 함께 두 기류가 마주치고 잠시 정체하는가 싶더니, 핏빛 기류가 은색 기류를 밀치며 쭈욱 앞으로 전진했다.

"크윽!"

제갈유성이 주르르 뒤로 밀려났다. 그리고는 털썩 엉덩방아를 찧었다.

울컥!

제갈유성의 입에서 한 줄기 선혈이 흘렀다.

"후후!"

허적이 서서히 그를 향해 다가왔다. 그의 손이 다시 핏빛으로 물들고 있었다.

"개를 개라고 하는데 무슨 잘못이 있는가?"

허적이 일장을 다시 내뻗으려는 순간, 허적의 뒤쪽에서 낮게 가라앉은 음성이 들렸다.

"아, 아버님!"

제갈유성이 망연한 얼굴로 노인을 바라보았다.

"저 늙은이군."

마웅탁은 꼽추노인을, 아니, 꼽추노인 형상을 한 제갈유산을 보며 신음처럼 중얼거렸다.

그가 제갈세가의 진식과 그 속에 편승하며 펼친 자신의 진식을 모조리 흩어버리고 다가오고 있었다. 그리고 그 뒤를 몇 명의 젊은이가 검을 쳐들고 따랐다.

마웅탁은 마지막 남은 단창을 세차게 움켜쥐었다. 그것으로 숨 몇 번 내쉴 만큼의 시간을 벌고 그 사이에 저들과 최대한 멀어져야 했다. 그 이후는 운명에 맡길 수밖에 없었다.

파앗―

마웅탁은 단창을 바닥으로 던졌다. 그 순간,

"크크크!"

까마귀의 울부짖음 같은 웃음이 사방을 진동했다.

"여기쯤 있을 줄 알았지!"

그 목소리와 함께 마웅탁이 던진 단창은 땅에 꽂히지도 못한 채 허공으로 튀어 올랐다. 그리고는 마웅탁의 신형은 훤히 노출되었다.

"어라? 생각보다 더 어린 놈일세."

제갈유산은 눈을 동그랗게 뜨며 마웅탁을 쳐다보았다. 그 눈 속에는 지극히 진실된 놀라움의 빛이 흘러나왔다.

"이런 어린 놈이 나를 그렇게 괴롭혔단 말인가? 제갈세가와 도천극 련주가 눈에 불을 켤 만한 이유가 있었군. 크크크."

제갈유산은 기괴한 웃음을 터뜨렸다.

마웅탁은 흉측한 몰골의 제갈유산을 쳐다보며 망연히 서

있었다.

무공은 배우지도 못했고 펼치지도 않았지만 진식을 펼치는 일 또한 그만큼 기력을 낭비하는 일이었기에 이젠 서 있을 힘도 없었다. 하지만 저 못생긴 노인 앞에서 주저앉고 싶지 않았다.

마웅탁은 비틀거리는 신형을 억지로 추슬렀다.

"크크크, 저놈을 잡으면 죽이라 했느냐, 살리라 했느냐?"

제갈유산은 쥐를 사냥한 고양이 같은 눈빛으로 마웅탁을 쳐다보며 말했다.

"되도록 사로잡되 여의치 않으면 죽이라고……."

검을 든 청년 하나가 신속히 답했다.

"그럼 죽이거라!"

제갈유산의 일말의 망설임도 없이 답했다.

"사로잡을 수……."

"갈!"

제갈유산이 고함을 질렀다. 그리고는 청년의 손에서 검을 뺏어 들었다.

"여한을 남겨놓아서는 절대로 안 될 놈이다."

제갈유산은 검을 치켜들고 마웅탁에게로 다가왔다. 그의 눈에는 자신의 가장 강한 경쟁자를 절대로 살려놓을 수 없다는 맹수와 같은 살기가 어려 있었다.

마웅탁은 허리춤에 간직하고 있던 비도 하나를 은밀히 손바닥 안에 넣었다. 서 있을 기력도 없지만 저 노인만큼은 처치하고 죽고 싶었다.

제갈유산이 절름거리며 한 발 더 다가왔다. 그의 눈에서 흘러내리는 시퍼런 살기가 더욱 짙어졌다.

마웅탁도 비도를 더욱 세차게 움켜쥐었다. 그리고는 은밀히 손을 들어 올렸다.

마웅탁이 그걸 던지려는 순간,

"우우—."

갑자기 천둥 같은 음성이 온 안개 속에 울려 펴졌다.

"켁!"

제갈유산이 깜짝 놀라며 그 자리에 얼어붙었다.

천둥 같은 사자후였다. 아니, 고막을 터뜨릴 듯한 창룡음이었다. 그 음파에 모두들 그 자리에서 얼어붙었고, 마웅탁도 마침내 자리에 주저앉았다.

"우우—."

다시 창룡음이 울렸다. 그리고 쿠웅! 하는 진각음과 함께 포탄이 터진 듯 땅이 솟구쳐 올랐다.

"지금부터 피아를 막론하고 그 자리에서 한 발짝이라도 움직이는 사람은 곤죽을 만들어 버리겠소. 보이지는 않아도 들리기는 하니까……."

온 세상을 울리는 창룡음과 엄청난 위력의 진각은 괴한의 말이 결코 허풍이 아님을 짐작케 해주었다. 그로 인해 모두들 그 자리에서 몸이 굳어졌다.

"형!"

마웅탁이 망연한 표정으로 허공을 쳐다보았다. 그리고는 천천히 입술 끝을 일그러뜨렸다.

"올 줄 알았어, 형!"

웃는 건지, 우는 건지 모를 표정으로 마웅탁이 고함을 질렀다.

"웅탁아!"

유진룡이 마주 고함을 질렀다.

"그 자리에서 한 발짝도 움직이지 말아라!"

유진룡의 목소리가 서서히 가까워졌다. 그러나 아직 수십 장의 거리는 족히 떨어져 있는 것 같았다.

제갈유산이 은밀히 검을 치켜들었다. 그리고는 두 눈을 뱀처럼 번뜩였다.

두 발짝만 가면 마웅탁을 벨 수 있었다. 사자후를 터뜨린 놈이 아무리 고수라도 한발 앞서 저놈을 벨 수 있을 것 같았다. 그런 후에 자신은 진식을 펼치고 숨으면 되는 것이다.

파앗—

제갈유산이 신형을 날렸다. 그리고는 허공으로 검을 치켜들었다. 이젠 내려치기만 하면 저 병색이 완연한 놈의 목은 날아갈 것이다.

제갈유산의 얼굴이 흉측하게 일그러졌다.

승리의 미소를 지은 제갈유산이 내려치는 검이 마웅탁의 목 한 자 앞까지 날아드는 순간, 귀를 찢어발기는 듯한 파공음과 함께 주먹만 한 돌 하나가 포탄처럼 날아왔다.

퍼억—

돌은 무서운 힘으로 제갈유산의 허리에 꽂혔고, 그 여력을 몰아 제갈유산의 몸을 가랑잎처럼 날려 버렸다.

제갈유산이 비명 한마디 지르지 못하고 안개 속으로 날아가 버리자 그를 따라왔던 청년들이 창백한 모습으로 얼어붙었다. 제갈유산은 땅에 떨어지기도 전에 절명했을 것이다.

"움직이면 네놈들도 저 병신 꼴이야!"

마웅탁이 청년들을 보며 웃었다. 청년들이 얼굴에 갈등의 빛이 어렸다.

그때 유진룡이 번쩍 마웅탁 앞에 나타났다.

"망할 자식아! 저놈들이 칼을 던지기라도 하면 어쩌려고 성질을 돋우냐?"

유진룡이 마웅탁의 어깨를 잡아 벌떡 일으켜 세우며 고함을 질렀다.

"후후!"

유진룡에 의해 일으켜 세워진 마웅탁은 한줄기 웃음과 함께 유진룡의 품으로 풀썩 쓰러졌다.

"꺼져라!"

마웅탁을 안은 유진룡이 청년들을 향해 소리쳤다.

얼어붙어 있던 청년들이 물방울 튕기듯 사방으로 비산했다.

유진룡이 등장하고 약 일각이 지난 후 제갈세가 주변으로 먹구름처럼 펼쳐졌던 안개가 걷히기 시작했다. 유진룡의 지시를 받은 마웅탁이 태허공령심법으로 제갈가주에게 진식을 걷어내 달라고 요청했기 때문이다.

진식이 걷히자 제갈세가 인근의 상황이 서서히 드러냈다.

세가의 사람들이 모두 밖으로 뛰쳐나온 듯 장원 주변으로는 백 명도 넘는 제갈세가의 사람들이 진을 치고 있었고, 그 주위로 그와 비슷한 숫자의 흑의인들이 제갈세가의 사람들을 포위하고 있었다.

그 가운데 멸절장 허적은 제갈유성과 그의 부친인 제갈성천을 한꺼번에 상대하고 있었다. 허적과 함께 온 또 한 사람의 육성인 양혼절맥수 공우기는 세가의 정문 좌측에서 제갈가주의 동생인 제갈유현(諸葛流懸)과 마주하고 있었다. 그러나 허적과는 달리 공우기는 아직 제갈유현과 격돌하지는 않고 묵묵히 서 있기만 했다.

마웅탁을 안은 유진룡은 천천히 제갈세가의 정문을 향해 다가갔다.

저벅!

저벅!

묵직한 발자국 소리만이 장내를 메워 나갔다.

조금 전에 울렸던 폭음 같은 진각음과는 다른 조용한 발자국 소리였다. 그런데도 이상하게 그 발자국 소리는 장내에 있는 모든 사람들의 심혼을 뒤흔들었다.

저벅거리는 소리 개개가 가슴 위로 커다란 돌을 하나씩 하나씩 올려놓는 것 같은 중압감을 주었고, 종국에는 그 무게에 눌려 주저앉을 것 같은 느낌이 들었다.

정문 왼쪽에서 제갈세가의 사람들과 대치하며 유진룡을 쳐다보는 양혼절맥수 공우기의 눈이 어지럽게 흔들렸다.

익히 알고 있는 얼굴이었다.

근 일 년 전 도천극의 지시에 의해 단리하연을 납치하고 그때 유진룡을 만나 일장을 나누다 어이없게도 나가떨어졌다. 너무 어린 놈이라 방심했기도 했지만 무지막지하게 밀려드는 장력은 태산이 덮쳐 오는 것 같았다. 그런데 지금은 또 그때보다 몇 단계는 더 성장한 것 같았다.

공우기는 못 박은 듯 유진룡에게 시선을 고정시키고 있었다.

저벅!

저벅!

공우기가 있는 쪽을 향해 한 번 눈길을 준 유진룡은 계속해서 진각을 울리며 제갈가주 제갈유성이 있는 쪽으로 다가갔다.

모든 제갈세가의 사람들은 긴장된 표정과 함께 마응탁을

안고 다가오는 유진룡을 주시하고 있었다.

이 청년이 단번에 이 위기 상황을 정지시켜 버린 주인공이란 것은 짐작했지만 정체가 무언지, 어떤 의도를 가지고 있는지 알지 못했기에 그들을 끝까지 긴장의 끈을 늦추지 못하고 있었다.

"형, 이젠 날 좀 내려줘."

제갈가주와 다섯 장 정도의 거리까지 가까워졌을 때 유진룡의 품에서 축 늘어져 있던 마웅탁이 억지로 몸을 일으키며 말했다.

유진룡은 조심스럽게 마웅탁을 내려놓았다.

땅에 내려서자마자 휘청 신형을 비틀거린 마웅탁은 억지로 걸음을 옮기며 제갈유성에게로 다가갔다.

"오오!"

마웅탁이 태허공령심법에서 본 청년임을 알아차린 제갈유성이 자신도 모르게 탄성을 토했다.

"가주님을 뵙습니다."

마웅탁이 가볍게 고개를 숙였다.

유진룡은 제갈성천과 대치하고 있는 멸적장 허적을 경계하며 보일 듯 말 듯 목례를 했다.

"제 능력이 부족하여 가주님과 가족들을 번거롭게 했군요."

마웅탁이 다시 예를 차리다가 비틀거렸다.

"아, 아닐세! 이렇게라도 만났으니 천만다행일세."

제갈유성이 급히 마웅탁을 부축하며 고개를 흔들었다. 그런 그의 얼굴에 더없이 강한 안도감이 어렸다.

"이젠 걱정 말게, 내 집에 왔으니."

"후후!"

제갈유성의 음성은 한줄기 차가운 음성에 의해 지워졌다.

"우린 허깨비로 보이는 모양이군!"

멸절장 허적이 제갈유성과 제갈성천을 무시한 채 냉소를 흘렸다.

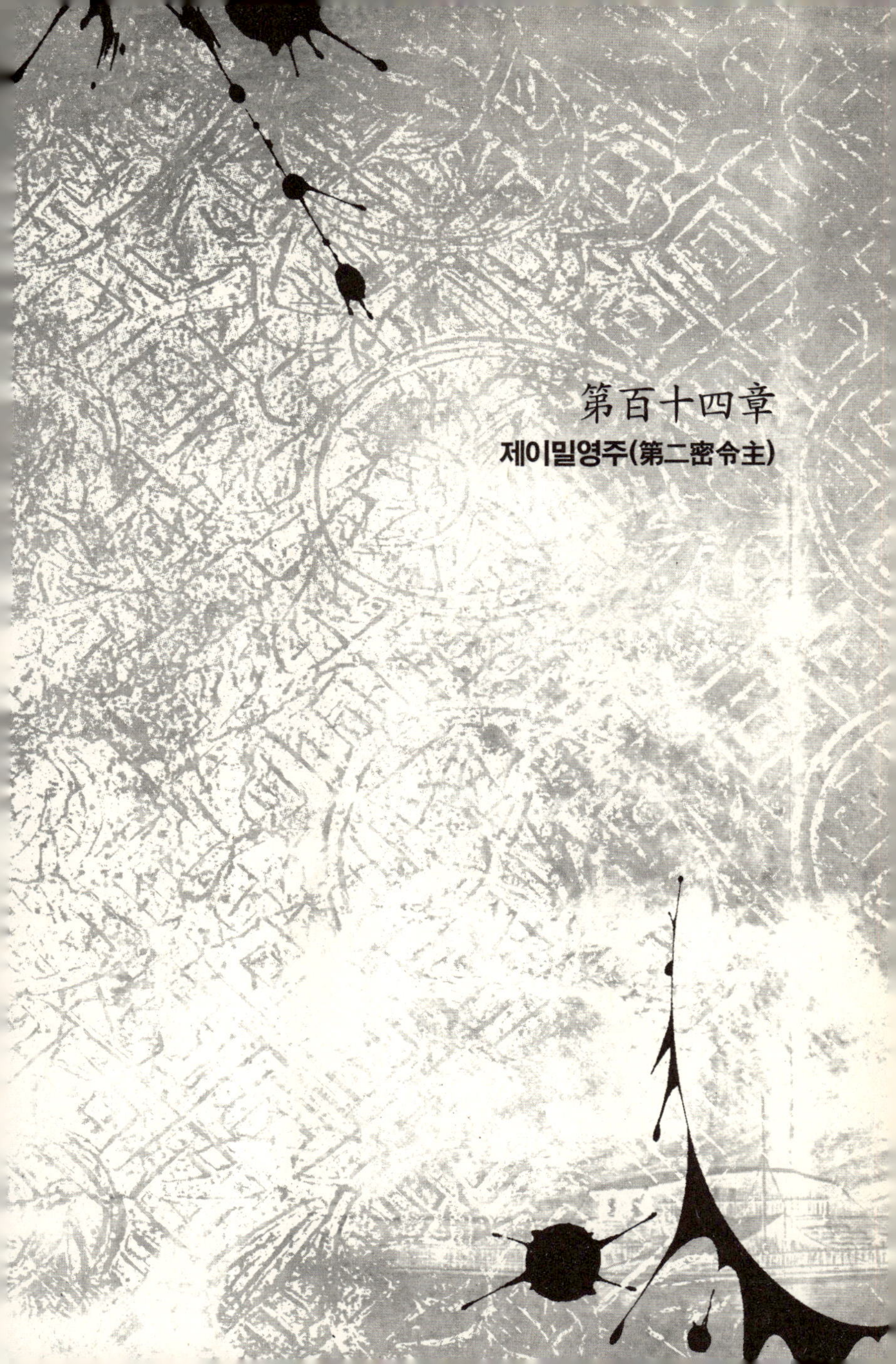

第百十四章

제이밀영주(第二密令主)

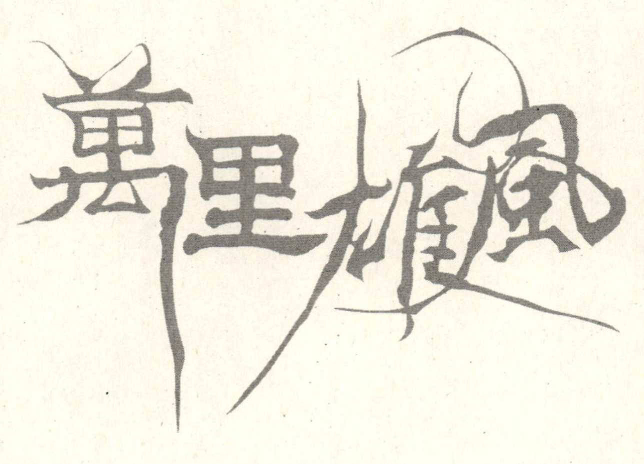

萬里雄風

"놈!"

자신을 철저히 무시하고 있는 허적을 향해 제갈성천이 흰 수염을 부르르 떨며 일갈을 터뜨렸다.

"노인장보다는 아들이 더 강하다고 알고 있고 있소. 그런 아들이 내 일장에 주저앉아 버린 것을 간과하고 있구려. 또한 이곳은 제갈세가의 담장 바깥이라는 사실도."

허적이 더욱 진한 조소를 피워 올렸다.

펄럭!

신랄한 허적의 말에 제갈성천의 상의가 부풀어 올랐다. 무공보다는 지략과 기문진식에 역점을 둔 제갈세가에 있어서 담장 밖에서 만난 육성의 일인은 절대로 경시할 존재가 아니었다. 그런데 그런 육성이 한 명 더 있었다.

"형! 두 명도 상관없겠지?"

밀려오는 긴장감을 흩어버리며 마웅탁이 소리를 질렀다. 그는 공우기와 허적의 정체를 알고 있는 듯했다.

"그 두 명이 누군지 알고 하는 소리냐?"

책밖에 모르는 마웅탁이 설마 공우기와 허적까지 알고 있을까 하는 생각에 유진룡이 되물었다.

"저쪽에 묵묵히 서 있는 사람은 양혼절맥수 공우기 대협이고, 형 앞에서 비실거리며 웃는 사람은 멸절장 허적 소인배잖아."

마웅탁이 피식 웃으며 답했다.

"소인배?"

유진룡이 화답과 함께 허적을 쳐다보았다. 소인배라 일컬어진 허적의 얼굴이 차갑게 굳어지고 있었다.

"무공만 강하다고 다 대협인가? 하는 짓이 비열하면 소인배지."

마웅탁이 한 번 더 허적의 심기를 긁었다. 아무래도 멀리 떨어져 있는 공우기보다는 가까이에 있어 유진룡과 먼저 격돌할 가망성이 높은 허적을 격분시키려는 의도된 말이었다.

뻔한 것이라도 칭찬은 기분 좋았고, 반대로 뻔한 격장지계라도 험담은 기분 나쁘게 마련이었다. 특히 강자일수록 비열하다는 단어는 제일 듣기 싫은 말이었다. 졸지에 소인배가 된 허적의 눈에 짙은 살기가 어렸다.

"네놈은 제일 고통스럽게 죽여주지."

허적이 두 눈으로 살기를 물씬 뿜어내며 말했다.

"비열한 인간이 무슨 짓이든 못하겠소. 어쩌다 육성의 반열에 올랐는지. 쯧쯧!"

"놈!"

마웅탁의 격장지계에 더 이상 참지 못한 허적이 고함과 함께 손을 들어 올렸다. 유진룡의 신속히 허적의 앞을 막아서며 손을 흔들었다.

우우웅!

손 그림자 한 개가 바람처럼 허적을 덮쳐 갔다. 허적의 손바닥에서도 암홍색 빛무리가 터져 나왔다. 그를 육성의 반열에 오르게 한 멸절장이었다.

원래 그가 뿌리는 멸절장은 완전한 흑색이었으나 도천극의 파황신공이 가미되어 암홍색으로 변했고, 그것은 예전의 멸절장보다 훨씬 강맹했다.

콰앙!

멸절장과 유진룡의 손 그림자가 부딪치며 강력한 파장이 몰려왔다.

'우웃!'

당혹성을 삼킨 제갈유성과 제갈성천이 급급히 뒤로 물러

났다.

파파파팟—

허공을 찢는 바람 소리와 함께 허적이 다시 손을 흔들자 멸절장이 더욱 붉은빛을 띠며 유진룡의 전신을 향해 쇄도해 들었다. 그 모습은 마치 붉은 구름이 온 세상을 휩쓰는 것 같았다.

유진룡은 우뚝 그 자리에 선 채 주먹을 말아 쥐었다. 그리고는 앞으로 천천히 내밀었다.

우웅! 하는 진동음과 함께 유진룡의 주먹에서 나온 경기가 바위처럼 무겁게 암홍색으로 물든 멸절장을 두드려 나갔다.

콰앙—

암홍색 멸절장이 허공 속으로 흩어지고 허적이 주춤 뒤로 두 걸음 물러났다.

"이럴 수가!"

허적이 어이없다는 표정으로 자신의 손바닥을 쳐다보았다.

파황신공으로 족히 삼 할은 더 무거워진 멸절장이었다. 그래서 육성의 반열에서 이젠 사존, 삼후와 겨루어도 자신이 있었다. 그런 자신의 멸절장이 애송이의 주먹에 모조리 흩어진 상황을 도저히 믿을 수가 없는 것이다.

제갈성천도 흰 수염을 휘날리며 놀란 눈을 부릅뜨고 있었다.

자신이 아는 한 멸절장은 절대 저런 위력이 없었다. 저건 멸절장이라고 할 수 없을 만큼 파괴적이었다. 그런데 그 멸절장이 흔적도 없이 흩어져 버렸다. 그것도 약관을 겨우 넘긴 것 같은 청년의 장력에…….

모두들 그런 눈빛으로 유진룡을 쳐다보고 있었다. 그들 중에서 양혼절맥수 공우기의 눈은 가장 심하게 흔들리고 있었다. 자신의 무위도 상승했지만 유진룡의 무위는 더욱 상승해 있었다.

자신과 대결했을 때보다 몇 배는 더 강맹해진 것 같았다.

'어쩌면……!'

공우기는 쿵쿵거리는 가슴을 억지로 진정시켰다.

"형, 그동안 제대로 공부했군!"

잠시 동안의 정적을 깨며 마웅탁이 소리를 질렀다.

"생매장될 뻔도 했지."

유진룡의 빙긋 웃으며 답했다. 기력이 다 빠져 곧 죽을 것 같으면서도 여유를 잃지 않으려고 하는 모습이 전의를 북돋워 주었다.

"이젠 확실히 죽여주마!"

허적이 차가운 음성으로 내뱉으며 두 손을 들어 올렸다. 이미 그의 손은 핏빛으로 물들어 있었다.

유진룡은 한 손은 활짝 펴고 다른 한 손은 주먹을 쥔 채 가슴에 붙이는 기이한 자세를 잡았다. 그런 유진룡의 자세를 눈살을 찌푸리며 쳐다보던 허적은 우레 같은 고함과 함께 쌍장을 쭈욱 내밀었다.

허적의 손에서 강맹한 일장이 터졌다. 은영무객 진국동의 은무장에 못지않은 장력이었다.

유진룡은 차갑게 허적을 바라보았다. 진국동의 은무장과는 전혀 다른 장법이었지만 어딘지 모르게 닮은 냄새가 났다.

피의 기운이 스며 있는 냄새. 그것도 도천극의 냄새였다.

유진룡은 차갑게 웃었다. 그리고 단전 깊은 곳에 가라앉아 있던 기운을 불끈 끌어올렸다.

도천극의 개가 된 자들은 육신뿐만 아니라 자존심까지 철저하게 부숴주고 싶었다.

우우웅—

유진룡의 몸 주변으로 흰 아지랑이가 일었다. 석정수의 기운이 극강한 반탄강기로 뿜어져 나오고 있는 것이다.

콰앙—!

폭음이 일며 유진룡의 가슴에 멸절장이 정통으로 작렬했다.

정소채와 당소미가 비명을 질렀고, 유진룡의 가슴에 작렬한 후 사방으로 흩어져 나간 멸절장의 기운에 커다란 회오리가 피어올랐다.

정상적인 상황이라면 유진룡은 뒤로 몇 장이나 날려가든지 가슴이 으스러지며 피를 토해야 했다. 하지만 유진룡은 돌부처라도 된 듯 꼼짝도 않고 그 자리에 서 있었다.

"어디서 빗자루 신공이라도 익힌 모양이군, 먼지만 잔뜩 쓸어 올리는 것을 보니.”

한 발짝도 움직이지 않고 그 자리에 선 유진룡이 허적을 쳐다보며 조소를 지었다.

혼신의 힘을 다한 자신의 멸절장을 맨몸으로 막아내는 유진룡을 보며 허적의 눈빛이 경악으로 물들었다.

“이게…….”

허적이 불식간에 중얼거렸다.

구성으로 뿌린 멸절장이었다. 그런 위력의 멸절장이면 쇳덩이라 해도 저렇게 멀쩡히 서 있을 수는 없는 일이었다.

“어디서 굴러먹다가 온 놈인지도 모르는 도천극이 흑사련의 련주가 되기도 하는 마당에 이런 일이 벌어지지 말라는 법이라도 있소?”

유진룡은 더욱 차가운 어조로 말하며 허적을 향해 한 발을 내디뎠다.

쾅—

안개 속에서 터졌던 진각음이 다시 울렸다.

파파파팟—

유진룡의 발아래에 있던 땅거죽이 요동을 치며 허적에게로 몰려갔다. 그리고는 허적의 신형 앞에서 해일처럼 솟구쳐 올랐다.

허적이 양손을 세차게 흔들며 덮쳐 오는 땅거죽을 걷어냈다. 그 순간 유진룡의 신형이 빨랫줄처럼 늘어나며 허적을 향해 쇄도해 들었다.

"헛!"

허적이 헛바람을 내쉬며 뒷걸음질을 쳤다. 쇄도해 들어오는 유진룡의 육신이 마치 거대한 대호를 연상시켜 마주칠 엄두를 내지 못했던 것이다.

허적이 빠르게 뒤로 물러나자 쇄도해 드는 유진룡의 신형이 어지럽게 흔들렸다.

소주의 수련동에서 돌기둥 사이를 휘돌며 콩알만 한 타점을 정확히 타격하던 백호십이수의 몸놀림이었다.

파파파팟—

유진룡의 신형이 줄로 연결된 듯 허적의 움직임에 그대로 따라붙으며 각각 여덟 번의 권각을 동시에 펼쳤다.

허적이 쌍장을 미친 듯이 흔들었다.

파파파팡—

유진룡의 손과 발에서 터져 나간 경력이 허적의 멸절장을 사전에 차단하며 허적의 전신을 난타해 나갔다.

퍼퍼퍽!

멸절장이 다 막아내지 못한 백호십이수, 아니, 무한십이수의 경력이 허적의 몸 몇 군데로 파고들었다.

"크윽!"

허적이 답답한 비명을 토했다.

그의 허벅지와 어깨, 그리고 허리에 송곳이 꿰뚫은 것 같은 상처가 나며 핏물이 쏟아졌다.

　허적은 멍하니 그 상처들을 쳐다보고 있었다. 비록 치명적인 상처는 아니었지만 무공의 수위를 명백히 가늠할 수 있는 상처였다.

　"도천극에게서 영양가있는 것은 별로 못 얻어먹은 모양이군."

　유진룡이 다시 한 걸음 허적에게로 다가갔다.

　"찢어 죽일 놈!"

　허적이 이를 뿌드득 갈며 쌍장을 들어 올렸다. 이성을 상실한 그의 눈이 완전히 혈광으로 물들었다.

　"그것이 도천극의 선물이었소, 토깽이 새끼처럼 눈알을 빨갛게 물들여 겁주는 것이?"

　유진룡이 발끝으로 땅을 찍었다.

　황소 같은 신형이 훌쩍 허공으로 떠오르며 급전직하로 떨어져 내렸다.

　"하앗!"

　허적이 하늘을 떠받치는 자세로 멸절장을 뿌렸다.

　허공에서 빙글 신형을 뒤집어 멸절장을 흘린 유진룡이 발뒤축으로 허적의 어깨를 쇠메처럼 내리찍었다.

　퍼억—

　파육음과 함께 허적의 신장이 반으로 줄어들었다.

　"크윽!"

못이 박히듯 거의 허리 어림까지 땅속에 파묻힌 허적이 비명을 토했다. 뒤이어 그의 입에서 선혈이 폭포수처럼 터져 나오기 시작했다.

"먼저 가서 도천극을 기다리시오, 그놈도 곧 보내줄 테니!"

허적의 머리에 손을 얹은 유진룡이 불끈 공력을 끌어올렸다.

"크윽!"

반쯤 땅속에 파묻힌 허적이 칠공에서 피를 토하며 완전히 땅속으로 박혀 버렸다.

그는 죽음과 동시에 묫자리까지 마련한 것이다.

유진룡은 천천히 등을 돌렸다.

정소채가 흔들리는 눈빛으로 유진룡을 쳐다보았다.

봉황신녀 곡미령의 대역을 하며 처음 만났을 때 혈마선 염량을 처치한 유진룡은 그의 부하들을 혈도만 봉한 채 살려주려 했다. 그래서 후환을 없애기 위해 정소채 자신이 그들을 처치했다. 하지만 이젠 그럴 필요가 없을 것 같았다. 저 사내는 이젠 필요할 때는 누구보다 비정해지는 무인이었다.

'휴—'

정소채는 가슴속으로 한숨을 삼켰다.

유진룡의 그런 변화가 안심이 되기도 했지만 한편으로는 무언가를 잃어버린 것처럼 허전하기도 했다.

'이젠 빈틈없는 강호인이 됐다는 건가?'

정소채는 다시 한 번 한숨을 삼키며 유진룡을 쳐다보았다.

허적을 처치한 유진룡은 천천히 공우기 쪽으로 걸음을 옮기고 있었다.

"떠난다면 막지는 않겠소."

공우기 앞에 선 유진룡이 가라앉은 음성으로 말했다.

공우기는 여전히 그 자리에 고목처럼 서 있었다. 조금 더 그렇게 서 있던 공우기가 입을 열었다.

"왜 그런 호의를 베푸는가?"

공우기의 목소리는 유진룡보다 더 가라앉아 있었다.

"대협은 왜 합공을 하지 않았소?"

유진룡이 되물었다.

"이제껏 그래 본 적이 없었네."

공우기가 답했다.

"그런 사람과는 별로 싸우고 싶지 않군요. 내 여인에게 예를 다해 대해준 사람과는 더더욱……."

유진룡이 뒤늦게 공우기의 질문에 답했다.

유진룡의 대답에 공우기가 잠시 입을 다물고 있다가 천천히 신형을 움직였다.

"하지만 무인에겐 싸우고 싶지 않아도 싸워야 할 때가 있지."

공우기는 유진룡과 마주한 채 쌍장을 가슴에 모았다. 그의 얼굴에 꺾을 수 없는 고집이 어려 있었다.

그는 작년과 다르지 않았다. 고지식하고 강직한 무인이었다. 도천극에게 금제당해 있지만 비열하지 않았고, 대가없는 호의는 받으려 하지도 않았다.

우우웅―

공력이 모이는 공우기의 손에서 진동음이 흘러나왔다. 저렇게 조금 더 지나면 공우기는 또 다른 영혼에 지배당하며 마인과 다름없어질 것이다.

유진룡은 착잡한 심정으로 공우기를 바라보았다. 자신과 공우기는 둘 모두 예전보다 더 강해져 있었기에 이번에 격돌하면 두 사람 중 한 사람은 죽어야 할 것이다.

'어쩔 수 없군.'

유진룡은 공우기와 대결을 회피하려는 마음을 접으며 공력을 끌어올렸다.

그 순간 공우기의 입술이 은밀하게 달싹거렸다.

"격돌하는 순간 난 진기를 거두겠네. 그때 자네는 나를 밀영대 뒤쪽까지 날려주게."

공우기의 전음이었다.

잠시 당황한 눈빛을 하던 유진룡은 공우기를 뚫어져라 쳐다보았다.

"놈들 중 한 명이라도 살아서 도망간다면 소식을 전할 것이고, 그럼 내 가족들을 구할 기회는 영원히 없어질 것이네."

재차 들린 공우기의 목소리에 유진룡은 보일 듯 말 듯 고개를 끄덕였다. 그는 가족들 때문에 이제껏 도천극에게 묶여 있었던 것이다.

유진룡은 쌍장을 들어 올렸다.

콰앙—

두 사람의 손에서 장력이 터지고 일순 팽팽하던 대치가 급격히 한쪽으로 기울며 공우기의 신형이 가랑잎처럼 날려갔다. 그렇게 날려가던 공우기가 밀영대 뒤쪽에서 훌쩍 신형을 비틀며 내려선 후 그들을 향해 장력을 터뜨렸다.

"크윽!"

"왜?"

살기 어린 눈을 번뜩이며 언제라도 제갈세가 사람들에게 쇄도할 자세를 유지하고 있던 밀영대의 대열이 급격히 무너지며 혼란이 일었다. 그 혼란은 유진룡이 전면에서 가세하며 더욱 가중되었다.

"우리도 가세해요!"

유진룡의 뒤를 따라와 후방을 막고 있던 정소채와 고염우도 부하들과 함께 혼란 속으로 스며들었다.

"배신을 할 생각이오, 삼영주?"

혼전 속에서 밀영대의 조장 하나가 이를 악물며 고함을 질렀다.

"우린 서로 단 한 번도 신임을 보인 적이 없었다. 그러니 배신이란 말은 어폐가 있군."

공우기는 그를 향해 쭈욱 쌍장을 뻗었다.

“크윽!”

사내가 피를 토하며 뒤로 날려갔다.

“퇴각하라!”

제갈세가의 문도들까지 가세하며 밀영대의 인원이 스무 명도 남지 않게 되자 누군가 고함을 질렀고, 밀영대의 사내들이 제각각 몸을 날렸다.

“그렇게는 안 될걸!”

여인의 뾰족한 고함 소리와 함께 사내들의 머리 위에서 퍼엉! 하는 폭음이 터지며 검은색 가루가 비산했다.

“쿨럭!”

“크윽!”

분분히 몸을 날리던 사내들이 낙엽처럼 떨어져 내리기 시작했다.

천인혈독의 해약을 만들며 사천당문이 부수적으로 얻은 산공독이었다. 그것은 흑사련도에게는 더욱 치명적이었는데, 당소미에 의해 그것이 뿌려지자 공력이 잃은 사내들이 경공을 제대로 펼치지 못하고 바닥으로 추락한 것이다.

“어릴 때부터 내가 바라는 것은 언제나 이루어지지 않았지.”

밀영대를 단 한 명도 남김없이 처치한 후 공우기가 텅 빈 눈으로 유진룡을 쳐다보며 말했다. 그건 자기 자신에게 하는 혼잣말 같기도 했고, 유진룡에게 하는 말 같기도 했다.

"그런데 이번에는 그 바람이 너무도 빨리, 그리고 너무도 정확히 일치하며 이루어진 것 같군."

공우기는 여전히 혼잣말처럼 텅 빈 음성으로 중얼거렸다.

"얼마 전에 암흑 같은 절망 속에서 한줄기 빛을 보듯 자네 모습을 떠올렸지. 그리고는 오늘 같은 날을 상상했지. 자네로 인해 치욕의 굴레를 끊을 수 있는 기회를 잡을 수 있기를……. 그런데 그게 너무 정확하게 이루어졌군."

공우기는 바닥에 쓰러져 있는 밀영대원들을 둘러보았다. 무심함만이 가득한 그의 눈에는 어떤 동정의 빛도 담겨 있지 않았다.

"자네는 내가 상상해 본 것 이상으로 강해졌네, 도천극이 밤잠이 이루지 못하고 불안해할 정도로. 그것이 나를 한없이 안도하게 하는군. 내가 실패하더라도 절대로 그놈은 영화를 이루지 못할 테니. 또 그게 용기를 북돋워 주기도 하고……."

무심하던 공우기의 얼굴에 처음으로 흐릿한 미소가 떠올랐다. 그리고는 천천히 등을 돌렸다.

"어디로 가실 겁니까?"

유진룡이 공우기의 등을 향해 질문을 던졌다.

조금 전에 떠오른 그 미소는 희망을 향한 것 같기고 하고, 어찌 보면 오히려 절망을 향한 것 같기도 했다. 부러질지언정 꺾어지지 않는 한 자루 검 같은 무인이 그동안 굴레를 지고 오욕의 삶을 살아왔으니 가족을 구한 후 그의 길은 어쩌면 정해져 있을지도 몰랐다.

"우선은 가족을 구해야지. 그런 다음엔……."

공우기의 말이 잠시 끊겼다.

"그런 다음엔 도천극 그놈을 만날 생각이네."

공우기는 씹어 삼키듯 말을 맺었다.

"우리하고 같이하시지 않겠습니까?"

마웅탁이 넌지시 물었다.

"이제껏 단 한 번도 그래 본 적이 없네."

공우기의 목소리에서 언제나 홀로 다니는 야생 표범의 고
독이 느껴졌다.

"너무 서두르지는 마십시오. 장부의 복수는 십 년 후라도
늦지 않다고 했으니."

공우기의 걸음을 멈출 수 없다고 생각한 유진룡은 단지 그
가 성급하게 움직이지 않기만을 빌었다.

"새겨듣도록 하겠네."

공우기가 걸음을 옮기며 고개를 끄덕였다.

"공 대협!"

공우기의 걸음이 조금 빨라지려는 찰나, 당소미가 공우기
를 불렀다.

전혀 뜻밖에 울려 퍼진 여인의 목소리에 공우기는 움찔 걸
음을 멈추고는 불식간에 고개를 돌렸다.

"도천극은 최근에 새로운 독을 만들었어요. 그 독은 마치

자모고를 푼 것처럼 악독해요. 그것이 뿌려지면 공 대협은 그야말로 이제까지보다 더 위험한 꼭두각시가 될 수 있어요.”

당소미는 공우기에게만 들리게 작은 소리로 말했다.

꼭두각시라는 당소미의 표현에 공우기의 표정이 딱딱하게 굳어졌다. 그러나 당소미는 조금도 주저하지 않고 자신의 품속으로 손을 넣었다.

“이건 그 해독약이에요. 지금 당장 복용하세요. 그럼 도천극의 독은 어떤 종류든 통하지 않을 거예요.”

당소미는 손에 든 도자기병을 공우기에게 던졌다.

“고맙군!”

공우기는 짤막하게 사례하고는 자기병의 뚜껑을 열고는 그 안에 든 것을 한입에 털어 넣었다.

“맛도 일품일세!”

도천극의 독에 더 이상은 당하지 않아도 된다는 생각에 안도한 듯 가슴을 쭉 펴며 트림을 한 공우기는 다시 등을 돌리고는 멀어져 갔다.

어쩌면 다시는 그를 볼 수 없을지도 모른다는 생각에 유진룡은 그의 모습이 보이지 않을 때까지 그 자리에 서 있었다.

第百十五章
존재의 이유

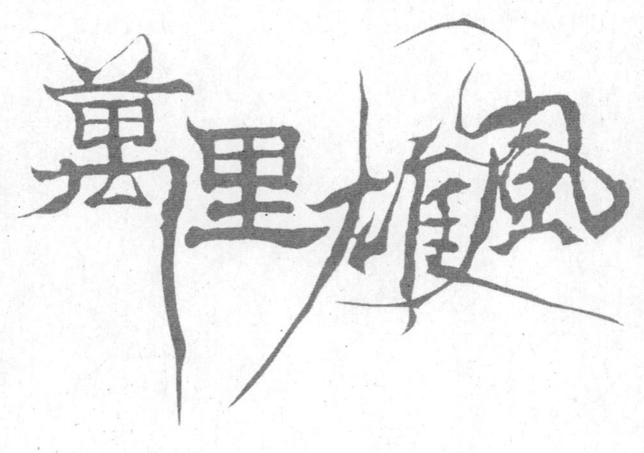

제갈세가를 덮친 위기는 근 반나절 만에 막을 내렸다.

자칫 큰 변을 당할 뻔한 제갈세가는 빠르게 가문의 안팎을 정리하고 평상시의 모습을 되찾았다. 그런 중에서 제갈세가의 내당 한가운데에서는 뜨거운 열기가 감돌았다.

마웅탁이 기력을 되찾음과 동시에 가주 제갈유성에게 몇 권의 서책을 내밀었는데, 그것을 받아 들고 잠시 훑어보던 제갈유성과 제갈성천은 신음에 가까운 감탄사를 터뜨리고는 그 서적 속으로 빨려들었다.

서적에는 제갈세가에서 그동안 고심했던 문제들을 풀 수

있는 내용들이 너무나 명확하게 서술되어 있었다. 뿐만 아니라 지금 제갈세가가 보유하고 있는 기문진식의 수준을 한 단계 더 높일 만한 획기적인 내용들도 수록되어 있었다.

"과연 태양천가……!"

제갈성천이 다시 탄성을 토해냈다.

"오래전에 사라져 버린 전설의 가문인 줄 알았는데… 과연 명불허전이구려."

"그렇군요. 인간의 두뇌로 어떻게 이런 생각을 할 수가 있는지… 어쨌든 두 분 공자로 인해 우리 가문은 큰 광명을 맞이하게 되었습니다."

제갈유성은 극도의 존경심을 담은 눈으로 마응탁과 유진룡을 쳐다보았다.

"그렇게 생각하신다면 제갈세가에서도 도천극의 마수를 떨치는 데 힘을 보태주십시오."

마응탁은 말을 돌리지 않고 직접적인 표현으로 자신의 의사를 피력했다.

"아무렴 여부가 있겠나. 무림의 평화가 곧 우리 가문의 평화이고, 그놈들이 건재하는 한 언제가 우리 가문은 그들의 마수에 큰 횡액을 당할 테니까."

제갈성천이 고개를 끄덕였다.

"마침 정도맹주로부터 지원 요청을 받았으니 수일 내로 정도맹 집결지로 합류할 생각이네. 그동안은 역량이 모자라 차일

피일 미루었는데, 이젠 날개를 단 셈이니 미룰 이유가 없지.”

제갈유성도 고개를 끄덕였다. 언제나 대해처럼 가라앉아 있었지만 지금 이 순간 제갈유성의 눈은 활활 전의를 불태우고 있었다.

이젠 한 단계 더 높아진 능력으로 제갈세가의 이름을 만방에 떨치고 싶은 것이다.

“그렇게 해주신다면 더 바랄 것이 없겠습니다.”

마웅탁은 깊이 고개를 숙이고 나직한 한숨을 내쉬었다.

최선을 다해 여기까지 왔다. 그리고 지금부터는 도천극의 목을 조일 준비를 해야 할 것이다.

태양천가의 유일한 후손으로 구유묵가의 마수에 비명횡사한 혈육들의 원한을 갚고 원혼들의 넋을 달래어준다면 자신의 태양천가의 자손으로 부끄럽지 않은 최후를 맞이할 수 있을 것이다.

‘얼마나 남았을까?’

마웅탁은 조용히 눈을 감았다.

천고의 능력을 타고났지만 그 반대급부로 천형도 함께 타고났다. 그것으로 인해 가문의 남자들은 길어도 서른을 넘기지 못했다. 대부분 스물다섯 정도에 생을 마쳤다. 그렇게 따져 본다면 자신에게 남은 시간도 길게는 오 년, 짧으면 일이 년 정도일 뿐이다.

‘흐읍—’

마웅탁은 긴 한숨을 삼키며 양혜란의 모습을 떠올렸다.

언제나 사슴처럼 슬픈 눈으로 동생들을 쳐다보던 그녀는 이제 소향상회의 다음 주인이 될 모든 역량을 갖추었다. 그녀는 동생들을 보살피며 그렇게 살아가면 된다. 그것이 그녀에게는 최고의 평화이고, 최고의 행복이다. 그녀와 동생들의 행복을 지켜주기 위해 자신은 마지막 그날까지 최선을 다할 것이다. 도천극의 마수가 더 이상 중원 깊은 곳으로 밀려들지 못하도록, 절대로 소주까지 닿지 못하도록 자신은 마지막 남은 핏방울까지 짜낼 것이다. 그렇게 하여 슬픈 양혜란의 눈동자에 웃음이 어리게 된다면 자신은 행복하게 눈을 감을 수 있을 것이다.

'흐읍!'

마웅탁은 다시 긴 한숨을 속으로 내쉬었다.

마웅탁의 말이 끝나자 지옥화 당소미가 나서서 제갈유성에게 배첩을 내밀었다.

당소미도 유진룡 일행인 줄 알고 있던 제갈유성은 그녀가 당문의 여식이라는 사실에 깜짝 놀라며 그녀를 쳐다보았다. 도천극이 사천을 장악하며 당문은 멸문당했다고 알고 있었기에 그 놀람을 더욱 컸다.

당소미는 제갈세가의 사람들에게 가볍게 고개를 숙이고 입술을 열었다.

"돌아가는 상황이 시급하니 본론부터 말씀드리겠습니다. 우리 가문에서는 도천극의 독에 대항할 수 있는 해독약을 만들었고, 만든 즉시 가문을 비우고 극비리에 중원 전역으로 흩어져 그것을 배포하고 있습니다. 제가 배포를 맡은 곳은 제갈세가였고, 제갈세가의 사람들이 필요한 양의 해독약은 지금 가지고 왔어요."

당소미는 자신이 이곳에 온 용건을 단도직입적으로 밝혔다.

"오오!"

제갈세가의 제일 어른인 제갈성천이 감탄사를 토했다. 사천의 모든 문파가 도천극의 마수에 짓밟히고, 짓밟힌 문파의 고수들이 도천극에 충성을 맹세한 것이 독에 중독당한 때문이란 정보를 입수한 후부터 제갈세가는 대처할 방도를 찾지 못하고 노심초사하던 차에 당소미의 말은 그야말로 생명수나 마찬가지였다.

"그게, 그게 정말인가, 소저?"

가주 제갈유성도 떨리는 목소리로 물었다.

"정말이에요. 우리 가문이 해독약을 만들 경우에 대비해 도천극이 부하들을 보내 멸문시키려 했지만 우리 당가는 한 발 앞서 해독약을 개발했고, 그들을 모두 몰살시켰어요. 그리고 그 즉시 우리는 가문을 비우고 극비리에 중원 곳곳으로 흩어져 해독약을 배포하고 있어요. 도천극은 아직 우리 가문이 자기 부하에 의해 멸문당한 줄 알고 있을 겁니다. 그사이 해독약을 중원 각 문파에 배급하고 역이용을 해야 한다는 것이 저희 아버님의 생각이십니다."

말을 맺음과 함께 당소미는 품속으로 손을 넣어 보자기에 싸인 물건을 꺼냈다. 두께는 책 두 권을 합친 것 정도 되었고, 크기는 서책의 반 정도 되었다.

보자기를 풀자 그 안에는 견고한 모양의 금속함이 모습을 드러냈다.

금속함은 어느 곳에도 겹치거나 뚜껑을 닫은 흔적이 보이지 않아 마치 한 덩어리의 쇳덩이 같았다. 그러나 당소미가 어지럽게 손가락을 놀리며 금속함의 표면을 두드리자 찰칵, 하는 소리와 함께 함의 뚜껑이 열리며 그 안에 금속 재질의 병이 모습을 드러냈다. 당문의 정교한 솜씨가 고스란히 엿보이는 물건이었다.

"이 금속 상자 안에 든 액체가 도천극의 독을 중화시킬 수 있는 해독약이에요."

당소미는 금속함을 들어 올려 그것을 제갈유성에게 건넸다.

"대체 당문에서는 어떻게 이것을 만들었단 말인가? 우리도 그 독의 정체를 알고 백방으로 노력했지만 어떤 단초도 얻지 못했는데……."

제갈유성은 보물을 만지듯 금속병을 쓰다듬었다.

"우리 역시 마찬가지였지만 어떤 귀인의 도움으로 그 해약을 완성했습니다."

당소미는 숨기지 않고 솔직히 말했다.

"귀인이라면……?"

제갈유성은 반사적으로 마웅탁을 쳐다보았다. 그러나 마웅탁은 아무런 반응 없이 담담히 서 있었다.

제갈유성은 다시 당소미에게로 시선을 돌렸다.

"그런데 이 귀한 것을 어찌 소저 혼자 몸으로?"

제갈유성이 호위 한 명 없이 혼자 몸으로 여기까지 온 당소미를 보고 혀를 찼다.

"제 한 몸은 제가 지킬 수 있어요. 그리고 당가의 모든 사람들이 저처럼 무림 각 문파로 해독약을 전하러 가서 몸이 열 개라도 모자라는 상황이기에……."

당소미의 대답에 제갈유성이 고개를 끄덕였다.

"그렇구먼. 어쨌든 정말 고맙네, 소저. 이제 우리 가문은 날개를 얻고 거기에 갑옷까지 얻었으니 도천극을 칠 일만 남았구먼."

제갈유성이 긴 한숨을 내쉬었다.

"그 해약과 함께 아버님께서 한 가지 부탁을 하셨어요."

당소미는 신중한 표정으로 제갈유성을 쳐다보았다.

"말해보시게. 당문주의 부탁이면 절대로 사사로운 것이 아닐 테니 능력이 닿는 데까지 돕겠네."

제갈유성이 고개를 끄덕였다.

당소미는 잠시 생각을 정리한 후 입을 열었다.

"아시다시피 도천극의 독은 인간의 육신뿐만 아니라 정신까지 중독시키는 소름 끼치는 독이에요. 그 독에 중독되면 죽을 때까지 그의 수족이 된다고 알고 있어요. 다행히 저희 가문에서 그 해독약을 만들었지만 그건 한계가 있어요. 해약을 복용한 후라면 독에 중독되지 않지만, 먼저 독에 중독이 되고 난 후엔 해약이 소용없다는 것이에요. 그렇다고 해서 온 세상 사람들에게 해약을 공급할 수는 없는 처지이고…….”

“허허, 그런 위험성이 있었구먼. 그럼 지금 현재 중독된 사람들은 어쩔 수가 없다는 말이구먼.”

제갈성천이 탄식을 했다.

“그렇습니다, 노야. 그들은 이제 우리의 적일뿐이지요. 애석하지만 어쩔 수 없는 일이에요. 그러나 그보다 더 중요한 것은 그 독이 존재하는 한 아무리 도천극의 마수를 막고 더 나아가 도천극을 죽여 없앤다 하더라도 또 다른 도천극이 생길 수 있다는 것이에요. 그 독을 만든 자가 세외로 도망이라도 가서 그곳 사람들을 중독시켜 데려오기라도 한다면 이런 일은 끊임없이 반복될 거예요.”

“정말 그렇군.”

제갈유성도 굳은 표정의 고개를 끄덕거렸다.

“그래서 우리 가문은 도천극보다 오히려 그 독을 제조한 사람을 더 위험한 인물로 생각하고 있어요. 그래서 그자에 대해 알고자 하였지만 도저히 알 수가 없었어요. 그건 정도맹에서도 제대로 알지 못하고 있어요. 그 때문에 제 부친께서는 제갈세가에서 그자에 대해 알아봐 줄 것과 그자를 잡을 수 있는 계책을 마련해 주십사 하는 부탁을 전해달라고 하셨습니다."

당소미는 말을 맺으며 가볍게 고개를 숙였다.

제갈세가는 다른 세가들만큼 활발히 대외 활동을 하며 가세를 넓히지 않았다. 조용히 가문 내부에 은둔하고 있었지만 가만히 앉아서 구만 리를 내다보는 것처럼 그 어떤 가문보다 정보가 빠르고 세상일을 훤히 꿰뚫고 있었다. 그런 제갈세가에서 적극 나선다면 그자의 정체는 물론, 그자를 잡을 수 있는 계책까지도 마련할 수 있을 것이다.

"잘 알겠네, 소저. 그건 당문주의 부탁이 아니더라도 우리가 의당 해야 할 일이니 가문의 역량을 총동원해서 알아내 그자를 잡을 수 있도록 하겠네."

제갈유성이 당소미를 향해 흔쾌히 고개를 끄덕였다.

"감사합니다, 가주님. 그렇게 해주신다면 저희 당가는 앞으로도 최선을 다할 것입니다."

당소미는 깊이 고개를 숙였다.

"우리가 할 말을 어린 처자가 대신하고 있구먼. 어쨌든 오늘 저녁은 좀 쉬면서 푸짐한 저녁을 들기로 하세나. 그래야 기력을 회복하고 내일을 대비할 수가 있지 않겠나."

제갈성천의 말과 함께 제갈세가에서 잔치를 치르는 것처럼 저녁을 준비했고, 유진룡 역시 모처럼 모든 근심을 젖혀두고 푸짐한 저녁을 들며 그간의 피로를 풀었다.

*　　　*　　　*

"이제 기력을 회복했으니 그만 가도록 하자."

제갈세가에서 하룻밤을 지내고 다음날 아침이 되자 유진룡은 떠날 채비를 하며 마웅탁을 재촉했다.

"그게 무슨 소리야, 형? 그리고 어디로 간단 말이야?"

아직 잠이 덜 깬 눈을 한 마웅탁이 멍한 표정으로 유진룡을 쳐다보았다.

"너에게 시간이 얼마 없다는 것을 안다. 그러니 어서 가자. 그래서 그 천형을 떨쳐 버릴 방도를 찾자."

유진룡은 다급하게 말하며 마웅탁의 어깨를 잡고 반강제로 일으켜 세웠다. 그리고는 방문을 열었다. 말을 듣지 않으면 억지로라도 끌고 갈 기세였다.

"형, 이거 좀 놓고 말해. 대체 어딜 가자고 이러는 거야?"

유진룡에게 뒷덜미를 잡혀 반쯤 끌려나오다시피 하며 마웅탁은 목소리를 높였다.

"지금 당장 소향상회로 가자. 그곳에 가서 내 사저와 함께 네가 타고난 천형을 떨칠 방법을 연구해 보자. 사부께서 사저를 고쳤고, 나와 사형 역시 그런 식으로 수련하였으니 사형, 사저와 내가 같이 노력하면 네 절맥도 고칠 수 있을 것이다."

유진룡은 조급함이 이는 목소리로 말하고는 걸음을 더욱

빨리했다.

"형! 제발 이것 좀 놓고…… 아니, 지금은 그게 중요한 게
아니잖아!"

마웅탁은 마침내 고함을 질렀다.

"망할 놈아! 지금 이것보다 더 중요한 것이 어디 있단 말이
냐?"

포효하는 듯한 유진룡의 목소리가 마웅탁의 고함을 깨끗
이 지워 버렸다.

제갈세가의 장원에 고요하게 내려앉아 있는 아침의 정적
을 깨는 그 소란에 세가의 사람들은 하나둘씩 모습을 드러냈
고, 정소채와 당소미 등도 밖으로 고개를 내밀었다. 그러거나
말거나 유진룡은 계속해서 마웅탁의 뒷덜미를 끌며 제갈세가
내당의 정원을 가로질렀다.

"형! 제발 이거 좀 놔!"

버둥거리며 바닥에 주저앉는 자세를 취하는 마웅탁을 이
젠 아예 유진룡이 죄인 끌듯 질질 끌고 가는 자세가 되었다.

"왜, 왜들 이러시나? 대체 무슨 일인가?"

제갈세가의 젊은이들과 함께 제갈유성이 얼른 달려나왔
다. 그를 따라 제갈성천과 제갈유성의 큰딸인 제갈연지도 달
려나왔다.

현재 제갈세가 젊은이들 중에서 제일의 두뇌를 소유한 제
갈연지는 어제저녁 마웅탁과 잠깐 동안의 대화를 통해 마웅

탁에게 완전히 매료되어 있었기에 이렇게 끌려가는 마웅탁을 보며 다급히 달려나온 것이다.

유진룡은 계속해서 마웅탁을 끌었다.

제갈세가 사람들의 눈엔 당황한 기색이 역력했다.

멸문당할 위기에 겨우 마웅탁을 맞이했다. 그리고 앞으로 한동안 마웅탁과 함께하며 가문이 한 단계 더 도약할 수 있는 토대를 마련할 생각이었는데 유진룡이 마웅탁을 끌고 떠나려고 하니 제갈세가로서는 그야말로 날벼락을 맞은 격이었다.

"유 공자, 왜?"

정소채도 고염우 등과 함께 달려나와 뭐가 어떻게 돌아가는지 상황을 살폈다. 유진룡과 함께하며 총주의 밀명을 수행해야 할 그녀로서도 유진룡의 이런 돌발적인 행동은 난감할 수밖에 없었다.

"급한 일이 있어 저희는 가보아야겠습니다. 저희들 인사는 가주께서 대신해 주시길 부탁드립니다."

유진룡은 제갈유성을 향해 고개를 숙인 후 다시 마웅탁을 끌었다.

"형! 형 마음은 알겠는데 지금은 이럴 때가 아니야. 지금은……"

"지금이 바로 그럴 때다. 얼마나 남았을지 모르는 네 생명을 이곳에서 낭비할 수는 없다."

유진룡은 더 힘껏 마웅탁의 목덜미를 잡아채며 걸음을 빨리했다.

'얼마 남지 않은 생명?

유진룡을 저지하려던 제갈유성이 주춤 걸음을 멈추었다. 그리고는 잠시 마웅탁을 쳐다보았다.

처음 볼 때부터 어딘지 병색이 느껴지던 마웅탁이었다. 그래서 그것이 마음에 걸렸는데 방금 유진룡이 한 말을 듣고 보니 모든 것이 짐작되었다.

'역시 그런 것인가?

제갈유성은 탄식을 삼켰다.

천고의 지혜를 타고난 저런 사람들은 그만한 천형도 같이 타고나는 경우가 허다했다. 저 청년만큼은 그런 모진 운명을 타고나지 않았으면 했는데 하늘의 시샘을 피하지 못한 모양이란 생각이 들었다.

제갈유성은 다시 한 번 탄식을 삼키며 마웅탁을 쳐다보았다.

"형, 정말!"

발버둥 치던 마웅탁이 급기야는 상의를 반쯤 찢어 벗어버리며 유진룡의 손아귀에서 벗어났다.

"갈 때 가더라도 잠시 내 말 좀 들어봐!"

마웅탁이 뒷걸음질을 치며 애원했다.

"말해봐라."

한숨을 내쉰 유진룡이 그 자리에 서서 고개를 끄덕였다.

“형은 왜 여기 왔어?”

마웅탁이 가라앉은 음성으로 물었다.

“그걸 몰라서 묻는 것이냐, 자식아!”

유진룡이 고함을 질렀다.

“그걸 왜 몰라. 날 구하러 온 것이잖아. 그럼 난 여기 왜 온 것 같아?”

“이 자식이 지금…….”

유진룡이 와락 인상을 썼다.

“형이 동생을 구하러 왔듯이 나 역시 동생들을 구하러 이곳에 왔어. 모르겠어, 형?”

마웅탁이 대해처럼 깊게 가라앉은 눈빛과 함께 말했다.

언제나 실없이 건들거리며 속을 뒤집던 마웅탁이 이렇게 정색을 하고 나서자 유진룡은 잠시 입을 닫고 마웅탁을 쳐다보기만 했다.

“형에게만 동생들이 아니야. 나에게도 동생들이야. 그리고 그들이 내 목숨보다 소중해.”

마웅탁의 목소리가 더욱 가라앉았다.

“도천극의 마수를 막고 그놈을 처치하지 못하면 동생들이 살아갈 땅은 없어. 형은 그놈을 잘 안다고 생각하겠지만 나보다는 잘 몰라. 물론, 난 그놈을 한 번도 본 적이 없지만 그놈의 가문을 알고, 그놈 가문 사람들의 본성을 알아. 놈들은 뱀보다 차갑고 사갈보다 더 잔인한 심성을 가졌어. 설사 형과 내가 그놈 앞에 무릎을 꿇고 투항한다 하더라도 그놈은 절대로 우릴 살려두지 않을 것이고, 동생들도 살려두지 않을 거야. 구유묵가의 놈들은 언제나 그랬다고 들었어. 동생들을 이 하늘 아래에서 제대로 살아가게 하기 위해서는 그놈을 없애야 해. 그러지 않으면 동생들은 예전보다 더 춥고 배고프게 살아갈 거야. 아니, 그때와는 비교도 할 수 없는 처참한 상황에서 살아가게 만들 거야, 그놈은. 백 번을 거듭 죽는다고 해도 그렇게는 할 수 없어, 형. 그건 형도 마찬가지잖아?"

마응탁이 피를 토하듯 말했다.

"이 자식이……."

유진룡이 눈을 부라렸다. 그러나 얼른 대꾸할 말을 찾을 수가 없었다.

"네놈이 언제 동생들을 그렇게 챙겼다고?"

"맞아. 처음에는 나 살기도 바쁜 뒷골목에서 누굴 챙기고 할 여유가 없었어. 다들 그랬을 거야. 하지만 안 그런 사람이 하나 있었어. 그는 세상에 다시없는 멍청이처럼 피 한 방울 안 섞인 동생들을 목숨을 걸고 챙겼어. 그를 보며 조금씩 조금씩 물이 들기 시작했어. 그리고 이제는 그렇게 하는 것이 내 숙명이 되어버렸어. 그걸 못하게 하면 난 살아도 산 사람이 아니야. 가문의 부활이니 복수니 하는 것은 이젠 아무 의미가 없어. 나를 마지막으로 해서 가문의 대가 완전히 끊긴다고 해도 상관없어. 동생들이 예전처럼 배고프지 않고 행복하게 살 수 있는 세상을 만들 수 있다면…… 난 지금 죽어도 좋아.”

마웅탁이 바위처럼 완고한 모습으로 말을 끝냈다.

유진룡은 한동안 멍하니 마웅탁을 쳐다만 보고 있었다. 가문의 원수를 갚기 위해 온 힘을 다 모으고 있는 줄 알았는데, 그게 아니었다. 녀석도 자신과 같은 마음을 품고 있었다.

장내에 둘러선 사람들도 어떻게 돌아가는 상황인지 대충 짐작을 하고는 납처럼 무거운 표정으로 두 사람을 지켜보고 있었다.

“좋은 소리는 다 끌어모아 준비하고 있었구나. 하지만 안 된다. 살아도 다 같이 살고, 죽어도 다 같이…….”

유진룡은 궁색한 대답을 억지로 끌어 붙이다가 뭔가 어색함을 느끼고는 입을 다물었다.

“말이 되는 소리를 좀 해. 어떻게 다 같이 죽는단 말이야. 나이 더 많이 먹은 형이 더 빨리 죽어야지. 새파란 유금이나 하택이보고 형보다 오래 살지 말라면 그게 말이나 돼.”

“망할 자식!”

유진룡은 고함을 질렀다. 그리고는 다시 마웅탁의 어깨를 잡아챘다.

“일단 소향상회로 돌아가자. 거기 가서 다시 생각해 보자.”

“그럼 지금까지 한 일이 모두 수포로 돌아가. 여기서 도천극을 물리칠 계획을 짜고 목을 조여가야 해. 그러기 위해서는 내가 여기 있어야 해."

마웅탁은 고개를 흔들며 유진룡의 손을 뿌리쳤다.

마웅탁의 손에서 절대로 굽히지 않을 의지를 느낀 유진룡은 아까와는 달리 마웅탁의 어깨를 놓을 수밖에 없었다.

"한 가지만 묻자."

마침내 유진룡이 무거운 음성으로 말을 던졌다.

"말해봐. 네 가문에서 제일 오래 산 남자는 몇 살까지였냐?"

"그게……."

"거짓말할 생각 말고 바른 대로 답해라. 네 녀석 거짓말은 이젠 안 통한다."

유진룡이 으르렁거리자 유진룡의 눈을 피하던 마웅탁이 다시 유진룡의 시선을 받았다.

"스물… 일곱."

마웅탁의 대답과 함께 이곳저곳에서 안타까운 탄식들이 흘러나왔다. 그 속에서 제갈연지의 눈에는 언뜻 물기가 비쳤다.

'빌어먹을!'

유진룡은 더 이상 마웅탁과 눈을 마주할 수가 없어 고개를 들고는 허공을 쳐다보았다. 제일 오래 산 사람이 그 정도니 평균 수명은 그보다 더 짧을 것이다.

'휴—'

긴 한숨을 삼킨 유진룡은 마웅탁에게 얼마만큼의 시간이 남았는지 가늠해 보았다.

자신보다 두어 살 더 어린 놈이니 지금이면 스물두어 살쯤 될 것이다. 그렇다면 가문의 기록을 깬다 하더라도 앞으로 오륙 년 정도밖에 남지 않았고, 평균 수명으로 따진다면 일 년이나 이 년밖에 남지 않았다는 말이다.

어쩌면 그보다 더 짧을지도…….

"개 같은!"

마침내 유진룡은 고함을 토하며 땅을 걷어찼다.

땅거죽이 한 꺼풀 벗겨지며 흙먼지가 튀어 올랐다.

동생들을 보살피고자 지금까지 그렇게 허덕였다. 그런데 그중 한 명이 죽음의 문턱을 향해 한 발짝 한 발짝 걸어가고 있는데도 자신은 뻔히 지켜보고 있을 수밖에 없다는 사실이 도저히 용납이 되지 않았다.

"형! 더 많은 동생들을 생각해. 그리고 내가 지금 당장 소주로 달려간다고 해서 무조건적으로 살아날 수……."

"닥쳐, 자식아!"

유진룡이 마웅탁의 얼굴을 쥐어박았다.

공력을 전혀 끌어올리지 않은 주먹이었지만 마웅탁은 한 바퀴 팽그르르 돌며 그 자리에 쓰러졌다.

"공자님!"

제갈연지가 비명을 지르며 마웅탁에게로 달려가 부축했다.

"한 번 더 그런 식으로 말하면 수명이 다하기 전에 내 손으로 죽여 버릴 테다."

"알았어, 형! 난 안 죽어. 형보다 오래 살 거야. 내가 먼저 죽었다간 저승에서 다시 만나 그 성화를 어떻게 견디려고. 그러니 최대한 빨리 도천극을 처치하고 소주로 달려가서 살 방도를 찾기로 해."

마웅탁이 어린애를 달래듯 유진룡을 달랬다.

"빌어먹을……. 망할!"

유진룡은 하늘을 쳐다보며 고함을 치다가 땅을 박찼다.

순식간에 유진룡의 신형이 허공으로 치솟아 내당 건물의 지붕에 다다랐다. 그곳에서 용마루 끝을 한 번 더 박찬 유진룡은 수림을 향해 까마득히 사라졌다.

쾅!

쿵!

세가의 뒤쪽에 있는 수림이 비명을 지르며 무너지고 있었다. 진식을 펼치기 위해 정교하게 조성된 수림이 속절없이 훼손되고 있었지만 제갈세가의 사람들은 아무도 그곳으로 눈을 돌리지 않고 마웅탁만 쳐다보고 있었다.

"시간이 충분했으면 좋겠는데… 그렇지 못하니 지금부터 바로 시작하기로 합시다. 준비를 하고 오겠습니다."

마웅탁은 입가에 흐르는 피를 닦으며 끌려나왔던 처소를 향해 발길을 옮겼다.

*　　　*　　　*

"이젠 고수들에게 더 이상 천인혈독이 안 통한다고?"

흑사련주 도천극이 딱딱한 표정으로 앞에 선 청년을 바라보았다.

청년은 흑사련의 정보를 담당하는 곳의 일원인 듯 쟁반에 여러 장의 서찰을 받쳐 들고 있었다.

"그렇다고 합니다. 정도맹에서 해약을 만들었을 가능성이 있다는 보고입니다."

청년은 마치 죄를 지은 것처럼 고개를 숙였다.

"정말 놀랄 일이군. 그 독을 만들기 위해 혈노가 수십 년을 고생했는데 놈들이 그렇게 쉽게 해약을 만들었다는 말인가?"

도천극은 아직도 믿어지지 않는다는 음성으로 중얼거리며 마치 벼락이라도 맞은 것처럼 충격을 받고 서 있는 혈노를 쳐다보았다.

"그럴 리가… 그럴 리가 없습니다. 그 독은, 아니, 그 해약은 그렇게 쉽게 만들 수 있는 것이 아닙니다."

혈노가 부들부들 떨며 두 손을 내저었다.

"하지만 개연성이 충분합니다. 파황마령대에서 보내온 급서에 의하면, 처음에는 무조건 중독되었지만 지금은 무공이 낮은 정도맹 놈들은 중독이 되고 고수들은 그렇지 않은 것 같다고 합니다. 중독되어 적이 되면 위험한 고수들에게 우선적으로 해약을 투입한 것 같습니다. 그리고 시간이 지나면 고수가 아닌 자들도 해약을 먹고 나오겠지요."

청년이 쟁반 위의 서찰을 들여다보며 답했다.

"그럴 리가… 그럴 리가……. 정파의 그 돌대가리들이 해약을 그렇게 빨리 만들 수 있을 리가 없어."

혈노가 뒤쪽의 의자에 털썩 주저앉으며 절규했다.

"정파의 돌대가리들이라……."

중얼거리던 도천극의 얼굴이 어느 순간 급격히 굳어졌다.

"정파의 돌대가리들은 확실히 그럴 능력이 없지. 하지만 태양천가의 가신들이라면……?"

"태양천가!"

혈노가 벌떡 일어섰다.

"그렇군요. 그놈들… 그놈들이 있었군요. 그놈들이라면……."

혈노는 방망이로 뒤통수를 맞은 듯한 표정으로 중얼거렸다.

"내가 왜 그놈들을 잊고 있었는지. 그놈들을… 그놈들을……."

혈노는 너무 어처구니없는 실수를 저지른 듯 자신의 머리를 쥐어박았다. 그리고는 원망 어린 눈으로 도천극을 쳐다보았다.

"은자유림곡… 그놈들을 애초에 없애 버렸다면……."

"지금 생각해 보니 그게 오히려 나았다는 생각이 들지만… 그들이 태양천가의 후손을 찾을 유일한 미끼인지라."

도천극이 입맛을 다셨다.

"이젠, 이젠 어찌할지……. 천인혈독이 무용지물이 되었다
면……."

혈노가 절망적인 음성으로 중얼거리며 실내를 서성거렸
다.

"너무 낙심하지 마시오, 혈노. 더 이상은 천인혈독이 전혀
안 통한다 하더라도 크게 아쉬워할 것이 없습니다. 지금까지
중독시킨 사람들만 해도 정도맹에겐 치명적인 약점이 될 것
이고, 또 우리에겐 제이의 계획이 있지 않습니까. 그리고 무
엇보다……."

도천극은 잠시 말을 멈추었다가 미소를 지었다.

"최후의 힘은 무공이지요. 그것이 최후의 승자를 결정짓지
요. 이제 파황신공을 십이성 연성했으니 더 이상 거칠 것이
없습니다."

도천극은 주먹을 불끈 쥐며 더욱 진한 미소를 지었다. 혈광
마저 완전히 떨쳐 낸 그의 눈엔 자신감만이 가득했다.

"그렇지요. 그리고 천인혈독과 그 해약의 제조법이 내 머
릿속에 있는 한 인간이 존재하는 곳엔 어디든 우리의 왕국을
건설할 수가 있지요."

혈노는 실망감을 떨치며 고개를 끄덕였다.

"그 어떤 왕국도 이 중원 한복판에 건설하는 왕국만 한 것
은 없을 것이오. 후후후!"

도천극은 잔인한 표정과 함께 웃음을 지었다.

"혈노, 이젠 폭풍처럼 휩쓸 때가 되었소. 남은 독을 모두 준비하시오. 더 이상 고수에겐 안 통한다 하더라도 해약을 먹지 못한 하수들은 추풍낙엽처럼 쓰러질 것이고, 그럼 울타리를 잃은 고수들도 결국 쓰러질 것이오. 그사이 우리는 또 다른 계획을 수행합시다. 그럼 중원무림은 우리의 것이 되고 말 것이오. 하하하!"

도천극은 정도맹과의 전면전을 선언하며 핏빛 광소를 터뜨렸다.

"련주님!"

도천극의 웃음소리가 그치자마자 기다렸다는 듯 한 명의 청년이 실내로 들어왔다.

먼저 온 청년과 복장이 같은 것으로 보아 그 역시 비원 소속의 무사임이 분명했다.

"허적 이영주와 공우기 삼영주가 실종되었습니다. 그리고 두 분 영주님과 함께 제갈세가로 향했던 밀영대원도 모두 실종되었다는 보고입니다."

청년은 숨을 몰아쉬며 단번에 쏟아냈다.

"제갈세가? 그리고 밀영대의 실종?"

도천극의 눈 사이가 심하게 좁혀졌다.

"그들이 제갈세가로 향했다면 태양천가의 후손이 제갈세가 인근에 나타났다는 말이다. 그래서 그놈을 잡으러 갔다는 말인데… 실종이라니?”

도천극은 청년을 보며 목소리를 높였다.

“제갈세가로 향한다는 보고 후 모든 연락이 두절되었답니다.”

청년이 도천극의 눈길을 피하며 답했다.

“제갈세가가 그렇게 강했단 말인가, 그들의 기문진식이 그 정도였단 말인가?”

도천극은 불신의 표정을 하며 중얼거렸다.

“제갈유산 그놈이 같이 갔으니 제갈가의 기문진식도 큰 장애는 아니었을 겁니다.”

먼저 왔던 청년이 의견을 피력했다.

“그렇다면……..”

도천극의 눈이 한광을 토해냈다.

“누군가 제갈세가를 도와 두 명의 영주와 그 대원들을 몰살시켰다는 말이다.”

도천극이 선언을 하듯 말했다.

“그런데 제갈세가로 가지 않고 진지를 구축했던 곳에 남아 있던 사람들 역시 모두 죽었다는 소식도 들어왔습니다.”

“남아 있던 사람?”

“그렇습니다. 일부는 남겨놓고 간다고 했는데, 그들 모두 진국동 일영주만큼 처참한 몰골로 죽었다는 보고가 뒤늦게 들어왔습니다.”

“진국동 일영주? 그렇다면……?”

도천극의 눈이 번쩍 빛났다.

“그놈! 그래, 그놈뿐이야. 두 명의 밀영주를 한꺼번에 죽일 수 있는 놈이라면 일영주 진국동을 죽인 그놈이 분명하다.”

도천극은 자리에서 벌떡 일어섰다.

“그런데 그놈이 제갈세가엔 왜? 설마?”

도천극은 갑자기 벼락을 맞은 듯한 표정이 되었다.

“설마 그놈도 태양천가의 작품?”

“그럴 리가요?”

혈노도 놀래서 고함을 질렀다.

“아니, 예감이 이상해. 증거는 없지만 뭔가 전신을 휘감는 불길한 느낌! 이런 느낌은 이제껏 한 번도 틀린 적이 없어. 그놈은… 그놈은 태양천가와 연관이 있는 놈이다.”

도천극은 방 안을 서성거리며 잠꼬대하는 사람처럼 중얼거렸다.

“고정하십시오, 가주! 그놈은 가주의 사제였지 않습니까? 그런 그놈이 어떻게 태양천가의 작품일 수가 있습니까? 그놈은 가주의 주화입마를 고친 천산마존의 작품이 아닙니까?”

혈노가 도천극을 안심시켰다.

“그렇지. 그놈은 천산마존의 작품이지. 하지만 내 손에 반쯤 죽었다가 사라진 다음 다시 나타났을 때는 비약적으로 강해졌어. 그건 절대로 천산마존의 작품일 수가 없어. 그건 태양천가의 소행이 분명해.”

도천극의 말에 혈노는 더 이상 대꾸를 하지 못하고 초조한 표정만 지었다.

“우하하!”

태사의에 다시 앉은 도천극은 광소를 터뜨렸다.

“세상은 정말 재미있어. 너무 재미있어서 가만히 있을 수가 없을 지경이야. 하하하!”

도천극은 다시 광소를 터뜨렸다.

“그동안 조금 싱거웠지, 태양천가의 족속들도 지리멸렬해 버렸고. 하지만 이젠 너무 재미있어서 의욕이 용솟음치는군. 그래, 제대로 된 상대가 있어야 기분이 나지. 태양천가의 힘이 어떤 것인지 절실하게 느끼고, 또 철저히 깨부수는 재미. 그것이야말로 최고지. 크하하!”

도천극은 태사의 손잡이를 지그시 움켜쥐었다. 태사의 손잡이는 연기조차 내지 않은 채 새로운 공간 속으로 사라지듯 도천극의 손아귀 속에서 사라져 버렸다.

“정파의 호랑말코들을 모조리 도륙한 후 그놈을 갈기갈기 찢어 죽여주겠다. 그것은 최고의 재미가 될 것이다.”

도천극의 눈이 활활 타오르고 있었다.

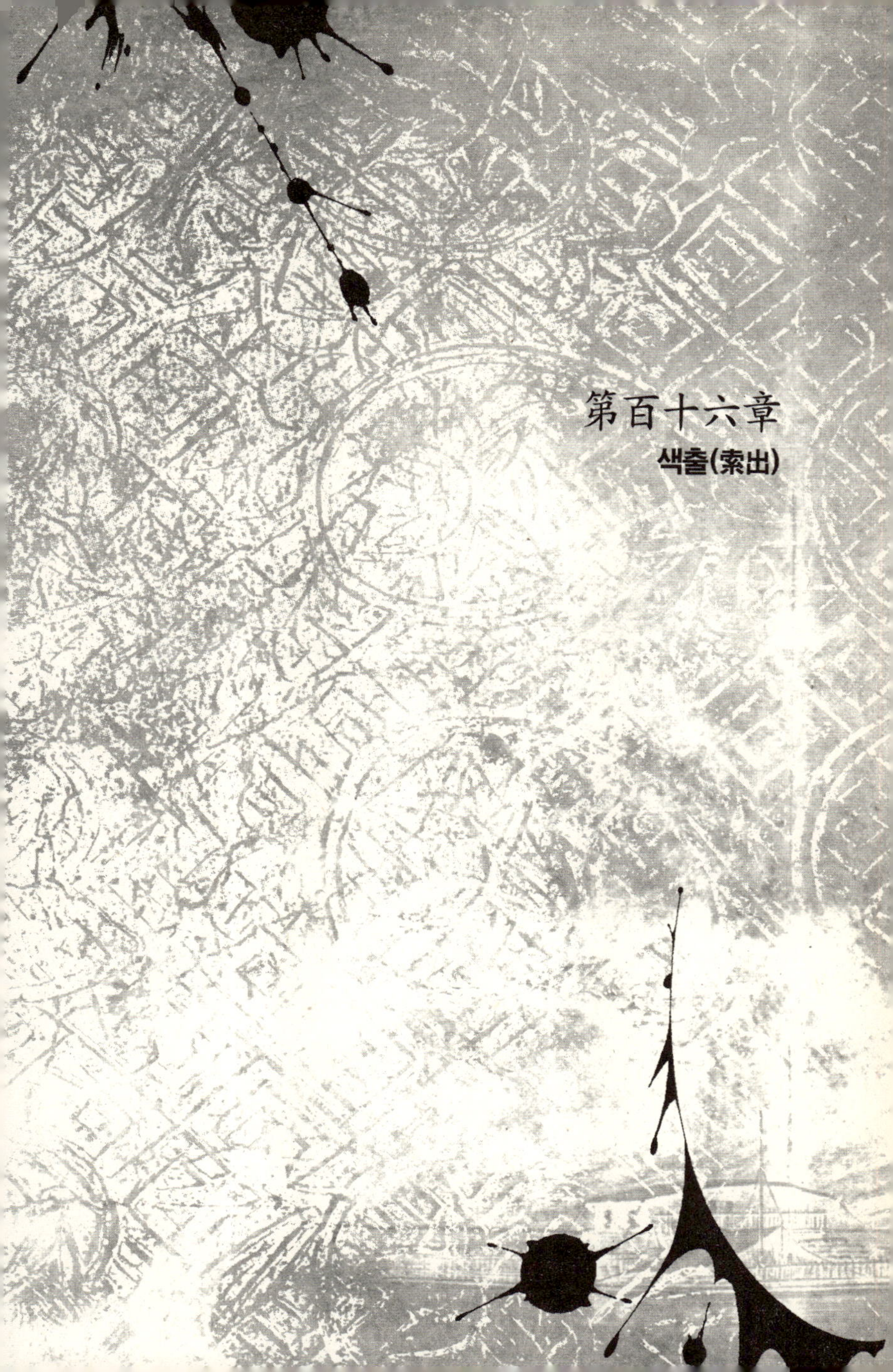

第百十六章
색출(索出)

萬里雄風

"**정**말 큰일이로고!"

정도맹의 총사 은룡신창 곡진우는 집무실 서탁 위에 놓인 보고서를 들여다보며 표정이 돌처럼 굳어졌다.

사천성을 완전히 장악한 흑사련이 이젠 한편으로는 호북성을, 그리고 다른 한편으로는 섬서성을 향해 파죽지세로 몰려오고 있었다. 그들에 맞서는 정도맹의 저항 또한 견고하기 그지없었으나 흑사련의 힘은 상상을 훨씬 초월하였다.

그 제일 큰 원인은 흑사련에 점령당한 정도맹 지부의 고수들이 모두 도천극에게 충성을 맹세하며 그의 주구가 되어버린 데 있었다.

처음에는 그것이 너무 혼란스러웠다.

심맥을 끊고 죽을지언정 절대로 도천극에게 굴복할 사람들이 아닌 그들이 그렇게 쉽게 무릎을 꿇었다는 게 도무지 믿어지지 않았다. 그건 정말 하늘이 무너지고 땅이 뒤집힐 일이었다. 하지만 속속 도착하는 정보들에 의하면 그것은 엄연한 사실이었고, 그들에 의해 정도맹은 이루 말할 수 없는 타격을 입게 되었다. 전력의 타격도 타격이었지만 그런 일이 벌어짐에 의해 입게 된 더욱 큰 타격은 정신적인 것이었다.

무림에 이름난 정파의 고수들이 도천극에게 충성을 맹세하고 그의 주구가 되어버릴 때마다 정도맹의 맹도들은 큰 혼란에 빠지며 사기가 극도로 저하되었다.

얼마 후 당문에서 비밀리에 당도한 당문도들에 의해 그런 어처구니없는 일들이 모두 도천극이 개발한 천인혈독이라는 독 때문이란 것을 알았고, 또 천우신조로 당문에서 해약을 개발하여 그것을 복용하면 더 이상 도천극에게 정신을 지배당하는 일이 생기지 않는다는 사실에 안심하게 되며 정도맹의 혼란은 조금씩 수습되기 시작했다.

그렇게 혼란은 가라앉았지만 모든 일이 해결된 것은 아니었다.

당문이 아무리 해약을 만들었지만 그것이 흐르는 시냇물처럼 무한정하지 않을뿐더러 도천극이 뿌리는 독은 방향을 잡을 수 없었다. 그나마 정도맹의 고수들은 모두 그 해약을 복용하여 더 이상 흑사련의 주구가 되어 정도맹에 큰 타격을 입히지 않게 된 것이 다행이었다. 하지만 도천극의 독은 여전히 암세포처럼 정도맹을 괴롭혔다. 또한 해독약이 배포되기 전에 그 독에 이미 중독된 정도맹의 고수들에 의한 피해는 심각했다. 모든 서찰은 그런 소식들을 전해 그것을 읽는 곡진우의 마음은 바위처럼 무거웠다.

이런 식으로 나간다면 몇 달 지나지 않아 놈들의 선봉이 무림맹 총단까지 밀려올 것이다. 그럼 무림맹은 성문을 굳게 걸어 잠그고 수치스런 수성전에 돌입하든지, 아니면 정반대로 성문을 활짝 열고 미리 달려나가 전면전에 돌입하여야 할 것이다.

"그런데 맹주의 의중은 대체 어떤 것인가?"

곡진우는 슬쩍 이맛살을 찌푸렸다.

전세는 점점 악화일로를 걷고 있는데 맹주 여조성은 어쩐 일인지 두문불출하며 특별한 지시를 내리지 않고 있었다. 물론, 지금 같은 상황에서 어떤 묘책이 나올 리도 만무했지만 그래도 맹주의 한마디는 정도맹의 무사들에게 큰 위안이 되는데, 맹주는 아직까지 어떤 움직임도 보이지 않아 답답한 마음을 금할 길이 없었다. 단지 어제 아침에는 불쑥 자신의 집무실을 찾아와 병기를 항상 잘 손질한 후 벽장에 두지 말고 몸 가까운데 숨겨두라는 엉뚱한 말만 하고 갔다.

좌르르—

곡진우는 한숨과 함께 서찰을 접어 서랍 속으로 밀어 넣었다.

서찰을 갈무리한 곡진우는 천천히 벽 쪽으로 다가갔다.

드르륵!

벽 한쪽에 있는 손잡이를 당기자 벽이 천천히 밀려 올라가고 그곳에는 한 자루의 고색창연한 창이 자태를 드러냈다.

그것은 곡진우의 독문병기인 은룡창이었다.

은색 창대에는 한 마리 용이 정교하게 양각되어 당장에라도 꿈틀거리며 튀어나올 듯했다. 실제로 곡진우가 진기를 주입하여 은룡창을 휘두르면 용 모양을 한 기운이 온 사방을 휘돌아 그것에 스치는 것은 바위라 하더라도 산산조각이 나고 말았다.

칭—

곡진우가 손을 뻗어 잡자 은룡창은 한줄기 청명한 울음을 토하며 곡진우의 손길에 화답했다.

"하하! 그동안 네놈에게 너무 무심했구나."

곡진우는 충견의 머리를 쓰다듬 듯 은룡창을 쓰다듬다가 들어 올렸다.

머리가 복잡하거나 마음이 답답할 때는 언제나 은룡창을 벽장에서 꺼내 손질했다. 그렇게 하고 나면 답답한 마음이 걷히고 머리는 명경지수처럼 맑아졌다.

슥!

슥!

곡진우는 정성스럽게 은룡창을 닦았다.

하얀 명주천에 닦여지는 은룡창은 금방이라도 창룡음을
터뜨리며 창공으로 날아오를 듯했다.

한참 동안 정성을 다해 은룡창을 닦은 곡진우는 그것을 들
고 벽 쪽으로 다가가 다시 벽장에 세워놓으려 하다가 문득 맹
주가 어제 아침에 당부한 말이 생각났다.

'몸 가까운 데 놓아두라고?'

곡진우는 맹주의 말이 도저히 이해되지 않는 표정으로 고
개를 한 번 흔든 후 잠시 주변을 둘러보았지만 장창을 몸 가
까이 숨겨둘 만한 마땅한 곳을 발견할 수가 없었다.

곡진우는 고개를 흔들며 장창을 있던 자리에 도로 넣어두
려고 하다가 걸음을 멈추었다. 지금까지 보아온 바로는 맹주
여조성은 허허실실의 대명사였다. 그런 사람이 그런 당부를
했으면 무슨 곡절이 있을 것이다.

곡진우는 다시 등을 돌려 이리저리 둘러보았다.

"저곳이 좋겠군!"

곡진우는 마침내 자신의 은룡창을 숨겨둘 만한 장소를 발
견했다.

은룡창이 있던 반대쪽에는 무림 전도가 세워져 있었는데,
그 전도 뒤쪽 틈에 가로로 걸쳐 두면 그런대로 몸 가까운 곳

에 숨겨놓는 모양이 되었다.

"됐군!"

은룡창을 숨긴 곡진우는 고개를 끄덕인 후 자신의 자리로 돌아왔다.

"총사님! 철기전주께서 오셨습니다."

밖에서 시비의 목소리가 들리자 곡진우는 얼른 몸을 일으켜 문 쪽으로 향했다.

현 정도맹의 철기전주는 패왕검(覇王拳) 호태운(壕台蕓)이었다. 원래 정도맹의 철기전주는 회풍참마검 풍사양이었으나 얼마 전 철사홍과 단리하연을 구하러 온 유진룡과의 일전에서 참패하고 스스로 물러나 호태운이 새로이 철기전을 맡게 된 것이다.

철기전이 반쯤 박살이 나고 전주마저 자리에서 물러나자 정도맹에서는 철기전을 없애 버리고 흑기전과 통합하려고 하였으나 패왕검 호태운이 나서 극구 만류하며 두 달 안에 옛 철기전의 명성을 회복하겠다는 조건과 함께 스스로 그 자리에 앉았다.

철기전의 전주가 된 호태운은 며칠 만에 철기전을 완전 장악하고는 자신이 외부에서 데려오고 또 남은 철기대원들 중 엄선하여 뽑은 대원들을 주축으로 하여 두 달이 되기도 전에 자신이 호언장담한 대로 철기전을 예전 못지않은 정도맹 최정예 부대로 만들었다. 그런 사람이니만큼 곡진우도 함부로 하지 못하고 손수 문을 열며 맞이한 것이다.

"어서 오시오, 철기전주!"

곡진우가 만면 가득 미소를 띠며 호태운을 맞았다.

"여전히 바쁘신 모양이군요."

호태운도 미소를 지으며 곡진우가 권한 자리에 앉았다. 곡진우는 직접 차를 준비해 호태운의 잔에 따랐다. 그윽한 다향이 집무실에 그득해질 즈음 호태운이 곡진우를 향해 입술을 움직였다.

"잠시 주위를 물려주시지요."

호태운의 조심스런 요청에 곡진우는 잠시 망설이다가 고개를 끄덕이고는 명령을 내렸다. 그러자 천장과 벽 쪽에서 은밀한 움직임이 일며 호위들이 사라졌다. 그것을 확인한 호태운이 앞으로 다가앉았다.

"맹주의 최근 행보에 대해 어떻게 생각하는지요?"

호태운의 눈에 언뜻 불만의 기색이 번져 나갔다.

"최근 행보라니요? 맹주가 최근 무슨 행보를 하셨단 말인지요?"

곡진우가 의아스런 표정으로 호태운을 쳐다보았다.

"그러니까 하는 말이 아니오. 사태가 이 지경으로 되었으면 무슨 결단을 내려야 하는데 이렇게 성문을 걸어 잠그고 한 발짝도 못 나가게 하면 어쩌란 말인지요."

호태운은 당장 다탁이라도 내려칠 듯한 자세를 잡았다.

“글쎄요. 겉보기에는 우유부단하고 소심한 듯하여도 속으로는 누구보다 날카로운 생각을 하고 있는 분이 아니시오. 그러니……”

“날카로운 생각은 무슨… 원로들의 기세에 눌려 아무런 의사도 관철시키지 못하고 있는 사람이 현 정도맹의 맹주가 아니오.”

“허어!”

호태운의 고함에 곡진우는 잠시 할 말을 잃고 탄식만 토했다.

겉만 보면 호태운의 말이 맞기도 했다. 곡진우 자신 역시 그런 의도로 비교적 나이 젊은 여조성을 극구 맹주 자리에 앉히려 했고, 다른 원로들 역시 그랬다. 그리하여 정도맹의 의사결정에 맹주의 의견보다 자신들의 입김이 더 많이 작용하고 있는 것이다.

하지만 그것은 표면적인 모습일 뿐이었다. 처음에는 그런 것 같았는데 최근 들어서는 허허실실 알게 모르게 맹주의 의도대로 정도맹이 굴러가고 있다는 것을 알았다. 다른 사람은 못 느꼈는지 몰라도 곡진우는 그것을 느낄 수 있었다. 그때부터 곡진우는 여조성을 무서운 사람으로 여겼고, 그가 이렇게 아무런 행동을 않고 있는 데는 무슨 이유가 있을 것이라는 생각을 하고 있는 중이었다.

“지금은 이렇게 성문을 잠그고 있을 때가 아니라 성문을

활짝 열고 총력을 동원하여 흑사련을 치러 가야 할 때가 아니
오?"

호태운은 다시 목소리를 높였다.

"맹주께서 요지부동이면 총사께서 앞장을 서서라도 그렇
게 해주십사 간청을 드리기 위해 방문했습니다."

호태운은 활활 타오르는 눈빛으로 곡진우를 쳐다보았다.

"그건 안 될 말이오. 원로들의 생각도 일치된 것이 아니
고… 맹주의 뜻도 그러하니 철기전주의 말대로 하는 것은 괜
한 분란만 일으킬 뿐이오."

곡진우가 단호하게 자신의 의견을 피력했다.

"그렇구려. 그렇다면 할 수 없지요."

곡진우의 단호한 태도에 호태운은 뜻을 꺾은 듯 고개를 끄
덕이고는 품속으로 손을 넣었다.

"그럼, 이것을 한번 보시지요."

호태운이 손바닥에 무언가를 감싸 쥔 후 곡진우 앞으로 내
밀었다.

곡진우가 상체를 끌어당기며 호태운의 손바닥을 향해 시
선을 맞춰갔다.

그 순간,

퍼엉—

호태운의 주먹에서 갑자기 강기가 터지며 곡진우의 가슴
으로 몰려왔다.

손 안에 감싸 쥔 것은 아무것도 없었다. 그런 자세는 주먹을 더 가까이에서 내뻗기 위한 속임수였다.

"헛!"

곡진우가 헛바람을 내쉬며 상체를 틀었지만 호태운의 주먹은 너무 갑작스러웠고 또 너무 가까웠다.

퍼억—

호태운의 주먹에서 뻗어 나온 권경이 곡진우의 심장을 아슬아슬하게 비껴가며 어깨 부근을 두드렸다.

와장창—

곡진우가 의자와 함께 뒤로 넘어가면 신속히 몸을 틀었다. 쓰러지는 그사이에도 호태운의 권경이 밀려들고 있었다.

퍼엉—

호태운의 권경이 이번에는 곡진우의 허리 어림을 스쳐 지나갔다.

그사이 곡진우는 겨우 신형을 추슬렀다. 하지만 정타는 아니었더라도 두 번의 기습적인 공격을 몸에 격중당한 곡진우의 얼굴이 하얗게 탈색되었다.

"왜?"

곡진우가 짤막하게 질문했다.

"이젠 때가 되었기 때문이지."

"때?"

곡진우의 얼굴이 급격히 일그러졌다. 호태운의 눈에 어린 붉은 기운을 느꼈기 때문이다.

"당신은……?"

"중독되어 도천극의 개가 되었다, 그 말을 하고 싶은 것이오?"

호태운이 비릿한 미소를 지었다.

"그건 아니오. 나는 처음부터 흑사련의 일원이었소. 정확히 말하자면, 제일밀령대 부대주가 내 원래 신분이오. 중독은 철기대 대주들과 대원들의 몫이지. 해독약을 먹지 못한 그들은 모두 중독되었소. 그리고 나처럼 움직이고 있을 것이오. 독이 한정되어 그들밖에 중독시키지 못한 것이 아쉽지만 내부의 적이 된 그들은 충분히 정도맹 총단을 뒤흔들 것이오."

호태운은 다시 주먹에 경기를 모았다. 그의 주먹에서는 더욱 짙은 적무가 어렸다.

'이것이었구나!'

곡진우는 독문병기를 손질한 후 항상 몸 가까운 곳에 놓아두라는 맹주 여조성의 뜻 모를 말이 이제야 이해가 되었다. 맹주 여조성은 정도맹에 뿌리 내리고 있는 흑사련, 아니, 밀영의 간세들을 눈치채고 그들이 자신을 암습할 것을 예견했기에 그런 말을 한 것이었다. 또 그들을 색출하기 위해 이제껏 그렇게 성문을 굳게 잠그고 요지부동이었던 것이다. 간세들이 총단 깊은 곳에 뿌리를 내린 상태에서 함부로 움직였다면 성문을 열자마자 정도맹 총단은 붕괴됐을지도 모를 일이었다.

'하지만 이제라도 알았으니……'

곡진우는 맹주 여조성의 모습을 떠올렸다. 오늘 일을 이미 예상하고 있던 여조성이니 대책도 마련해 놓았을 것이다. 그럼 오늘을 계기로 정도맹은 간세를 뿌리 뽑고 진정한 정파의 울타리로 거듭날 수 있을 것이다.

퍼엉—

호태운의 권경이 다시 날아들었다.

와장창—

황급히 권경을 피하는 척 몸을 움직인 곡진우가 무림 전도 쪽으로 처박혔다.

"크하하하! 창을 손에 들지 못하니 꼬리 잘린 전갈 같군."

호태운은 원래 곡진우의 창이 있었던 벽장 쪽을 막아서며 대소를 터뜨렸다.

빗맞기는 했지만 두 번이나 패왕권에 가격당한 곡진우가 은룡창까지 쥐지 못한 이상 승리는 자신의 것이었다.

얼른 곡진우를 처치하고 꼭두각시가 된 철기대를 몰아 정도맹을 휘저어놓으면 총사를 잃고 분란이 일어난 정도맹 총단은 당분간은 제 구실을 못할 것이다. 그런 와중에 흑사련의 대규모 공격은 정도무림의 패망을 초래할 것이다.

호태운은 주먹에 경기를 한층 더 강하게 모았다.

그런 호태운의 눈이 크게 뜨여졌다.

꼴사나운 모습으로 무림 전도에 신형이 처박힌 곡진우가 어느새 은룡창을 들고 서 있었기 때문이다.

"그게 어떻게……?"

호태운은 멍하니 곡진우가 들고 있는 은룡창을 쳐다보았다.

저 창은 언제나 벽장 속에 있었기에 안심했는데 지금 곡진우의 손에 들려져 있는 것이 도저히 이해되지 않았다.

"너구리 맹주께서 오늘 일을 예상하고 은밀히 지시를 내려 숨겨놓았소. 아마도 철기대 역시 똑같이 대책을 세워놓았을 것이외다."

차분하게 말한 곡진우가 빙글 은룡창을 돌렸다.

우우웅—

은룡창이 무거운 울음을 토하며 은빛 용린(龍鱗)을 허공 가득 뿌렸다.

"하앗—."

낭패한 표정을 짓던 호태운이 두 주먹을 번갈아 뻗었다.

퍼펑—

두 개의 권경이 곡진우를 향해 붉은 구름처럼 덮쳐 갔다. 그에 맞춰 곡진우도 은룡창을 세차게 흔들었다.

휘이잉—

장창이 어느새 한 마리 은룡으로 변하며 핏빛 구름을 향해 머리를 마주쳐 나갔다.

콰아앙—

핏빛 권경이 허공으로 흩어졌다. 그 사이로 한 마리 은룡이 입을 쩍 벌린 채 호태운을 향해 쏘아져 갔다.

호태운이 이를 악물며 우권을 어지럽게 흔들었다. 은룡창을 들지 않은 곡진우는 자신있었지만 그의 손에 창이 들린 이상 승리를 자신할 수 없었다. 아무리 자신의 무공이 최근 급상승했다 치더라도 상대는 삼후의 일인인 은룡신창 곡진우였다.

스스슷—

기이한 음향과 함께 호태운의 권영이 흩어지며 그 속으로 은룡이 파도를 가로지르듯 헤엄쳐 들었다.

"하앗!"

기합성을 지른 호태운이 가슴에 붙이고 있던 좌장을 벼락치듯 내려치며 은창의 옆면을 때려갔다.

콰앙—

호태운의 좌장에 허리를 가격당한 은룡창이 휘청 휘어지며 그 방향을 바꾸었다. 그 사이로 호태운의 핏빛 주먹이 다시 뻗어나갔다.

퍼억—

곡진우의 어깨에서 또 한 번 파육음이 터졌다. 그와 함께 곡진우의 입에서 선혈이 흘러나왔다.

처음 기습적으로 가격당한 왼쪽 어깨에 다시 일권을 받으며 그 충격에 혈맥 몇 군데가 터진 것이다. 하지만 그 대가로 곡진우의 은룡장창은 호태운의 가슴 한복판을 꿰뚫고 있었다.

"크윽!"

호태운이 답답한 비명을 지르며 양손으로 자신의 심장을 관통한 은룡창을 감싸 쥐었다.

"네놈을 죽였어야……."

호태운이 쥐어짜듯 내뱉었다.

"미리 대비하지 못했으면 그렇게 되었을 것이오."

담담하게 말한 곡진우가 장창을 와락 잡아당겼다. 그러자 구멍이 뻥 뚫린 호태운의 심장에서는 피가 봇물처럼 터져 나왔다. 그리고 그의 생명도 같은 속도로 빠져나오기 시작했다.

쿵—

마침내 호태운의 신형이 통나무처럼 쓰러졌다.

"총사님!"

호태운이 창에 찔림과 동시에 그가 차단하고 있던 음파가 밖으로 터져 나가자 호위들이 급히 달려들었다.

"쿨룩!"

곡진우가 기침과 함께 선혈을 토했다.

"이게 어찌 된……?"

호위들이 망연자실한 눈으로 곡진우와 호태운의 시신을 번갈아 쳐다보았다.

"지금 즉시 경종을 울리고 비상 경계망을 펼쳐라. 어서!"

곡진우가 핏빛 고함을 지르자 두 명의 호위가 급히 밖으로 달려나가고 나머지 호위들은 곡진우를 부축했다.

"쿨럭!"

다시 한 번 기침을 토한 곡진우는 스르르 눈을 감으며 그 자리에서 무너졌다. 호태운의 핏빛 장력은 예상보다 훨씬 지독했던 것이다.

같은 시각, 정도맹 원로들의 거처인 노룡전(老龍殿) 정원에서도 총사 집무실과 흡사한 상황이 벌어지고 있었다.

원로 중 두 사람인 한백검(寒白瞼) 매한상(每漢尙)과 염화장(炎火掌) 추경모(錐景慕)가 정도맹주 여조성과 대치하고 있었다.

여조성은 비룡도객이라는 별호답게 한 자루 폭 넓은 도를 바닥으로 늘어뜨린 채 두 사람을 담담한 눈으로 바라보고 있었다.

마치 저잣거리를 구경 나온 듯한 한가로운 모습의 여조성이었지만 그의 전신에서 흘러나오는 기운은 태산이라도 무너뜨릴 듯한 중압감을 느끼게 했다.

노룡전 정원을 가득 메운 정도맹 무사들은 대체 무슨 일인지 연유를 알 수 없다는 표정들이었지만 여조성의 몸에서 흘러나오는 막강한 기운에 감히 입을 열지 못하고 있었다.

"왜 이러시는 것이오, 맹주?"

매한상이 여조성을 쳐다보며 물었다. 지금까지와 전혀 다른 여조성의 기도에 매한상의 눈동자는 어지럽게 흔들리고 있었다.

"그건 매 원로께서 더 잘 아시지 않소. 또한 추 원로도 마찬가지일 테고……."

여조성이 여전히 담담한 음성으로 답하며 두 사람을 번갈아 쳐다보았다.

"우리가 무얼 잘 안단 말이오?"

추경모가 불만 가득한 목소를 토했다. 그는 매한상보다는 좀 더 냉정한 표정을 하고 있었고 눈빛 역시 차갑게 가라앉아 있었다.

"후후!"

여조성이 나직한 웃음을 흘렸다. 그것 역시 지금까지의 약간은 어눌하고 주눅 든 듯한 미소와는 전혀 다른 신랄한 조소였다.

"밀영의 부영주라고 했던가요?"

여조성이 여전한 조소와 함께 불쑥 내뱉자 두 사람의 표정이 흠칫 굳어졌다가 빠르게 원래의 모습으로 돌아왔다.

"그동안 신분을 속이느라 얼마나 애를 썼으면 머리카락까지 그렇게 희게 탈색되었겠소."

여조성은 두 사람의 귀밑머리를 보며 빈정거렸다.

"대체 그게 무슨 말이오, 맹주? 우리보고 밀영의 부영주라니? 무슨 근거로 그런 망발을 내뱉는 것이오?"

추경모가 당장에라도 일장을 내갈길 듯한 기세로 고함을 질렀다.

공력이 가득 담긴 그의 일갈에 근처에 있던 정도맹 무사들이 움찔 놀라며 한 걸음씩 뒤로 물러났다.

"그동안 물렁한 맹주 밑에서 호의호식하더니 자신의 본분을 잊어버린 것이오? 밀영보다는 정도맹 원로 자리가 더 좋아서 전향을 하시겠다고 정식적으로 맹세를 한다면 한 번 고려해 볼 용의도 있소."

여조성이 더욱 짙은 조소를 입가에 피워 올렸다.

"무슨 개소리요?"

이번에는 매한상이 버럭 고함을 질렀다.

"그동안 당신들을 잡아내기 위해 세상에서 가장 물러터진 인간 행세를 했었지. 처음에는 경계를 늦추지 않던 당신들이 어느 날부터 마음껏 활보를 하더군. 고진!"

여조성은 입가에 피어오른 조소를 지워 버리고 얼음장처럼 차가운 목소리로 누군가를 불렀다.

"대령하였습니다."

한 명의 중년인이 상자 하나를 들고 여조성 앞으로 걸어나왔다. 나이는 여조성과 별 차이가 없어 보였지만 여조성을 향하는 중년인의 자세는 지극한 존경의 염이 묻어 있었다.

"펼치게!"

여조성이 명령을 내리자 중년인이 상자를 열었다.

상자 안에는 한 마리의 매와 몇 개의 전통이 들어 있었다.

푸드득―

고진이란 중년인이 상자를 흔들자 매는 신속하게 날아올라 곧장 매한상의 어깨 위로 내려앉았다.

"아주 영리하군. 주인이 어디 있든 찾아가는 해동청인가? 그 매를 통해 밀영과 밀서를 주고받았겠지. 하지만 최근 몇 통은 내가 낚아채는 바람에 연락이 끊겨 제대로 지령을 받지 못해 이런 결과를 맞았지."

매한상에게서 눈을 돌린 여조성은 주변을 둘러싼 정도맹 무사들을 둘러보았다.

"이들은 흑사련의 전위 부대인 밀영의 일원이다. 정확히 말하면 도천극의 개란 말이지. 그 증거는 고진이 완벽하게 모아놓았으니 원하는 사람은 언제든지 보아도 좋다."

여조성이 손짓을 하자 고진이 고개를 숙인 후 뒤로 물러났다.

"난 완벽한 일이 아니면 움직이지 않소. 고진이 가지고 있는 증거 중에 조금이라도 하자가 있다면 난 여전히 물러터진 맹주로 자리를 지키고 있었을 것이오. 그러니 증거가 조작되었다는 억지는 부리지 마시오. 철기전주 호태운 역시 당신들과 같은 무리임이 밝혀졌고 지금 곡진우 총사에게 붙들렸을 것이오. 물론 그 휘하의 철기대는 내 명령을 수행하다가 함정에 빠져 모두 갇혔소. 그러니 이젠 스스로의 존엄성을 지키도록 하시오. 그래야 대 밀영의 부영주답지 않겠소?"

여조성이 차갑게 말하자 매한상과 추경모의 눈빛이 몇 차례 흔들리더니 포기한 듯 고개를 끄덕였다.

"당신의 뱃속에 능구렁이가 한 마리쯤은 들어 있음을 짐작했는데 지금 보니 최소한 열 마리는 더 들어 있었던 것 같소. 그것이 내 불찰이었소. 그리고 보면 당신의 무공 역시 겉으로 드러난 것보다 숨긴 것이 더 많겠지요? 얼마나 숨기고 있었는지 아주 궁금하오."

추경모가 비릿한 웃음과 함께 소매를 걷어올렸다.

모든 것을 포기하고 나니 오히려 더 침착해지고 담담해지는 모양으로 염화장 추경모의 표정은 이제 맹주 여조성만큼이나 여유롭게 변했다. 매한상 또한 그런 심정이 되었는지 흔들리던 눈빛이 차갑게 얼어붙으며 전신으로 살기를 피워올렸다.

"두 사람이 합공을 해도 좋소. 그리고 날 이기면 그대로 보내주겠소."

여조성이 고개를 끄덕이며 말했다.

"여전히 너구리 같은 심계구려. 우리가 맹주 당신을 이길 정도면 맹 내에서는 대적할 사람들이 없을 것이니 괜한 충성심으로 부하들이 우릴 막아서다가 엄청난 피해를 입는 사태를 막으려는 심산이 아니오?"

추경모가 차가운 미소를 지었다.

"뭐, 그런 생각도 있지만… 더 중요한 것은 당신들 두 사람이 아무리 용을 써도 날 이길 수는 없는 일이니 밑천 안 드는 말로 내 인품을 좀 돋보이게 하려는 의도이기도 하지요."

"후후! 당신이 얼마나 감추고 있는지 모르지만 우리 역시 당신 못지않게 감추고 있다고 자신할 수 있소."

매한상이 입꼬리를 비틀며 슬쩍 검을 흔들었다.

검첨에서 뻗어 나온 기운이 정원 바닥의 석판을 긁으며 긴 홈을 만들었다. 그것만으로도 매한상의 무공이 얼마나 높은지 짐작이 되었다.

"파황마령의 힘을 믿고 그렇게 자신하는 것이오?"

여조성도 슬쩍 도를 흔들며 미소를 지었다. 그의 도신에서 흘러나온 경력 한가닥은 아예 석판 하나를 반쪽 내며 튀어 오르게 만들었다.

"그걸… 어떻게?"

매한상이 경악한 표정으로 말했다.

"그 정도는 알아야 정도맹주라 할 수 있지 않겠소?"

여조성이 피식 웃은 후 다시 말을 이었다.

"솔직히 그 힘이 어느 정도인지 궁금해 죽을 지경이오. 도천극의 힘이 그것이라니 얼른 마주쳐 철저히 파악해 보고 싶은 심정이오. 그러니 최선을 다해주시오. 물론 두 분이서 합공으로 말이오."

말을 맺은 여조성은 도를 천천히 들어 올렸다.

이제까지 전신에서 피어오르던 기운도 태산 같았지만 도를 들어 올리자 뿜어져 나오는 기세는 거대한 해일을 방불케 했다.

"우우─."

비로소 자신들 맹주의 실체를 인식하게 된 정도맹 무사들이 신음성을 토했다. 그동안 있는 듯 없는 듯하던 그의 모습은 오늘을 위한 철저한 연극이었고, 그렇게 자신들이 판단한 맹주는 본래 모습의 반도 되지 않는 것이었다.

"어서 오시오, 존경하는 두 분 어르신. 어서 덤비셔서 이 후진에게 개안의 기회를 갖는 영광을 안겨주시오."

여조성이 비룡도를 흔들며 조소를 피워 올리자 추경모가 부르르 볼살을 떨며 양손을 들어 올렸다.

순식간에 그의 손에 핏빛 기류가 어렸다.

"바야흐로 파황마령이라 하는 것이구려."

여조성이 감탄사를 토하며 도를 수평으로 뉘었다.

스스스─

여조성의 도에서도 묵빛 기류가 어리며 아지랑이처럼 흔들렸다.

"하앗!"

먼저 공격을 하며 여조성을 향해 짓쳐든 사람은 매한상이었다.

파아앗—

매한상의 한백검이 시린 검기를 내뿜으며 여조성을 향해 덮쳐 갔다. 한백검에서 터져 나올 때는 가을 아침에 지붕을 하얗게 덮은 서리 같은 기운이었지만 여조성의 신형을 덮쳐 갈 때는 어느새 핏빛 적무로 바뀌어 있었다.

"좋은 빛깔이오."

여조성이 고함과 함께 수평으로 뉘었던 비룡도를 흔들었다. 그러자 폭넓은 비룡도에서 창룡음과 함께 아지랑이 같은 기운이 노도처럼 흘러나왔다.

파아앙—

핏빛 기운과 흑무가 부딪치며 거대한 회오리가 일어 허공으로 치솟았다. 그사이 염화장 추경모가 여조성의 등을 향해 바람처럼 쇄도해 들며 일장을 내뻗었다.

퍼엉—

이미 매한상이 터뜨린 한백검기를 막고 있던 여조성의 비룡도는 더 이상 어떤 움직임도 가능할 여유를 보이지 않았다. 그러나 놀랍게도 여조성은 한백검기를 막고 있던 도를 쾌속하게 흔들었고, 염화장은 작은 물줄기가 큰 물줄기에 가로막혀 흩어지듯 소멸되어 버렸다. 그 여유를 틈타 여조성의 비룡도는 추경모의 염화장을 갈라갔다.

파스스스—

불길이 마른 짚단을 태워 버리는 소음이 흘러나오며 염화장이 두 갈래로 갈라지기 시작했다. 갈라진 염화장 사이로 비룡도의 시린 도기가 파죽지세로 밀려오는 것을 느낀 추경모가 헛바람의 내쉬며 양손을 한꺼번에 다섯 차례나 교차하며 뿌렸다.

퍼퍼펑!

대전 바닥의 석판들이 사정없이 허공으로 치솟아올랐다. 동시에 이제껏 천주부동의 자세로 서 있던 여조성의 신형이 빨랫줄처럼 길게 늘어났다.

순식간에 이 장 거리를 격하며 추경모에게로 짓쳐든 여조성이 직도양단의 기세로 비룡도를 내리찍었다.

비룡도에서 한여름의 소낙비 같은 소음이 흘러나왔다. 그리고 실제로도 수십 가닥의 도기(刀氣)가 소낙비처럼 비룡도에서 쏟아져 내리며 추경모에게로 덮쳐들었다.

추경모가 이를 악물며 쌍장을 수없이 교차했다.

추경모의 양쪽 손바닥에서 터져 나온 염화장이 온 사방을 휩쓸며 추경모의 전신을 가렸다.

"크아아악!"

핏빛 안개 속에서 처절한 비명이 흘러나왔다. 그리고 분수 같은 핏줄기가 뒤를 이었다.

"어엇!"

적무가 걷히며 장내에 경악성이 흘러나왔다.

염화장 추경모의 전신에서 송곳 같은 핏물이 터져 나오고 있는 것은 짐작하고도 남음이 있었다. 그러나 한백검 매한상의 몸이 목을 잃은 채 뻣뻣하게 서 있는 모습은 상상도 하지 못한 일이었다. 적무 속에서 여조성은 추경모의 전신을 난자했을 뿐만 아니라 매한상의 목까지 깨끗하게 잘라 버린 것이다.

두 사람을 베어버린 여조성의 비룡도에서는 핏물 한 방울 흐르지 않고 있었다.

쿵!

목을 잃은 매한상의 몸뚱이가 통나무 쓰러지듯 쓰러지며 선혈을 토해냈다.

"우우―."

다시 이곳저곳에서 경악의 신음성들이 흘러나왔다.

정도맹의 맹주 여조성은 자신들이 판단했던 것보다 최소한 세 배는 더 강했던 것이다. 여조성을 쳐다보는 모든 정도맹 무사들의 눈에 두려움과 존경심이 어지럽게 교차했다.

두 구의 시신을 쳐다보다 천천히 등을 돌린 여조성은 비룡도를 들어 올려 하늘로 쳐들었다.

"이제까지는 정도맹 내부의 치명적인 적들을 처치하기 위한 인내의 시간들이었다. 내부의 적 한 명은 외부의 적 열 명보다 더 위험하기에 도천극의 방자한 준동에도 불구하고 신중에 신중을 거듭하며 성문을 걸어 잠그고 있었다. 하지만 이제 내부의 쥐새끼들을 모두 색출했으니 더 이상 놈들의 오만

함을 감내할 필요가 없다. 지금 이 시간부터 정도맹은 성문을 활짝 열고 흑사련의 목을 치러 출정할 것이다!"

여조성의 목소리가 천둥처럼 울리며 온 장내로 퍼져 나갔다. 더 이상 그의 얼굴에서는 지금까지의 우유부단함과 소심함은 눈곱만큼도 찾아볼 수 없었다.

"와아!"

청년 무사들부터 검을 뽑아 들며 고함을 질렀다. 그 고함 소리에 동조하며 다른 무사들도 병기를 뽑아 들며 목청껏 함성을 터뜨렸다.

바야흐로 정도맹의 반격을 알리는 전주곡이었다.

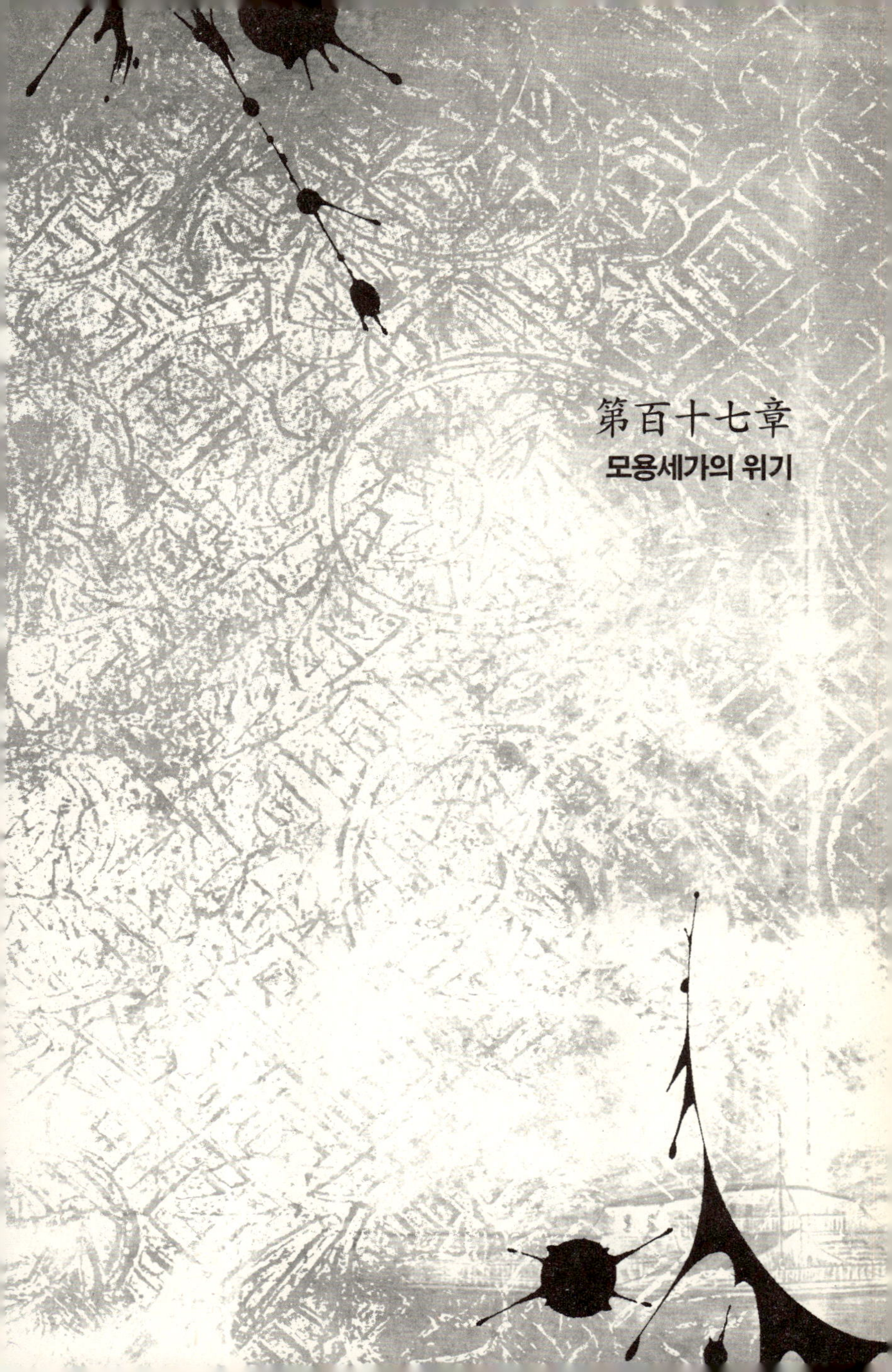

第百十七章
모용세가의 위기

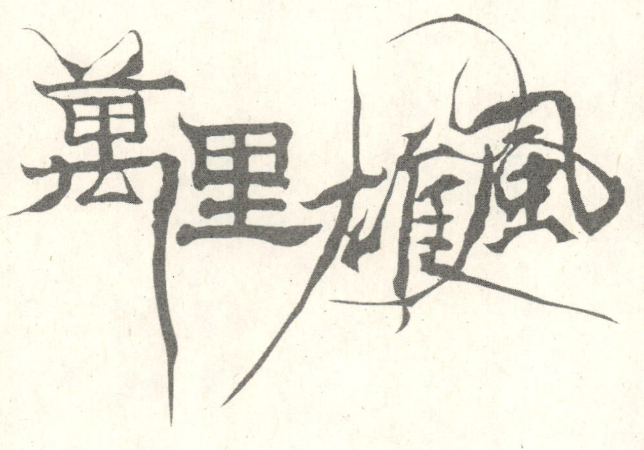

덜컹!

덜컹—

관도를 벗어난 한적한 들판길을 여섯 대의 마차가 천천히 앞으로 나아가고 있었다.

마차는 각각 네 마리의 말이 끄는 사두마차였는데, 보통의 마차와는 달리 마차의 지붕은 물론 몸체까지도 견고한 흑단목으로 만들어져 있어 외양만 보아도 어떤 특수한 임무를 위해 제작된 것임을 짐작할 수 있었다.

그래서인지 여섯 대의 마차를 따르는 인원 역시 백 명은 더 되어 보였다. 그들은 각각 말을 타기도 하고 또 걸어가기도 하였지만 모두들 병장기를 소지한 채 형형한 눈빛을 내뿜고 있어 고수의 냄새를 물씬 풍기고 있었다.

덜컹! 제일 뒤쪽의 마차가 큰 돌이라도 밟았는지 육중한 소음과 함께 기우뚱하다가 중심을 잡았다.

"조심하지 못하느냐?"

앞쪽에서 창노한 고함 한줄기가 터져 나왔다.

공력이 들어간 그 고함에 마차를 몰던 청년이 자라목처럼 목을 움츠렸다.

"하하! 모용 대협! 너무 과도하게 조심하지 않으셔도 됩니다. 질 낮은 흑유황(黑硫黃)이기에 그것만으로는 크게 위험하지 않고, 또 이중 삼중으로 포장을 했으니 불길이 닿아도 한참 동안은 괜찮습니다."

산동우가의 가주 우산덕(于山德)이 너털웃음을 터뜨리며 모용세가의 가주 모용금초(慕容今初)에게 말했다.

산동우가는 산동에 자리한 무가로, 산동 지방에서는 한때 제법 이름을 날렸다. 그들의 중조부인 우인혁(于仁奕)은 산동호검(山東號劍)이란 별호와 함께 산동에서 크게 활약을 했지만 그 후대에는 특출한 인재가 나오지 않고 명목만 유지하다가 최근에는 상계로 진출하여 무가보다는 상가에 더 가까워졌다.

그들이 상계로 진출할 수 있는 발판이 된 것은 그들 소유의 광산에서 금맥이 대량 발견되면서부터였다. 그들은 금을 캐어 자금을 확보하고 상계에 진출하여 한창 가세를 불리고 있는 중이었다.

그러던 얼마 전 느닷없이 모용가주의 방문을 받았는데, 그는 산동우가가 소유한 광산에서 나는 흑유황을 오백 관만 넘겨달라는 정도맹주의 친서를 소지하고 있었다.

산동우가가 소유한 광산 중에 흑유황이 나오는 곳도 있었지만 흑유황은 유황 중에서도 제일 질이 나빠 화탄으로 사용하기에는 불가능했다. 그래서 크게 돈이 되지도 못했는데 그걸 정도맹주가 친서까지 보내 오백 관을 부탁한 것을 보고 우산덕은 도저히 영문을 알 수 없었다.

하지만 정도맹의 부탁에다 가격까지 실하게 쳐 주겠다고 하니 거절할 이유가 없었다. 더군다나 강호에서 이름 높은 모용세가의 가주가 직접 와서 가져간다고 하니 이번 기회에 정도맹의 환심을 사고 또 모용세가와도 친교를 맺을 목적으로 우산덕은 흑유황을 공짜로 제공함은 물론이고, 수송까지 책임지겠다는 말과 함께 흑유황을 마차 여섯 대에 싣고 가문의 무사들까지 대거 차출하여 이렇게 정도맹 집결지로 가고 있는 것이었다.

"아무리 그래도 조심을 해야지요. 맹주께서 특별히 부탁하신 물건인데……."

모용금초가 마차를 몰고 있는 모용가 무사를 쳐다보고는 혀를 차며 말했다.

"그래도 너무 몰아치시면 무사들이 기가 죽습니다. 하하!"

우산덕은 너털웃음을 흘린 후 약간은 조심스런 기색으로 모용금초를 쳐다보았다.

"그런데 이 질 나쁜 흑유황을 어디에 쓰시려는지… 이젠 연유를 말씀해 주셔도 되지 않겠는지요? 이틀만 더 가면 목적지이니."

모용금초는 낮아진 목소리로 질문을 하고는 모용금초의 눈치를 살폈다. 그런 우산덕의 표정은 무인보다는 상인에 더 가까웠다.

"나도 정확히는 알지 못하오. 단지……."

모용금초는 잠시 주변을 살핀 후 말을 이었다.

"단지 제갈세가에서 이번 정사대전에 필요로 하여 정도맹에서 긴급히 수배했다고 알고 있소."

"제갈세가?"

우산덕이 의외의 표정을 하며 눈동자를 굴렸다. 그는 지금 노회한 상인처럼 일의 전말을 헤아리려 하고 있는 것이다.

"제갈세갈라면 길거리에 굴러다니는 평범한 돌멩이에서도 진리를 찾아내는 눈을 가진 사람들이 아닙니까? 그렇다면 흑유황에서 무슨 엄청난 효력이라도……?"

우산덕의 목소리가 훨씬 낮아졌다.

"그야 모르지요. 워낙 신룡 같은 사람들이니."

모용금초가 고개를 저으며 말꼬리를 잘랐다. 뒤쪽에서 마차를 살피던 아들 모용휘와 모용영경, 그리고 둘째 딸인 모용영영(慕容英英)이 다가오고 있었기 때문이다. 그들의 뒤로 우산덕의 아들 우진석(于嗔夕)과 그의 딸인 우진미(于嗔渼)가 바짝 붙어 따랐다.

우진석과 우진미는 평소에는 도저히 어울릴 수 없는 모용가의 용봉들과 같이할 수 있다는 사실에 고무되어 한시도 모용가 삼남매의 곁을 떨어지지 않고 붙어 다녔다.

"별 이상 없습니다, 아버님!"

모용휘가 밝은 표정으로 모용금초에게 보고했다.

"알았다. 이젠 이틀만 더 가면 정도맹 집결지이니 그때까지만 각별히 신경을 쓰도록 해라!"

모용금초가 고개를 끄덕이며 답하자 모용휘와 모용영경들이 다시 뒤쪽으로 멀어졌고 산동우가의 우진석과 우진미도 그들과 보조를 맞추었다.

"쯧쯧!"

우산덕이 뒤를 돌아보며 혀를 찼다.

"왜 그러시는지요?"

모용금초가 물었다.

"저 못난 놈은 모용가주의 둘째 따님에게 정신을 홀딱 뺏긴 모양이오. 못 오를 나무는 애초에 쳐다보지 말아야지. 쯧쯧!"

우산덕이 자신의 장남 우진석을 향해 혀를 차며 말했다. 그

것은 자신 가문을 처음부터 낮추며 모용금초의 환심을 사는
것과 동시에 그의 의중을 슬쩍 떠보려는 의도였다.
　"사람 위에 사람 없고, 사람 아래에 사람 없는 법이외다."
　모용금초가 잠시 말을 멈추고 있다가 담담하게 답했다.
　그 대답을 들은 우산덕의 눈에 일순 감동이 어렸다.
　"역시 모용 대협의 인품은 명불허전이구려. 그 말씀만으로
도 이 몸은 날개를 단 기분이외다. 하하!"
　우산덕은 호쾌하게 웃으며 모용금초를 향해 깊이 고개를
숙였다.
　"저곳에서 좀 쉬어 가도록 합시다. 먼지를 마셔 목도 컬컬
하니……."
　모용금초가 저 앞쪽으로 펼쳐진 야산 그늘을 보며 말했다.
　"하하! 그럽시다. 저 그늘 아래에서 여아홍 한잔이면 신선
이 따로 없겠습니다."
　우산덕이 흔쾌히 고개를 끄덕이며 말고삐를 흔들었다.

＊　　＊　　＊

　"괜찮으냐?"
　유진룡이 마차에서 내려 쉬고 있는 마웅탁을 보고 말했다.
　"뭐가, 형?"
　마웅탁이 뚱한 표정으로 말을 받았다.

"여기까지 오면서 하루에 한 시진도 자지 않고 제갈세가 사람들하고 무슨 궁리를 하고 있으니 하는 말이 아니냐. 내공이 충실한 무인이라도 그렇게 하다간 쓰러지겠다."

유진룡이 눈을 부라리며 말했다.

이곳으로 오는 여러 날 동안 마웅탁은 유진룡의 말대로 하루 한 시진도 자지 않고 마차 안에서 제갈세가 사람들과 무언가를 의논하며 보냈다. 나중에는 제갈세가 사람들도 걱정이 되어 만류를 거듭했지만 마웅탁은 마이동풍식으로 흘리기만 했다.

"처음에는 유 공자님만 고집이 센 줄 알았는데, 마 공자님은 더한 것 같아요."

제갈연지가 다가오며 걱정 어린 목소리로 말했다. 마웅탁의 하늘에 닿을 듯한 지혜에 감동한 그녀는 처음부터 지금까지 언제나 마웅탁의 곁을 맴돌았다.

"내가 그동안 교육을 잘못 시킨 때문이오. 워낙 비실거리는 놈이라 오냐오냐하며 키웠더니 이 모양이오. 어릴 때 몇 대 쥐어박았으면 지금 안 그럴 텐데."

유진룡이 입가에 미소를 피워 올리며 제갈연지의 말에 부드럽게 답했다. 언제나 마웅탁 주변을 맴돌았지만 마음이 딴데 가 있는 마웅탁을 보며 심란해하는 그녀가 안쓰러웠다.

"지금이라도 몇 대 때려서 좀 재우세요. 이러다간 집결지에 당도하기도 전에 쓰러지겠어요."

제갈연지가 걱정스런 눈으로 마웅탁을 쳐다보며 말했다.

"그러다가 아예 못 깨어날 수도 있는 일이라 그럴 수도 없고… 휴우!"

유진룡이 입맛을 다시며 한숨을 내쉬었다.

그동안 호리호리했던 마웅탁의 몸은 더욱 호리호리해졌고, 흰 얼굴색은 이젠 아예 창백해 보였다. 이러다간 정말 쓰러져 버릴 것 같았다.

"놈에겐 파황마령이란 힘이 있어. 그 힘은 예상보다 엄청나. 그 힘이 천인혈독과 결합하여 훨씬 더 위험해졌지. 정도맹은 그걸 제대로 파악하지 못하고 있어."

마웅탁은 유진룡의 시선을 피하며 걱정스런 목소리로 말했다.

"그자가 그렇게 무서운 인간인가요?"

제갈연지가 마웅탁을 향해 물었다. 그리고는 유진룡을 쳐다보았다.

"여기 계시는 유 공자님보다 더한가요? 난 유 공자님만큼 무시무시한 사람은 본 적이 없는데."

제갈연지는 어서 답을 하라는 듯 눈으로 마웅탁을 재촉했다.

"그야 아니지만… 형은 워낙 곱게만 자라서 그런 뱀 같은 놈과 상대하려면 제가 있어야 합니다."

"곱게 자랐다고?"

유진룡이 기가 막힌다는 표정으로 마웅탁을 향해 주먹을

들어 올렸다.

"어쨌든 유 공자님이 있으니 아무 걱정 말고 좀 주무세요. 이제 이틀 후면 목적지인 정도맹 집결지에 도착해요. 그럼 아예 잘 시간이 없을 것 같아요."

제갈연지가 초조한 표정으로 재촉했다.

"그래, 좀 자거라. 체질도 허약한 놈이… 이러다간 무슨 일 나겠다."

그 말과 함께 유진룡이 은밀히 주먹을 흔들었다.

팟—

주먹에서 뻗어나간 경력 한줄기가 마웅탁의 목덜미에 있는 수혈을 건드리자 마웅탁은 자신도 모르는 사이에 수면에 빠져들며 폭 꼬꾸라졌다.

"진작 이럴 걸 그랬어요."

유진룡의 품에 안긴 마웅탁을 보며 제갈연지가 찬사를 터뜨렸다.

"깨어나면 얼마나 난리를 칠지 벌써부터 식은땀이 나는군요."

"그땐 제게 맡기세요."

제갈연지가 얼른 앞장을 서며 유진룡을 안내했다.

"억지로 재운 모양이군."

마웅탁을 뉘인 유진룡이 마차에서 나오자 제갈유성이 걱정스런 표정으로 물었다.

"할 수 없이 그렇게 했습니다."

"잘했네. 일각이 아쉬운 시기지만 좀 쉬어야지."

제갈유성이 고개를 끄덕였다. 그러다 문득 유진룡을 쳐다보며 표정을 굳혔다. 유진룡이 먼 곳을 쳐다보며 형형한 안광을 내쏘고 있었기 때문이다.

"왜 그러나?"

제갈유성이 유진룡의 시선이 향한 방향을 쳐다보며 물었다.

"여기서 더 이상 전진하시지 말고 경계를 강화하고 계십시오. 아니, 아예 진법을 펼치고 계십시오!"

거의 고함에 가까운 당부를 한 유진룡이 훌쩍 몸을 날렸다.

*　　*　　*

"이젠 그만 출발하자!"

야산 그늘 아래에서 잠시 휴식을 취했던 모용금초가 신형을 일으키며 고함을 질렀다.

"조금만 더 쉬어요, 아버지. 허리가 아파 죽겠어요."

"그래요. 일각만 더 쉬어요."

모용영경과 모용영영이 어리광스런 목소리와 함께 응석을 부렸다.

그녀들은 한껏 재미를 더해가는 우진석의 기담을 끝까지

듣고 싶었던 것이다. 그동안 우진석은 어디서 읽었는지 모를 기담들을 시간 있을 때마다 하나씩 펼쳐 내어 그녀들의 무료함을 달래주었다.

"어서 가야 하느니라. 그래야 해가 지기 전에 마을에 도착할 수기 있다."

모용금초가 고개를 흔들며 말에 올랐다. 그러자 다른 무사들도 말에 오르며 행군을 준비했고 우진석도 몸을 일으켰다.

"남은 얘기는 다음에 또 시간이 나면 들려 드리지요. 그럼 불초는 다시 뒤쪽으로 가겠습니다."

유진석이 정중하게 고개를 숙이고는 뒤쪽으로 사라졌다.

"우 공자는 어디서 그런 기묘한 얘기를 읽었는지 궁금해."

모용영영이 눈을 반짝이며 물었다.

"그렇지? 외모하고는 아주 다르네."

모용영경이 고개를 돌려 우진석이 사라진 방향을 쳐다보며 답했다.

"외모는 어떤데?"

"으응? 그건… 뭐랄까, 외모만 보면 상인 같은데 의외로 학식이 풍부한 것 같아."

모용영경이 동생의 눈치를 살피며 말했다.

"피이— 언니가 무슨 관상가라고."

모영영영이 우진석이 장사꾼같이 생겼다는 모용영경의 평이 마음에 안 드는지 샐쭉해지며 말했다.

“피해라!”

그 순간, 뒤쪽에서 느닷없는 고함 소리가 들리며 출발 준비로 부산한 일행들의 신경을 곤두서게 만들었다.

“크윽!”

곧이어 처절한 비명과 함께 모용세가의 무사 한 명이 강궁의 화살에 상체가 꿰뚫리며 그 여파를 이기지 못하고 저만치 나가떨어졌다.

피잉—

피잉—

아직까지 상황 파악도 안 된 상태에서 수십 발의 화살이 또 쏟아지며 그만큼의 생명들을 꿰뚫었다.

“마차 뒤로 몸을 숨겨라!”

고함이 터져 나오며 그제야 모두 신속히 몸을 엄폐시켰다.

그러나 더 이상 화살들은 날아오지 않았다. 대신 바람을 가르는 소리와 함께 스무 명가량의 흑의인이 비조처럼 숲에서 날아 내렸다.

잠시 후 우산덕이 안도의 한숨 길게 내쉬었다.

화살이 날아오는 기세로 보아 더없이 긴장했는데 상대는 스무 명 정도밖에 되지 않았다. 그리고 더 이상의 낌새는 보이지 않았다. 그 정도라면 여기 있는 모용세가와 자신 가문의 무사들 숫자의 오분지 일도 되지 않았다. 그들이 아무리 고수라 하더라도 중과부적이란 것이 있는 법이다. 다섯 명이서 한 명만 상대하면 되었다.

그러나 종종 세상에는 통용되지 않는 상식들이 있었다. 지금 상황에 있어서 중과부적이라는 상식이 바로 그랬다.

퍼엉—

스무 명의 흑의인 중 한 명이 터뜨린 장력에 두 명이 한꺼번에 날아가고 순식간에 열 명도 넘는 모용세가와 산동우가의 무사들이 쓰러졌다. 또한 검을 든 흑의인이 펼치는 검법에도 다섯 명이 넘는 무사들이 금세 쓰러지거나 고혼이 되었다.

"어디서 저런 놈들이?"

모용금초가 신음성을 흘렸다.

정체를 짐작할 수 없는 저들 스무 명의 흑의인 개개인은 절대로 자신의 아래가 아니었다. 신들린 듯이 펼치는 무공은 철저한 살인 기예였고, 군더더기 하나 없는 움직임을 펼치는 그들은 오직 살인을 위해 존재하는 기계들 같았다.

그런 그들에 비해 모용세가와 산동우가의 무공은 화려하고 낭만적인 율동이었다. 그 낭만적인 율동 사이로 흑의인들의 도검과 권장은 너무도 쉽게 스며들어 목숨을 끊어갔다.

순식간에 수십 명의 청년들이 쓰러져 나갔다. 그런 와중에도 흑의인들은 한 명도 쓰러지지 않았다. 단지 모용휘와 상대하던 한 명만이 가벼운 상처를 입고 행동이 조금 느려지고 있었다.

하지만 그 대가로 모용휘는 더 큰 상처를 입은 채 비틀거리

고 있었다. 저렇게 조금 더 시간이 흐르면 모용휘는 흑의인의
검에 생명이 끊기고 말 지경이었다.

휘익—

상황을 살피던 모용금초가 몸을 날렸고, 그 뒤를 따라 우산
덕도 신형을 솟구쳤다.

모용금초와 우산덕의 가세로 겨우 틈을 찾은 모용휘가 거
친 숨을 몰아쉬었다. 그러는 사이에도 모용세가와 산동우가
의 무사들은 쉼없이 쓰러지고 있었다.

"어서 동생들을 보호하거라!"

겨우 숨을 고른 모용휘를 향해 모용금초가 소리를 질렀다.
아직은 가내 무사들 뒤에 있어 놈들의 직접적인 위험에 노출
되지 않았지만 모용영경과 모용영영의 안위는 바람 앞의 촛
불 같았다.

"알겠습니다!"

모용휘는 상처에서 흐르는 피를 지혈시키며 몸을 날렸다.

"오빠!"

모용영영이 다급하게 고함을 질렀다.

신형을 날렸다가 내려서는 모용휘의 등 뒤로 한 자루 검이
쾌속하게 찔러들고 있었기 때문이다.

챙—

모용휘가 신속히 검을 휘둘러 흑의인의 검을 쳐냈다.

'으읏!

　모용휘는 신음을 삼켰다.

　흑의인의 검에 실린 힘이 예상보다 훨씬 무거웠기 때문이
다. 이자는 오히려 지금까지 싸우던 자보다 더 강했다.

　"뒤로 물러나!"

　모용휘는 두 동생을 향해 고함을 지르며 검을 휘둘러 갔다.
다행히 가내 무사 세 명도 흑의사내를 같이 상대해 주어 연속
공격을 받지는 않았지만 얼얼한 손목이 제대로 된 검초를 펼
치지 못할 정도였다.

　"크윽—."

　"큭!"

　무사 두 명이 동시에 심장이 갈라지며 바닥으로 나뒹굴었
다. 그들의 상처는 보검에 잘린 것처럼 깨끗했는데, 단 한 치
의 오차도 없는 치명적인 급소였다.

　"개자식들!"

　모용휘가 야차처럼 고함을 치며 흑의인을 향해 짓쳐들었다.

　챙—

　다시 검이 부딪치며 바위를 두드린 듯한 충격파가 모용휘
의 손목을 통해 팔 전체로, 그리고 심장까지 스며들어 기혈을
진탕시켰다.

　"오빠!"

　모용영경이 고함을 지르며 몸을 날렸다.

　모용휘의 검이 튕겨 오르는 사이, 남은 한 명의 모용세가

무사의 목을 신속히 날린 흑의인의 검이 재차 모용휘의 가슴을 향해 날아들었기 때문이다.

까앙—

모용영경의 검이 흑의인의 검에 부딪치며 가까스로 모용휘의 목숨을 구했다:

"어린 것들이 제법이군!"

호위하는 무사들을 모두 처치하고 모용세가의 삼남매와 대적하게 된 흑의인이 먹이를 앞에 둔 맹수처럼 잔인한 웃음을 흘렸다. 그의 눈에서 핏빛 안광이 쏟아졌다.

"네놈은?"

모용휘의 표정이 급격히 굳어졌다.

작년 봄쯤, 유진룡을 도우러 간 선상의 싸움에서 본 눈빛들이 떠올랐다. 그때도 놈들 중 극강의 고수 몇 명에게서 이런 눈빛이 흘러나왔다. 그때와 다른 점이 있다면, 그놈들은 무언가 실혼인에 가까운 모습이었는데 이놈은 전혀 그렇지 않다는 것이다.

실혼인에 가까운 그들도 끔찍했다. 철저한 살인 무예에 생명을 도외시한 저돌적인 공격! 그때 개방의 칠결장로 백엽동과 상취개 장서홍, 그리고 추풍신검 철사홍이 아니었으면 자신들 남매는 큰 횡액을 당했을 것이다.

그런 그들이 스무 명이나 몰려왔다. 그리고 우려하는 대로 가문의 무사들이 반도 넘게 쓰러졌다.

모용휘는 이를 악물었다.

"도천극의 개들이군!"

모용휘는 씹어 내뱉 듯이 중얼거렸다.

"고통스럽게 죽여줄 수밖에 없겠어!"

도천극이란 소리를 듣는 순간 흑의인의 얼굴이 냉막해지며 차가운 음성으로 말했다. 그리고는 곧바로 검을 휘둘렀다.

바람을 가르며 흑의인의 검이 모용휘와 모용영경의 가슴을 한꺼번에 갈라왔다.

좀 전보다 훨씬 더 강맹한 힘이 실린 검에 대항해 모용휘는 혼신의 내력을 끌어올리며 검을 쳐올렸다. 어설프게 마주쳐 갔다가는 바위를 두드린 듯한 느낌과 함께 검을 놓치고 말 것이다.

"엇!"

모용휘가 경호성을 삼켰다.

바위를 두드리는 듯한 느낌을 예상했는데 자신의 검에 부딪치는 흑의인의 검은 마치 갈댓잎처럼 가볍고 부드러웠다.

허초였다.

내력이 잔뜩 실린 모용휘의 검을 허초로 흘린 흑의인의 검이 모용휘의 허리를 향해 독니를 들이댔다.

서걱—

소름 끼치는 소리와 함께 허리 어림에서 불에 덴 듯한 화끈한 느낌이 전해져 왔다. 뒤이어 바지 속에까지 타고 드는 뜨거운 액체의 느낌!

아마도 붉은 선혈일 것이다. 그러나 모용휘는 그것을 염려
할 여유도 갖지 못한 채 검을 휘둘렀다. 어느새 흑의인의 검
이 뱀의 혓바닥처럼 날름거리며 두 동생을 노리고 있었다.

깡—

까깡—

모용영경과 모용영영의 검이 속절없이 허공으로 치솟았
다. 모용휘의 필사적인 노력으로 검을 잃은 두 동생에게로 짓
쳐드는 연속적인 검초는 떨쳐 냈지만 그것은 한순간의 여유
만 허락했다. 다음 순간 흑의인의 검은 조금도 주저없이 두
동생의 목을 향해 날아들었다.

퍼엉—

파공음이 터져 나오며 장내에 흙먼지가 자욱하게 피어올
랐다. 그건 절대로 검이 두 여인의 목을 가르며 일으킬 수 없
는 현상이었다.

모용휘와 모용영경 자매가 넋이 나간 상태에서 멍하니 흙
먼지 속을 쳐다보았다.

그들의 눈동자 속으로 장신의 사내가 파고들었지만 저승
문턱까지 갔다 온 충격에 그들은 자신들 눈동자 속에 파고든
형상을 제대로 인식하지 못했다. 또한 그 장신의 사내가 뿌린
권경에 조금 전까지 야차처럼 검을 휘두르며 자신들을 저승
문턱까지 몰아넣었던 흑의인이 피를 토하며 쓰러져 있다는

것도…….

그들이 여전히 상황을 인식하기도 전에 장신의 사내는 쓰러진 흑의인의 머리를 밟고 신형을 날렸다.

퍼억! 흑의인의 머리가 수박이 터지듯 터져 나갔고, 사내의 모습은 환영처럼 그 자리에서 꺼지며 또 다른 흑의인을 향해 쇄도해 갔다.

유진룡은 장력을 터뜨리며 모용세가와 산동우가의 무사들을 베어 넘기는 흑의인을 향해 짓쳐들었다.

"어엇!"

측면으로부터 거대한 바위가 밀려드는 듯한 압력을 느낀 흑의인 하나가 경호성을 토하며 검을 휘둘렀다.

콰앙―

장력과 검풍이 부딪치며 폭음이 터졌다. 뒤이어 흑의사내가 답답한 비명을 토하며 뒤로 주르르 밀려났다. 그 순간을 놓치지 않은 유진룡이 바람처럼 달려들며 사내의 가슴에 손바닥을 갖다 댔다.

퍼억―

가죽 북이 터지는 소리와 함께 사내가 가랑잎처럼 날려가며 동료를 향해 덮쳐들었다.

막 또 다른 산동우가 무사 하나를 베어내려던 흑의인이 날아오는 동료를 보며 급히 검을 거두고 손을 뻗었다.

주르르―

　동료를 받아 든 흑의인이 동료의 몸에 실린 잠력을 이기지 못하고 일 장 가까이 뒤로 밀렸다. 사내는 두 눈을 부릅뜨며 동료를 쳐다보았지만 동료는 이미 산목숨이 아니었다. 흑의인은 동료를 내려놓고 흔들리는 눈으로 유진룡을 쳐다보았다.

　순식간에 흑의인 두 명을 고혼으로 만든 유진룡은 땅을 박차며 허공으로 몸을 솟구쳤다.

　빙글!

　허공에서 백호번신의 수법으로 몸을 튼 유진룡은 두 주먹을 교차시키며 세 명의 흑의인이 밀집된 곳을 향해 세차게 내리 뻗었다.

　유진룡의 손에서 뻗어 나온 해일 같은 경력이 세 명의 흑의인을 한꺼번에 덮쳐 갔다.

　휘익—

　휙—

　흑의인들이 살육을 멈추며 급급히 신형을 솟구쳤다.

　콰아앙—

　세 명의 흑의인이 섰던 자리에서 땅거죽이 터져 오르며 커다란 구덩이가 파였다. 그리고는 모든 움직임들이 일시에 중지되었다.

　흑의인들이든 모용세가나 산동우가의 사람들이든 모두 싸움을 멈추고 새로이 나타난 불청객을 쳐다보았다. 이 불청객의 존재를 무시하고는 제대로 된 싸움이 불가능했기 때문이다.

'설마?'

겨우 정신을 차린 모용휘가 눈을 몇 번이나 끔벅이며 불청객을 쳐다보았다. 그리고는 그의 표정이 순간적으로 여러 차례 변했다. 모용영경 역시 비슷한 표정으로 유진룡을 쳐다보고 있었다.

"유 공자……."

모용휘가 신음처럼 유진룡을 불렀다.

자신보다 머리 하나 정도는 더 큰 키에 철탑 같은 체격!

쉽게 혼동될 수 없는 인물이었다. 모용영경도 유진룡을 보며 멍하니 서 있었다.

"괜찮소?"

모용휘에게로 다가온 유진룡이 걱정스런 표정으로 물었다. 아직도 모용휘의 허리 어림에서는 선혈이 흘러내리고 있었다.

"지혈부터 합시다."

유진룡이 모용휘의 허리 어림을 몇 군데 두드렸다. 그러더니 자신의 옷을 찢어 둥글게 뭉친 후 모용휘의 상처에 갖다 대고는 모용휘의 손을 끌어당겨 그곳을 누르게 했다.

"우선은 이렇게 견디시오."

모용휘의 상처를 응급 처치한 유진룡은 몸을 일으켰다.

"유 공자… 정말 유 공자군요."

모용영경이 넋 나간 사람처럼 유진룡을 보며 중얼거렸다. 유진룡을 모르는 모용영영은 무슨 영문인지 어리둥절한 눈으로 유진룡을 뚫어져라 쳐다보고 있었다.

"모용 소저는 다치지 않았소?"

유진룡은 빠르게 모용 자매의 신형을 훑은 후 물었다.

"우린… 괜찮아요. 하지만……."

모용영경이 쓰러진 가내 무사들과 모용휘를 쳐다보며 주르르 분루를 흘렸다.

"오빠의 상처를 돌보고 있으시오."

모용영경에게 당부한 유진룡이 천천히 등을 돌렸다.

"누구냐, 네놈은?"

유진룡과 제일 가까운 위치에 있던 흑의인이 주춤거리며 물었다.

"그러는 당신들은?"

유진룡이 차갑게 답했다.

"그렇군. 애초에 의미없는 질문이지."

흑의인이 고개를 끄덕였다. 정체를 안다고 달라질 것도, 다른 수가 생기는 것도 아닌 상황이었다. 모두 죽이고 임무를 완성하든지, 그렇지 못한다면 모두 죽을 수밖에 없었다.

"쳐라!"

다른 흑의인이 고함을 질렀다. 그와 함께 네 명의 흑의인이 동시에 유진룡을 향해 덮쳐들었다.

유진룡은 나아가던 걸음을 멈추고 두 손을 모았다. 그리고는 빠르게 흔들었다. 그 즉시 수십 개의 손이 동시에 생겨나며 네 명의 사내를 막아갔다.

"하앗!"

갑자기 철벽처럼 앞을 막아오는 손 그림자를 보며 깜짝 놀란 흑의인들이 쾌속하게 검을 휘둘렀다.

까가가강—

바위라도 자를 듯한 강맹함을 지닌 흑의인들의 검이 오히려 바위를 두드린 듯한 굉음을 토하며 위로 튀어 올랐다. 그 사이로 사내들의 가슴이 훤히 드러났다. 그것을 놓치지 않겠다는 듯 유진룡의 손 그림자는 신속히 흩어지며 텅 빈 사내들의 가슴으로 스며들었다.

퍼퍼퍼퍽!

네 개의 파육음이 거의 동시에 터지며 네 구의 시체가 바닥으로 떨어져 내렸다.

다시 잠깐 동안의 정적이 장내로 내려앉았다.

"네놈이었군!"

흑의인들의 제일 뒤쪽에 있던 깡마른 몸매의 사내가 나지막한 음성으로 말하며 유진룡을 향해 다가왔다. 그는 이제껏 유일하게 싸움에 가담하지 않고 상황만 주시하며 서 있던 사내였다.

"날 아시오?"

유진룡이 앞으로 펼쳤던 쌍장을 내리며 물었다. 그와 함께 그의 손에 어렸던 은색 기운도 순식간에 손바닥 속으로 사라졌다.

"밀영으로부터 들었지! 영주 세 명을 죽인 놈이 있으니 조심하라고. 아울러 그가 련주의 사제라는 사실도……."

흑의사내가 칼날 같은 눈빛으로 유진룡을 노려보며 답했다.

"한 가지는 맞고, 한 가지는 틀렸소."

유진룡이 피식 웃으며 말을 이었다.

"밀영인지 뭔지 하는 무리들의 우두머리 몇 명을 죽인 것은 맞는데… 도천극의 사제는 아니오. 그놈은 더러운 반도일 뿐, 내 사형이 아니니까."

유진룡의 대답에 흑의인이 잠시 입을 닫고 그를 노려보기만 했다. 그리고는 천천히 고개를 끄덕였다.

"상관없겠지."

흑의인이 메마른 목소리로 말했다.

"왜 그렇게 생각하시오?"

유진룡이 궁금한 표정으로 물었다.

"무조건 죽여야 할 놈이니까."

흑의인의 눈이 번쩍 혈광을 토했다.

유진룡은 잠시 그 눈을 쳐다보다가 입술을 움직였다.

"파황마령이오?"

유진룡이 불쑥 질문을 던지자 사내가 움찔 놀라는 표정을 지었다.

"어떻게 알았나?"

사내가 물었다.

"깨부수는 방법을 전문적으로 연구하고 수련했으니까."

유진룡이 빙긋 웃으며 남은 흑의인들을 사냥감을 쳐다보듯 일일이 훑어보았다.

유진룡의 눈길을 받은 흑의인들의 표정이 서서히 굳어졌다. 유진룡의 말대로라면 유진룡은 자신들에게 있어 천적이란 말이었다. 실제로도 동료 여섯이 순식간에 죽어나자빠졌기에 그들의 표정은 더욱 굳어졌다.

"개소리!"

흑의인이 동료들의 사기를 돋우려는 듯 고함을 질렀다.

"믿지 않고 방심할수록 난 더 편하지."

유진룡이 한 번 더 미소를 지으며 주먹을 말아 쥐었다. 그리고는 앞으로 불쑥 내밀었다.

팟—

제일 앞에 있던 사내가 신속히 신형을 이동시켰다. 그러나 주먹의 목표는 그가 아니었다.

타격음은 제일 뒤의 사내에게 터져 나왔고, 방심하고 있다가 권경에 격중된 사내는 주르르 밀려가며 울컥 선혈을 토했다.

"크윽!"

사내가 억눌린 비명을 토하다가 마침내 무릎을 꿇었다. 그렇게 또 한 명의 파황마령대가 쓰러졌다. 그것은 파황마령의 힘을 전문적으로 깨뜨리는 수련을 했다는 유진룡의 말이 여실히 증명되는 순간이었다.

다시 잠시 동안의 침묵이 흘렀다. 그 침묵 속에서 모용세가와 산동운가의 남은 사람들은 저승의 문턱을 빠져나오며 긴 한숨을 내쉬었다.

"기필코 죽인다!"

깡마른 사내가 이를 갈며 손을 들어 올렸다. 그러자 흩어져 있던 흑의사내들이 신속히 움직이며 유진룡 주변을 포위했다.

한꺼번에 합공을 하며 유진룡을 쓰러뜨릴 심산인 듯했다.

파앗—

사내들이 자리를 잡기 일보직전에 유진룡이 한발 앞서 발끝으로 땅을 박찼다.

쉬이익—

유진룡의 신형이 어지럽게 흔들리며 사내들에게로 부딪쳐 갔다.

파파팟!

사내들도 맹렬히 도검을 휘두르며 유진룡의 신형을 베어 나갔다.

'베었다!'

사내 하나가 속으로 쾌재를 터뜨렸다. 쾌속하게 뿌린 자신의 검에 유진룡의 심장이 정확히 걸린 때문이었다.

“엇!”

사내는 경호성을 토했다. 자신의 검에 걸린 유진룡의 신형이 푹 꺼지며 바로 코앞으로 다가왔기 때문이다. 다가왔을 뿐만 아니라 불쑥 솟은 그의 손이 가슴을 쓰다듬었다.

퍼억!

가슴이 무너지고 순식간에 진기가 빠져나가며 허깨비 같은 느낌을 받은 사내가 그 자리에 주저앉았다.

“으으—.”

사내는 신음을 흘리며 안간힘을 썼지만 더 이상은 검을 들어 올릴 힘마저 남아 있지 않았다. 그리고 그의 입에서 선혈이 폭포수처럼 쏟아졌다.

단 한 번의 가격에 폐인이 되어버리는 동료를 보며 흑의사내들이 더욱 미친 듯이 움직이며 유진룡을 몰아붙였다.

퍼억—

다시 한줄기 파육음이 터지고 사내 하나가 피를 뿌리며 날아갔다. 그 역시 단번에 호신강기가 깨어지며 극심한 타격을 입은 것이다.

“모두 비켜라!”

깡마른 사내가 고함을 지르며 날아들었다. 그의 손에는 붉은 기류가 뭉쳐 횃불처럼 일렁거렸다.

“하앗!”

부하들이 신속히 물러난 사이로 사내의 일장이 노도처럼

뻗어나갔다. 유진룡도 무겁게 쌍장을 내밀었다.

우우웅—

은색 꽃송이들이 유진룡의 손바닥에서 피어오르며 사내의 핏빛 장력에 마주쳐 갔다.

콰아앙—

폭음이 울리며 두 기운의 진행이 마주친 곳에서 잠시 멈추는 듯했다. 그러던 어느 순간 핏빛 기운이 서서히 소멸되며 은빛 꽃잎들이 허공에 난무했다.

"크아악!"

꽃잎에 휩싸인 사내의 몸이 고슴도치처럼 핏물을 쏟아내며 사방으로 터져 나갔다.

퍼퍼퍽!

사내가 쓰러짐과 동시에 남아 있던 흑의인들이 순식간에 몸을 솟구쳤다. 그리고는 한꺼번에 유진룡을 향해 달려들었다.

"그렇게 해준다면 더 고맙지!"

유진룡이 낮은 중얼거림과 함께 두 주먹을 빠르게 흔들었다.

퍼퍼퍼퍽!

허공에서 파육음이 난무하며 몸을 솟구쳐 한꺼번에 달려들던 사내들이 우박을 맞은 참새 떼처럼 떨어져 내렸다.

第百十八章
집결(集結)

"유 형은 극강의 고수가 되었구려!"

모용휘가 자신의 상처를 살피는 유진룡을 보며 말했다. 그들 주변으로는 모용금초와 우산덕, 그리고 두 가문의 무사들이 모여 눈을 빛내며 두 사람을 쳐다보고 있었다.

그들은 유진룡의 정체가 궁금하기 짝이 없었지만, 아니, 사실은 깡마른 흑의인과 유진룡의 대화에서 정체는 짐작이 가능했다.

추풍신검 철사홍과 함께 또 한 명의 도천극의 사제! 그러면서도 도천극의 가장 강렬한 적이 되어 육성의 인물 셋을 죽여 버렸다는 소문과 함께 최근 들어 그 명성이 허황되다 싶을 정도로 퍼져 나가고 있는 청년이 바로 이 청년이었다.

그런데 직접 그의 무위를 견식하고 보니 그 소문은 빙산의 일각이었다. 그래서 한시라도 빨리 말을 섞어보고 싶었지만 당장은 모용휘의 상처를 돌보는 것이 급했고, 정성스럽게 치료하고 있는 유진룡을 방해할 수 없어 쳐다만 보고 있었다.

유진룡은 수련동에서 사부가 준 요상단을 두 알 꺼내 가루를 내어 모용휘의 상처에 뿌렸다.

"으윽!"

모용휘가 얼굴을 찌푸리며 짧은 신음을 토했다. 상처가 너무 깊어 요상단이 뿌려진 곳의 통증이 큰 모양이었다. 그러나 그것은 잠시뿐이었다. 곧이어 상처에서 아직까지 미약하게나마 흐르던 핏물이 완전히 사라지고 쩍 벌어졌던 곳이 아교라도 칠한 듯 달라붙기 시작했다.

"약효가 좋구려. 이젠 통증마저 사라졌소."

모용휘가 찡그렸던 얼굴을 활짝 펴며 흐릿한 미소를 지었다.

"상처가 한 치만 더 깊었어도 내장이 상할 뻔했소."

유진룡이 안도의 한숨을 내쉬었다.

"그러게 좀 빨리 오지 그랬소."

모용휘는 이제 농담까지 던졌다.

그렇게 모용휘의 치료가 끝나고 유진룡과 다른 사람들이

이야기를 나눌 기회가 주어졌다.

"자네가 백호투왕이란 청년인가?"

모용금초가 거두절미하고 물었다.

유진룡의 입가에 보일 듯 말 듯 고소가 피어올랐다. 소향상회를 찾아온 남궁가의 무사로부터 그 별호를 들었지만 여전히 생소했다. 그래서 선뜻 고개를 끄덕이는 것도 어색했다.

"맞아요. 전에 말씀드렸던 유진룡 공자예요."

모영영경이 나서서 대답을 대신해 주었다. 모용금초는 깊은 눈으로 유진룡을 쳐다보았다.

그 눈빛에는 한꺼번에 수십 가지의 생각이 담겨 있었다. 아들을 살려준, 더 나아가 자신들 모두의 목숨을 구해준 데 대한 감사와 무림 신성을 보는 호기심, 그리고 나이는 어려도 자신보다 한참 고수를 대하는 경외심, 그런 생각들이 한꺼번에 표출되고 있었다.

"고맙네! 우리 모두를 살려주어서."

모용금초는 유진룡을 향해 포권을 쥐었다. 그를 따라 우산덕도 포권을 쥐었고, 모용세가와 산동우가의 살아남은 무사들도 일제히 포권을 쥐었다.

유진룡도 얼른 포권을 쥐어 답례를 했다.

"그런데 저놈들은……."

이번에는 우산덕이 흑의인들을 쳐다보며 물었다. 그의 눈에서 분노의 불길이 활활 타오르고 있었다.

"저놈들은 파황마령대라는 놈들로, 도천극이 직접 키운 놈들입니다."

유진룡은 간단히 답했다.

엄격히 따지면 그들은 도천극이 키운 놈들이 아니라 도천극의 가문에서 키웠다고 해야 할 것이다.

"무서운 놈들이군. 모두들 결코 내 아래가 아니었네."

모용금초가 치를 떨며 말했다.

"그런데 유 형은 여기 어쩐 일이오? 처음부터 이런 일을 예상하고 우릴 따라온 것이오?"

모용휘가 신중한 표정으로 물었다.

"아니오. 제갈세가 사람들과 함께 정도맹 집결지로 향하다 놈들의 기운을 느끼고 달려온 것이오."

"제갈세가 사람들이 근처에 있단 말인가?"

모용금초가 목소리를 높였다. 자신들이 엄중 호위하며 가져가는 물건은 제갈세가 사람들에게 인계할 것이었고, 하루라도 빨리 인계해 줄 수 있으면 그만큼 좋은 것이다.

"야산 너머에 있습니다. 원하신다면 합류하셔도 될 듯합니다."

유진룡이 모용금초의 의향을 물었다.

"그러도록 하세. 그래야 계속 자네 보호를 받을 수 있을 테니."

모용금초가 고개를 끄덕였다.

모용세가와 산동우가는 두 시진 만에 제갈세가 사람들과 합류했다. 그리고 그들은 이틀을 같이 움직여 집결지에 당도했다.

그곳에는 이미 많은 무림문파의 무인들이 정도맹이라는 깃발 아래 군집하고 있었다.

소림과 무당을 위시한 구파일방의 사람들은 물론이고, 중원의 내로라하는 무가의 사람들이 정도맹의 집결령에 의해 모여든 것이다.

제갈세가 사람들이 당도하자 군중들 속에서 한차례 술렁거림이 일었다. 제갈세가는 이들 정도맹 인원들의 두뇌 역할을 할 사람들로 내정되어 있었다. 그래서 그들의 무사 당도가 무엇보다 기뻤던 것이다.

나중에 안 사실이었지만 이미 여러 무가들이 모용세가와 같은 습격을 받았다. 그래서 아무도 당도하지 못한 문파도 있었고, 반 넘는 전력을 잃고 피투성이가 된 채 도착한 문파도 있었다.

유진룡은 그 군집된 무인들 중에서 몇몇 아는 사람들과 조우했다. 무당의 종하 진인과 그 제자들, 그리고 화산의 구진자 일행이었다. 또 도천극의 마수에 당한 후 잠시 정도맹 총단에서 치료를 받으며 얼굴을 익힌 사람들과는 눈인사를 했다.

그들 중에는 정도맹주 여조성도 있었다.

유진룡은 그곳의 제일 큰 천막 안에서 정도맹주 여조성을 다시 만났다. 그 옆에는 총사 곡진우가 앉아 있었고, 여러 명의 무림 명숙들 또한 자리하고 있었다.

"오랜만일세."

여조성은 예의 그 허허실실한 표정으로 유진룡에게 인사를 했다.

"다시 뵙는군요."

유진룡도 포권을 지으며 답례를 했다.

"그래, 다시 만났네. 하지만 난 자네를 처음 보는 기분일세."

여조성은 빙그레 미소를 지은 후 말을 이었다.

"최근 백호투왕이라는 별호 하나가 어찌나 온 강호를 진동시키는지, 그 주인공을 만나고 싶어 안달이 났었네. 하하!"

여조성은 너털웃음을 터뜨리며 담담한 눈으로 유진룡을 쳐다보았다. 호수처럼 조용한 눈이었지만 그 눈에는 대해의 깊이가 담겨져 있었다.

여조성뿐만 아니라 곡진우와 다른 무림 명숙들도 모두 비슷한 눈길로 유진룡을 쳐다보고 있었다. 그들 중 몇몇은 정도맹 총단에서 이미 유진룡을 봤지만 그때와는 또 현격한 차이를 나타내는 유진룡의 모습에 두 눈 가득 기광을 발하고 있었다.

"오면서 모용세가를 구했다고 들었네."

총사 곡진우가 안도감이 묻어나는 목소리로 말했다.

놈들이 어떻게 모용세가의 비밀 임무를 알았는지 모르겠지만 그들 손에 산동우가의 흑유황이 탈취당했더라면 계획에 큰 차질이 있었을 것이다. 그런 상황이 유진룡의 등장으로 무마된 것이 무엇보다 다행스러웠다.

"모용세가를 공격한 자들이 파황마령대인가?"

유진룡이 가타부타 대답을 하지 않자 여조성이 질문했다.

유진룡은 묵묵히 고개를 끄덕였다. 이미 파황마령대를 알고 있으니 다른 말은 필요없었기 때문이다.

"스무 명을 혼자서 처치했다고?"

여조성이 다시 물었다.

"모용세가와 산동우가의 도움이 있었습니다."

"그런가? 금시초문이군!"

여조성이 무심한 듯 말하고는 천막 벽에 걸려 있는 무언가에 시선을 두었다.

"가져오게."

여조성의 지시에 젊은 청년이 벽에서 걸어놓은 그것을 가져왔다.

그것은 한 개의 완장이었다. 팔의 굵기에 따라 크기를 조절할 수 있는 완장은 황금빛 바탕에 푸른색의 정교한 용 무늬가 새겨져 있었다.

“자네가 차게.”
여조성이 유진룡에게 황금색 완장을 내밀며 말했다.
“뭡니까, 이게?”
유진룡은 완장을 물끄러미 쳐다보며 물었다.
“청룡대주의 신패일세.”
“청룡대주?”
“그렇네. 이곳에 재편된 정도맹 최정예 부대일세. 마침 그 수장으로 적격자를 찾던 중이었는데, 자네가 제격일 것 같네.”
여조성이 이곳으로 유진룡을 부른 이유가 이것이었다. 어쩌면 여조성 자신과 비견될 만한 고수인 유진룡에게 대전의 최선봉을 맡으라는 말이었다.
“사양하겠습니다.”
유진룡이 정중히 거절했다.
“이유는?”
이곳저곳에서 울리는 탄식성 속에서 여조성이 물었다.
“정도맹 무사들은 절 별로 안 좋아하지요.”
“무슨 말인지는 알겠군. 그때 자네가 철기전의 철기대 무사들을 박살 냈으니. 하지만 그들은 중독당해 모두 갇혔네.”
여조성은 여전히 미련을 버리지 못했다.
“그리고 저 역시 정도맹을 별로 좋아하지 않지요.”
유진룡은 잘라 말했다. 그 목소리에는 단호한 거절의 뜻이 내포되어 있었다.

"그런… 가? 그렇다면 할 수 없군. 하지만 도움은 줄 수 있겠지?"

여조성이 다시 물었다.

"능력이 닿으면 그렇게 하겠습니다."

유지룡이 간단히 답하고는 고개를 한 번 숙인 후 천막 밖으로 나왔다.

천막 밖에는 천막 안보다 열 배는 더 많은 숫자의 사람들이 둘러서 있었다. 그들은 대부분 청년과 젊은 여인들이었는데, 고급스런 복장과 화려한 장식을 한 무기들로 보아 명문무가의 자녀들이 분명했다.

귀를 쫑긋거리며 천막 안의 동정을 살피던 그들은 유진룡이 불쑥 밖으로 나오자 후다닥 물러서며 하늘을 쳐다보거나 먼 산을 쳐다보는 등 괜한 딴청을 피웠다. 그러면서도 힐끗힐끗 유진룡을 쳐다보다가 철탑 같은 유진룡의 체형에 감탄의 눈빛을 아끼지 않았다.

유진룡은 모른 척 그들을 지나쳤다. 그때 누군가 다가왔다. 당소미였다.

"수락하시지 그랬어요."

당소미는 안타까운 표정과 함께 유진룡을 쳐다보았다.

"혼자 몸도 가누기 힘든 사람이오."

유진룡이 피식 웃으며 답했다.

싸우는 것과 싸움을 통솔하는 것은 달랐다. 싸우는 것에는 누구보다 자신있었지만 싸움을 통괄하는 데는 문외한이나 마찬가지다.

그리고 무엇보다 더 큰 이유는 딴 데 있었다.

"모용 형에게나 가봅시다."

한숨을 내쉬는 당소미를 향해 유진룡이 불쑥 말했다.

"그래요. 유 공자는 그러는 게 더 어울려요."

당소미는 유진룡과 자신에게로 쏟아지는 모든 시선들 무시하며 유진룡 곁에 바짝 붙어 걸었다.

모용휘의 상처를 살피고 난 후 마응탁의 천막을 찾았을 때, 마응탁은 유진룡이 수혈을 짚음으로 해서 하루 동안 허비한 시간이 아까워 안달복달하고 있었다.

유진룡은 한참 동안 물끄러미 마응탁을 쳐다보았다. 마응탁은 여러 장의 종이를 펼친 채 그 위에 무언가를 정신없이 그려가고 있었다.

"언제쯤 쉴 수 있는 것이냐?"

한참 후 유진룡이 불쑥 물었다.

"으, 으응? 뭐 말이야, 형?"

마응탁이 잠에서 깨어난 듯 반문했다.

"이곳에 왔으면 이젠 된 것이 아니냐? 모두 넘겨주고 쉬면 안 되는 일이냐?"

유진룡이 가라앉은 목소리로 말했다.

"이제 조금만 더 하면 돼. 그럼 최소한의 피를 흘리며 최대한의 승리를 거둘 수 있어."

마웅탁이 다시 종이 위로 눈길을 돌리며 답했다.

문득 마웅탁의 안색이 예전보다 훨씬 창백해진 것을 본 유진룡은 마음이 급해져 옴을 느꼈다.

"혜란이는……."

"으응? 혜란이가 왜?"

유진룡이 양혜란 얘기를 하자 마웅탁의 주의력이 급격히 유진룡에게 모여졌다.

"혜란이는…… 널 많이 기다릴 텐데."

유진룡의 말에 마웅탁의 표정이 급격히 굳어졌다.

"그게 무슨 소리야, 형?"

잠시 후 마웅탁이 득달같이 물었다. 그리고는 유진룡의 표정을 하나도 놓치지 않겠다는 듯 뚫어져라 쳐다보았다.

"혜란이가 바보인 줄 아느냐? 누구보다 영리하고 섬세한 여자다. 그런 혜란이가 네 마음을 몰랐을 줄 알았느냐?"

유진룡의 대답에 마웅탁이 둔기로 뒤통수를 한 대 얻어맞은 표정을 했다.

"혜란이가 뭐라고 했기에?"

한참 후 마웅탁이 더듬거리며 물었다.

"아무 말 안 했어."

유진룡이 답했다.

"그런데?"

"그런데… 소향상회를 떠나기 전에 우연히 혜란이가 옷을 만드는 것을 목격했지. 호리호리한 체형에 맞는 남자의 옷을……."

"그게 꼭 내 옷이란 법이 있어? 세상에 호리호리한 남자가 나 혼자도 아닌데."

"그래, 그렇지. 그런데 가슴 안쪽에 책 주머니를 세 개씩이나 달고 다니는 호리호리한 남자는 그리 많지 않을걸? 그중에서도 혜란이가 아는 그런 남자는 너 말고 세상에 또 있을까?"

유진룡의 말에 마응탁은 아무 대답도 하지 못하고 유진룡을 쳐다보다가 눈길을 떨구었다. 격정 때문인지 마응탁의 손끝이 가늘게 떨리고 있었다.

"혜란이에게 돌아갈 몫의 네놈 생명은 남겨두란 말이다, 이 자식아! 도천극만 처치하면 지금 당장 죽어도 좋다는 듯 달려들지 말고."

유진룡이 탁자 위에 펼쳐 둔 종이들을 옆쪽으로 치우며 목소리를 높였다.

마응탁은 대답하지 않고 멍하니 앉아만 있었다.

"그래! 그렇게 앉아 있는 것도 괜찮지. 그렇게라도 좀 쉬어라. 도천극은 내게 맡기고."

유진룡이 이젠 아예 탁자를 들어 마응탁에게서 멀찍이 떼

어놓았다. 그러는 중에도 마웅탁은 천막 천장만 쳐다보고 있었다.

한참 후 마웅탁이 유진룡에게로 시선을 맞춰왔다.

"형, 나 살고 싶어."

마웅탁이 쉰 목소리로 말했다.

"도천극을 죽이고 같이 죽으려고 했는데… 이젠 살고 싶어."

마웅탁의 눈에서 눈물이 흘러내렸다.

"형! 나 살려줄 수 있지? 형은 해줄 수 있잖아? 세상 사람들 다 불가능해도 형은 가능하잖아! 어릴 때도 그랬고, 지금까지 항상 그래 왔잖아. 나 살고 싶어! 그러니 형이 살려줘. 대답해, 형! 할 수 있지?"

마웅탁이 유진룡의 옷자락을 잡고 미친 듯이 흔들어댔다.

"망할 자식아, 그렇게 살고 싶은 놈이 그동안 그렇게 자신을 혹사시켜?!"

유진룡이 버럭 고함을 질렀다.

"이젠 안 그럴 테니 형이 날 살려줘!"

마웅탁은 간절한 눈으로 애원했다. 그동안 억눌렀던 삶에 대한 욕구가 양혜란의 존재로 인해 봇물 터지듯 터져 나오고 있었다.

"그렇게 할 테니 제발 좀 쉬어라."

유진룡은 긴 한숨을 내쉰 후 마웅탁 곁에 앉았다. 마웅탁은 더 이상 탁자에 시선을 두지 않고 멍하니 허공만 쳐다보고 있었다.

*　　　*　　　*

　수백 개의 천막 사이로 짙은 어둠이 찾아들었지만 환하게 횃불이 밝혀진 벌판은 대낮을 방불케 했다.
　흑사련의 발호가 극성스럽다고는 하지만 아직은 좀 거리가 떨어져 있었기에 정도맹 무사들이 묵는 천막 주변에는 긴장감보다는 화기애애한 기운이 더 많이 흐르고 있었다.
　실제로 그런 마음이 있어서 그런 것도 있겠지만 얼마 후 대전이 벌어지면 생사를 장담할 후 없을 것이기에 그때까지는 최대한 편안한 마음으로 지내고자 했기 때문이다.
　천막 사이사이에는 조촐한 술판을 벌이며 환담을 나누는 선남선녀들도 있었고, 겉옷을 벗어버린 채 검을 휘두르며 수련을 하는 사람들도 있었다. 그러나 그런 사람들도 밤이 좀 더 깊어지고 새벽이 가까워지자 하나둘 천막 속으로 사라지고 외곽에서 보초를 서는 무사들의 움직임만이 눈에 들어오고 있었다.
　보초들이 지나간 한 천막 안에서 불빛이 새어 나오며 몇 명의 인영이 휘장을 걷고 밖으로 나왔다.
　그들은 승, 도, 속, 제각각의 차림으로 가볍게 걸음을 옮기는 모습이 한눈에 보아도 절정고수의 수준인 무림 명숙들임을 짐작케 해주었다.

가벼운 걸음으로 천막 몇 개를 지난 그들은 다른 천막 한 곳을 향해 곧장 나아갔다.

그들이 다가가고 있는 천막은 다른 곳과 달리 불이 환히 밝혀져 있어 천막 밖까지도 환히 비추었다.

"제갈가주! 주무시는지요?"

다가온 사람들 중 제일 앞쪽에 선 인영이 천막 안을 향해 말했다. 그는 도관을 쓰고 검을 허리에 찬 노인이었다.

"들어오시오!"

천막 안에서 제갈유성의 음성이 들렸다.

"각파의 명숙들께서 깊은 밤에 어쩐 일이신지? 어서 이리로 와서 앉으시오. 밤바람이 제법 찹니다."

제갈유성이 손을 들어 올려 방문한 인영들을 천막 가운데로 안내했다.

천막 안에는 제갈가주의 장남 제갈정윤과 장녀 제갈연지, 그리고 당소미가 마웅탁과 함께 탁자 위에 여러 장의 종이를 펼쳐 놓고 무언가를 의논하고 있다가 얼른 몸을 일으켜 천막 구석으로 가서 섰다.

"역시 제갈세가시오. 이 시간까지 노심초사 무언가를 연구하고 계시다니."

도관을 쓴 노인이 너털웃음과 함께 고개를 끄덕였다. 그는 화산의 일대제자인 현검자(弦劍子)였다.

"그러게 말이오. 우리 같은 사람들이 아무리 무림의 평화를 위한다고는 하지만 제갈세가의 지략이 가미되지 않는 이상 사상누각일 뿐이지요."

다른 한 중년인도 도관을 쓴 노인의 말을 받았다. 그 역시 무림명숙들 중 한 명으로, 하북에 자리한 조가장의 장주 조일량(曹一兩)이었다. 별호는 낙혼묵도(落魂墨刀)였는데, 별호에서 알 수 있듯이 그의 허리에는 거무튀튀한 빛이 감도는 묵도 한 자루가 매달려 있었다.

"과찬이시오. 지닌바 능력이 일천하여 아직도 풀지 못한 문제가 있어 밤이 늦도록 이렇게 골머리를 싸매고 있는 중이라오."

제갈유성이 손사래를 치며 답했다.

"제갈가주께서 풀지 못한 문제라면 우리 같은 사람은 아예 쳐다보지도 말아야 할 것 같으니, 저만치 치워두시구랴."

이번에는 승복은 입은 노승이 만면 가득 웃음을 지으며 너스레를 떨었다.

그렇게 몇 차례 가벼운 인사말이 오간 후 제갈유성이 방문객들을 정시했다.

"그런데 여러 명숙들께서 이 누추한 곳에 웬일로……?"

제갈유성의 질문에 현검자가 잠시 방 안을 둘러보더니 조심스럽게 입을 열었다.

"백호투왕이라던 그 청년은?"

“그 청년은 다른 천막에 기거하고 있지요. 지금쯤이면 잠이 들었을 것이오.”

제갈유성이 현검자의 질문에 답하며 옆쪽을 쳐다보았다.

“그렇구려. 그러면 잘되었구려!”

낙혼묵도 조일량이 빙그레 웃으며 대신 말을 받았다.

“무엇이 잘되었단 말이오?”

제갈유성이 어리둥절한 표정으로 조일량을 쳐다보았다.

“그건 바로… 이것이다!”

조일량이 미소와 함께 순식간에 도를 뽑아 섬전처럼 휘둘렀다. 그와 동시에 화산의 현검자도 검을 뽑아 전광석화처럼 마웅탁을 향해 찔러갔다.

“아악!”

“악!”

제갈연지가 파랗게 질린 표정으로 고함을 질렀지만 조일량의 도와 현검자의 검은 각각 제갈유성의 목을 가르고 마웅탁의 심장을 꿰뚫고 있었다.

“너희들도 가거라!”

같이 온 승려와 중년인 두 명도 야차 같은 표정으로 제갈연지와 제갈정윤, 그리고 당소미에게 주먹과 검을 휘두르고 있었다.

“흐흐!”

“흐흐흐!”

　순식간에 천막 안의 사람들을 모두 처치해 버린 불청객들이 비릿한 웃음을 흘렸다.

　쿵!

　쿠쿵!

　뒤이어 제갈유성과 그의 자식들, 그리고 마웅탁과 당소미가 바닥으로 쓰러졌다.

第百十九章

꼭두각시

"그런데… 이게?"

짧은 순간 살행을 완수하고 승리감에 젖어 있던 소림승인 모현 대사(慕弦大師)가 얼핏 얼굴을 찌푸렸다. 그를 따라 조일량과 현검자도 뭔가 이상한 듯 자신의 도와 검을 쳐다보았다.

그들의 도검은 피 한 방울 묻지 않은 채 시린 빛을 뿜어내고 있었다.

"환영(幻影)!"

소림의 모현 대사가 비명처럼 고함을 질렀다.

"제갈세가의 진식이다!"

현검자도 펄쩍 뛰며 고함을 질렀다.

　고함이 끝나기도 전에 그들의 말을 증명이라도 하듯 쓰러졌던 제갈세가의 사람들과 마웅탁, 그리고 당소미가 천천히 일어섰다.

　"정도맹 총단에까지 숨어들었던 간세가 이곳에도 없으라는 법이 없지."

　제갈유성이, 아니, 진식 속의 제갈유성의 허상이 차가운 웃음과 함께 말했다.

　"죽일 놈!"

　조일량이 도를 미친 듯이 휘둘렀다. 그의 도가 제갈유성의 심장을 전광석화처럼 자르고 지나갔지만 여전히 아무런 존재감을 느끼지 못했다. 더구나 이번에는 제갈유성의 신형이 쓰러지지도 않고 차가운 웃음을 흘리며 서 있었다.

　"제갈세가를 치면서 이 정도도 예상을 하지 않았다니, 정말 한심할 지경이오."

　제갈유성의 허상이 한가닥 조소와 함께 그림이 지워지듯 서서히 사라졌다. 그를 따라 제갈정윤과 제갈연지, 당소미, 그리고 마웅탁의 신형도 연못에 뿌린 물감처럼 스르르 흩어졌다.

　"이런 망할… 엇!"

　현검자가 험구를 토하다 경호성을 질렀다. 마웅탁의 신형이 사라진 곳으로부터 새로운 모습의 인영이 눈에 들어온 것이다.

천천히 그 인영이 몸을 일으켰다.

유부에서 솟아오르는 지옥의 수문장 같은 사내의 모습에 다섯 불청객은 자신도 모르게 한 걸음씩 뒤로 물러섰다.

"역시 제갈세가 사람들의 예측이 들어맞았군!"

철탑 같은 인영이 스산하게 웃으며 다섯 명의 방문자를 쳐다보았다. 그의 눈에서 뻗어 나온 한광이 사위를 얼릴 듯 뻗어나갔다.

"이, 이놈!"

또 다른 도사가 이를 갈았다. 그는 종남파의 장로 이수찬(李受澯)이었다. 초저녁부터 유진룡이 보이지 않아 일을 서둘렀는데 오히려 함정을 파고 여기서 기다리고 있었던 것이다.

"완벽하게 걸려들었군!"

호가방(狐佳幫)의 방주 맹조덕(孟凋德)도 부서져라 도를 움켜쥐며 이를 악물었다.

유진룡은 그들 다섯 명을 쳐다보며 기가 막힌 심정이 되었다.

이들은 한눈에도 정파의 명망 높은 고수들이 분명해 보였다. 그런데 이들이 도천극의 꼭두각시가 되어 제갈세가 사람들과 마웅탁을 죽이러 온 것이다.

'대체 어떤 독이기에……?'

정소채와 당소미로부터 도천극의 독에 대해 충분히 설명을 들었지만 막상 그 독에 중독된 인간들을 만나고 보니 더욱 끔찍하다는 생각이 들었다.

"본래 목적은 실패했지만 대신 네놈을 처치한다면 그것도 크게 손해 볼 것은 없으리."

현검자가 비릿한 미소와 함께 검을 쳐들었다.

"노대사께서도 같은 생각이시오?"

유진룡은 소림승인 모현 대사를 보며 질문을 던졌다.

"같은 생각이네."

모현 대사가 일말의 망설임도 없이 고개를 끄덕였다.

"사문과 동료들에 대해 죄스럽지 않으시오?"

유진룡이 다시 질문을 던졌다.

"왜 안 그렇겠나, 평생 몸담았던 곳인데."

모현 대사가 맞장구를 치듯 말했다. 그러나 그의 표정에는 일말의 회의도 보이지 않았다.

"그런데 왜 멈추지 않으시오?"

"한 번쯤은 내 본능이 이끄는 대로 살아보고 싶네."

모현 대사가 긴 한숨과 함께 말했다.

"무엇이 대사의 본능이란 말이오?"

"그거야… 자네를 내 일장으로 쳐 죽여 내 강함을 만천하에 증명하는 것이지."

말과 함께 모현 대사가 섬전처럼 우장을 뻗었다. 그의 손에서 무형의 기운이 쇠몽둥이처럼 유진룡의 가슴을 쳐왔다.

유진룡은 좌장을 뻗었다. 그리고 우수로는 바람처럼 허리를 베어오는 이수찬의 검을 내려쳤다. 모현 대사가 일장을 뻗음과 동시에 이수찬도 검을 날려왔던 것이다.

펑!

까앙!

두 개의 이질적인 폭음이 동시에 터지며 천막의 한쪽이 압력을 이기지 못한고 터져 나갔다. 그리고 그곳으로 차가운 바깥바람이 후욱 밀려들었다. 그 바람을 타고 조일량의 묵도와 현검자의 파리한 고검이 섬전처럼 쇄도해 들었다.

유진룡은 이제 더 이상 이들에게 미련을 두지 않기로 했다. 소림 고승의 생각이 그러하다면 다른 사람들은 오히려 더할 것이다.

스스슥―

유진룡은 양발을 교차시키며 만리추영보의 보법을 밟아 두 사람의 도검을 흘리고 쌍장을 쭈욱 내밀었다. 커다란 손 그림자 여러 개가 만 장 석벽처럼 모현 대사와 종남파의 이수찬, 그리고 맹조덕의 공격을 막아갔다.

까까깡―

맹조덕의 검이 철판을 긁는 소리를 토했다. 그러나 여러 개의 손 그림자 중 한 개만 잘려 나가고 나머지는 계속 앞으로 밀고 나왔다. 다시 모현 대사의 장력이 손 그림자를 두드렸다. 이번에는 두 개의 손 그림자가 흔들리다가 사라졌다. 그 사이로 맹조덕이 장검을 쑤셔 넣었다.

손 그림자가 사라지며 그 뒤로 나타난 유진룡의 주먹이 언뜻 흔들렸다.

퍼억—

맹조덕의 가슴에서 파육음이 터졌다.

주먹은 이 장 밖에 있었는데 가슴에서 쇳덩어리가 부딪치는 느낌을 받은 맹조덕이 두 눈을 끔벅거렸다.

"크윽!"

맹조덕이 답답한 비명을 흘렸다. 그리고는 선혈을 울컥 토해냈다. 그러나 그는 악착같이 서서 유진룡을 노려보았다.

휘이잉—

이번에는 현검자가 뿌린 새파란 검기 한 가닥이 유진룡의 허리를 양단할 듯 수평으로 잘라왔다. 유진룡의 손에서 은색 꽃송이가 피어올랐다. 그리고는 일시에 비산하며 현검자의 검에 마주쳐 갔다.

현검자가 검기를 폭사시키며 은빛 꽃송이를 잘라갔다.

파파파팡—

곳곳이 너덜하게 찢겨 나간 채 겨우 서 있던 천막이 완전 터져 버렸다. 천막이 모두 터져 나간 공간에 유진룡이 다섯 사람에게 포위된 채 서 있었다. 그리고 그 천막 속에서 터져 나오는 굉음에 놀라 모여든 사람들이 그들 주위로 커다란 원을 그리며 모여 있었다.

"어엇! 사숙?"

"방주!"

"사백!"

원을 그린 군중들 사이에서 놀란 외침들이 흘러나왔다. 그들은 아닌 밤중에 터져 나온 이 소란의 장본인이 혹사련의 무리들이 아니라 자신들의 사숙이나 사백, 그리고 방주란 것이 도저히 믿을 수 없다는 표정이었다.

"대체 이게 무슨……?"

긴 수염이 배꼽까지 내려온 노인이 창노한 음성으로 말했다.

"저들은 도천극의 독에 중독된 꼭두각시예요. 그래서 제갈세가 사람들을 모두 죽이려 했어요!"

당소미가 나서서 군중들을 향해 고함을 질렀다.

"소저는 뉘신가?"

곤륜의 소진 선사(蘇進禪師)가 백염을 휘날리며 물었다.

"사천당가의 당소미라 합니다."

당소미가 빠르게 답하자 이곳저곳에서 놀란 신음성과 함께 지옥화란 중얼거림이 흘러나왔다.

"무엇으로 저들이 도천극의 꼭두각시임을 증명하는가?"

잠시 넋을 잃은 듯 다섯 명숙을 쳐다보던 노인이 당소미에게 다시 물었다.

팟―

당소미가 대답 대신 손을 흔들었다. 그러자 그녀의 소매 속에서 하얀 가루가 쏟아졌다.

당소미의 주변에 있던 청년들이 기겁을 하고 물러나는 사이 당소미가 뿌린 가루는 유진룡과 유진룡을 둘러싸고 있는 다섯 사람을 덮쳤다.

"냄새나는 계집!"

맹조덕이 고함을 지르며 검을 휘둘렀다. 그러나 가루는 순식간에 공기 중으로 스며들어 흔적을 감추었다.

누군가 경호성을 터뜨렸다. 제일 먼저 가루를 뒤집어쓴 맹조덕의 눈빛이 붉은색으로 물들기 시작했기 때문이다. 그와 함께 다른 사람들의 눈도 붉은빛을 띠기 시작했다.

소진 선사가 눈을 질끈 감으며 탄식을 터뜨렸다. 노인에 이어 빙 둘러선 정도맹 무사들 사이에서 탄식과 경악의 중얼거림이 물밀듯 번져 나갔다. 자신들의 사백, 사숙이 도천극의 꼭두각시가 되었다니? 그것은 두 눈 멀쩡히 쳐다보고 있으면서도 믿지 못할 일이었다.

먼 사천 변방에서 일어난 괴사가 도천극의 독 때문이었다는 말을 들었지만 그런 일이 눈앞에서 벌어졌다는 것, 특히 자신들이 존경해 마지않던 사람들에게 일어났다는 사실이 극심한 혼란을 자아내게 한 것이다.

"말도 안 되오!"

"거짓말이오!"

이곳저곳에서 불신의 목소리들이 흘러나왔다. 그 소리를

들은 노인이 다시 한 번 눈을 감았다 뜬 후 현검자를 바라보았다.

"현검자! 저 소저의 말이 사실이오?"

"소진 선사가 보시기엔 어떤 것 같소? 이 몸이 가짜 같소, 아니면 도천극의 사제라는 저놈이 가짜 같소?"

현검자가 빙긋 웃으며 반문했다. 그러나 현검자의 눈에 어린 핏빛은 더욱 강렬해졌다.

"그, 그건……."

소진 선사는 잠시 대답을 하지 못하고 유진룡과 현검자를 번갈아 쳐다보았다. 현검자의 대답만 들어서는 유진룡이 백 번 가짜 같았다. 그런데 현검자와 다른 네 사람의 눈에 어린 저 핏빛은 소문에 들은 파황마령대란 놈들의 눈빛이 아닌가?

"크하하! 소진 선사! 뭘 그리 망설이시오. 어서 우리와 같이 저놈을 공격하여 쳐 없애지 않고!"

현검자가 다시 고함을 질렀다.

"죽여라!"

"저놈을 죽여라! 도천극의 사제란 저놈이 가짜다."

분노의 고함들과 함께 군웅들은 한두 명씩 현검자 일행에게 가세하기 시작했다. 아무리 현검자와 모현 대사 등의 눈빛이 진한 핏빛으로 물들었다 하더라도 그들은 조금 전까지 자신들의 사숙이고, 사백이고, 존경해 마지않았던 사부가 아니었던가? 그 칡넝쿨같이 질긴 정리를 단 한순간에 잘라 버릴 수는 없는 일이었다.

"속지 말아요. 저들은 오래전에 도천극의 꼭두각시가 되어 이제껏 정체를 숨기고 있었어요!"

당소미가 다시 고함을 질렀다. 그녀의 소매는 무언가를 다시 터뜨릴 듯 한껏 부풀어 있었다.

"닥쳐라, 계집! 네년이 가짜다. 크윽!"

누군가 고함을 지르다 목을 움켜쥐었다. 지옥화 당소미가 자신에게 향하는 험구를 참지 못하고 고함을 지른 사내의 목에 암기를 날린 것이다.

"망할 계집이……."

또 다른 사내 하나도 고함을 지르다가 뻣뻣하게 뒤로 넘어갔다.

"네년부터 죽이겠다!"

방금 뒤로 넘어간 사내의 동료인 듯한 사내도 눈을 희번덕거리며 당소미에게로 다가갔다.

"머저리 같은……."

당소미가 표독한 눈으로 다가오는 사내들을 쳐다보며 양손을 들어 올렸다. 부푼 소매가 걷혀지자 그 안에서 당문 최고의 무기라 할 수 있는 토시가 드러났다. 그것을 본 청년들이 주춤 뒷걸음질을 쳤다.

일촉즉발의 순간, 뒤쪽에서 쿠웅! 하는 진동음과 함께 땅이

울렸다. 그리고는 모래 속에 파묻혔던 밧줄이 갑자기 팽팽하
게 당겨지며 위로 튀어 오르듯 땅거죽이 터져 올랐다.

"피해!"

터져 오르는 땅거죽 근처에 있던 사내들이 분분히 몸을 날
렸다. 뒤로 물러선 사람들은 갑작스런 사태의 근원지를 향해
시선들을 돌렸다.

터져 오른 땅거죽의 끝에는 한 자루 도가 깃발처럼 꽂혀 있
었다. 정도맹주 여조성의 비룡도였다. 그 한 자루의 도에서
엄청난 도기가 일어 땅을 갈라 버린 것이다.

"가관이군!"

여조성이 얼음장 같은 표정으로 땅에 꽂았던 비룡도를 뽑
아 들었다. 그러고는 저벅저벅 앞으로 걸어나왔다. 그 뒤를
따라 은룡신창 곡진우와 정도맹의 원로들이 무기를 든 채 걸
음을 옮겼다.

여조성이 유진룡을 포위한 다섯 명숙에게로 다가오자 그
들은 주춤거리며 뒤로 물러섰다.

"이곳에는 누가 간세가 되었나 싶었는데, 정말 통탄할 일
이오!"

어느 정도 거리에서 걸음을 멈춘 여조성이 괴로운 표정과
함께 탄식을 토했다.

정도맹 총단에서도 기가 막힌 일이 벌어졌는데 이곳에서
는 더욱 기가 막혔다. 이들 다섯 명숙은 정도맹의 핵심 중 핵

심이었다. 그런 사람들이 도천극의 독에 중독되었고 도천극의 꼭두각시가 되어 여태껏 정체를 숨기고 있다가 가장 중요한 이 순간에 마각을 드러낸 것이다.

"어쩌다가 당신들이……. 모두 우리 불찰이오. 좀 더 조심스럽게 대처했어야 했는데."

은룡신창 곡진우도 긴 탄식을 토했다.

두 사람의 탄식과 함께 둘러선 정도맹 군중들이 파도가 일듯 술렁거렸다.

"대체 무슨 소리요, 총사? 정말 저들이?"

소진 선사가 긴 수염을 떨며 곡진우를 쳐다보았다. 맹주는 여조성이었지만 나이가 많은 총사 곡진우가 정도맹에 있어서는 더욱 정신적 지주였다.

"드러난 사실을 보고도 어찌 못 믿으시오?"

곡진우 뒤에 선 정도맹 군사 관마정이 현검자와 모현 대사 등의 눈을 쳐다보며 답했다.

"믿을 수 없소. 눈빛만으로 어찌 칼로 두부 자르듯 그런 결정을 내릴 수 있단 말이오. 모현 대사와는 저녁까지 같이 먹었는데……."

소진 선사가 고개를 저으며 이번에는 맹주를 쳐다보았다.

"나도 믿어지지 않는 일이오. 하지만 정도맹 총단에서 뼈저리게 겪었고, 또 여기 계신 총사께서는 놈들의 손에 큰 내상을 입기도 했소. 그래서 안 믿을 수가 없는 일이었기에 제갈세가와 함께 함정을 파고 기다린 것이오."

"거짓말이오."

"믿을 수 없소!"

이곳저곳에서 다시 고함들이 터져 나왔다. 그 고함을 뒤로 하며 여조성이 한 걸음 더 앞으로 나왔고, 제일 앞에 서 있던 이수찬이 다시 한 걸음 뒤로 물러났다.

"잘하면 등도 긁어줄 수 있겠소."

일 장 앞까지 다가오는 이수찬을 보며 유진룡이 중얼거리자 이수찬이 급히 신형을 돌리며 옆으로 비켜섰다.

"긴 설명은 필요없고, 정도맹에서도 똑같은 일을 겪으며 한 가지 기이한 사실을 발견했소. 도천극의 독에 중독되어 그의 꼭두각시가 된 사람들은 정체를 숨길 순 있어도 도천극에 대한 마지막 충성심은 포기할 수 없도록 심성이 변질되어 버렸소. 그것으로 꼭두각시의 구별이 가능하지요."

말을 마친 여조성이 다섯 명숙을 쳐다보며 품속에서 무언가를 끄집어냈다. 그리고는 빠르게 다섯 명숙을 향해 내밀었다.

여조성의 손에 들린 것은 손바닥만 한 옥패였다. 한쪽에는 하늘 천 자가 양각되어 있고, 다른 한쪽에는 용과 이무기가 서로 뒤엉켜 싸우고 있는 그림이 정교하게 새겨져 있었다.

'저것은?'

유진룡은 눈을 크게 떴다.

지금 여조성의 손에 들린 옥패의 문양은 사부가 도천극의 신분을 알 수 있는 단서라고 하며 자신에게 준 그림과 같았다. 물론 저 옥패에 있는 것이 훨씬 정교했지만, 분명 그것이었다. 그런데 저것이 어찌 여조성의 손에 들려 있단 말인가?

'마웅탁이나 그 가신 집단이라는 은자유림곡이 관련되었을지도 모르겠군.'

유진룡은 잠시 후 그런 결론을 내리며 다시 옥패의 그림에 시선을 집중했다.

"자, 이것을 당신들 손으로 깨뜨려 보시오."

여조성이 옥패를 내밀자 현검자의 이마에서 굵은 힘줄이 튀어 올랐다. 뒤이어 모현 대사와 조일량, 이수찬 등의 얼굴에서도 힘줄이 튀어 오르고 있었다.

"못하겠단 말이지? 그럼 내가 하지."

여조성이 들고 있던 도천극의 신패라 할 수 있는 파황옥패와 똑같은 모양의 옥패를 땅에 떨어뜨린 후 발로 지그시 밟았다.

"으윽!"

이수찬이 제일 먼저 괴로운 신음을 토했다. 그리고는 검을 움켜잡았다.

"그건 절대로 깨어질 수 없다. 구유묵가의 영광과 함께 영원할 것이다!"

이수찬이 주문 같은 고함과 함께 여조성을 향해 검을 휘둘러 갔다. 그러나 그의 움직임은 곡진우와 관마정에 의해 가로막혔다.

"이것은 도천극의 신패와 똑같은 모양으로 만들어진 옥패라 했소. 그리고 도천극은 구유묵가라는 가문의 후손이오!"

여조성은 발고 밟고 있던 옥패를 들어 올리며 군중들을 향해 고함을 질렀다.

군중들이 다시 술렁거렸다. 다섯 명숙과 같은 문파이거나 친분이 있는 사람들의 얼굴에서는 깊은 절망감이 번져 나갔다. 절대로 믿고 싶지 않았지만 증거가 백일하에, 아니, 붉은 횃불 아래에 확연히 드러나고 있지 않은가?

"하지만… 조금 전까지는 내 사숙이었소. 그런 분을 어찌……. 사숙을 예전으로 되돌려 주시오!"

젊은 청년 하나가 통곡성과 함께 바닥에 무릎을 꿇었다.

"그렇게 해주시오!"

청년을 따라 다른 사람들도 맹주 여조성을 바라보며 무릎을 꿇었다.

여조성이 괴로운 표정으로 눈을 감았다가 떴다.

"안타깝게도 해독은 불가능하오. 하지만 미리 막지 못한 우리의 책임도 있기에 정도맹에 아무런 피해를 입히지 않겠다면 가고 싶은 곳으로 떠나게 해주겠소."

여조성이 긴 한숨과 함께 말했다.

"안 되오!"

“안 되오, 맹주. 그러면 저들은 차후 가장 강력한 도천극의 주구가 될 것이오!”

관마정과 곡진우가 두 눈을 부릅뜨며 고함을 질렀다.

“어쩔 수 없지요. 그땐 서로의 심장에 검을 꽂을 수밖에. 하지만 지금은 차마 그럴 수가 없소. 가시오! 보내주겠소.”

여조성이 한 걸음 옆으로 비켜서며 땅거죽이 일며 만들어진 통로를 가리켰다.

잠시 드넓은 장내에 쥐 죽은 듯한 침묵이 흘렀다.

“후후!”

한줄기 웃음이 그 정적을 깨뜨리며 낮게 울려 퍼졌다. 화산 현검자의 웃음이었다.

“정말 재미있지 않소? 나도 내가 중독되어 꼭두각시가 되었다는 것을 훤히 알면서도 도저히 이 검을 놓을 수가 없단 말이오. 그리고 이 재미있는 짓은 더더욱 멈출 수가 없소. 그러니 자비를 베풀어 저놈과 한바탕 싸우게 해주시오. 정도맹 측에서도 우리 같은 인간들이 혹사련으로 돌아가 검을 더욱 날카롭게 갈아 역습하는 것보다는 저놈과 싸우다 몇 명이라도 죽는 것이 더 낫지 않소?”

현검자가 입꼬리 가득 스산한 웃음을 매달며 검을 흔들었다. 그 모습은 광인 아닌 광인 같았고, 정상인보다 훨씬 더 냉철한 미치광이 같았다. 그러면서도 도저히 돌이킬 수 없는 벽을 느끼게 했다.

"크흑!"

"큭!"

이곳저곳에서 억눌린 통곡성이 터져 나왔다.

"울지들 말거라, 이것도 운명인 것을."

모현 대사가 혀를 차며 두 손을 들어 올려 유진룡에게로 향했다.

이수찬과 맹조덕도 검을 들어 올렸다. 현검자와 마찬가지로 그들의 눈에서도 당장 이 자리에서 죽음을 맞더라도 유진룡과는 일전을 벌여야겠다는 요지부동의 빛이 흘렀다.

"오 대 일은 과하군!"

여조성이 다섯 명숙을 보내줄 뜻을 접고, 아니, 정확히 말한다면 그의 뜻이 거절당한 후 유진룡을 쳐다보며 말했다.

"그럼 맹주라도 가세하시오. 우린 막지 않겠소."

조일양이 비릿한 웃음과 함께 말했다.

"내가 하겠소. 일전의 빚도 있으니⋯⋯."

곡진우가 은색 용 문양이 새겨진 창을 휘릭 하고 한 바퀴 돌리며 다섯 명이 만든 포위망 속으로 걸어갔다. 그런 곡진우를 환영하듯 다섯 명숙이 길을 내어주었다.

"그럼 시작하겠소."

종남의 이수찬이 말과 함께 검을 휘둘렀다.

우웅—

해일 같은 기운이 진동음과 함께 곡진우를 향해 밀려들자 곡진우가 순간적으로 표정을 굳혔다.

중독된 이들의 또 한 가지 특징은 본신의 무공보다 더 강력한 기운을 뿜어낸다는 것이다. 그건 아마도 생사를 도외시한 채 오로지 뇌리에 각인된 한 가지 목적만을 수행하려 하는 중독된 정신 때문일 것이다.

어쨌든 그렇게 높아진 공격력은 하수들에겐 별 영향을 미치지 못하더라도 종이 한 장 차이가 생사를 가르는 고수들에겐 큰 부담일 수밖에 없었다.

휘리릭—

곡진우가 불끈 공력을 끌어올리며 은룡창을 휘둘렀다.

콰앙—

곡진우가 창에서 거대한 은색 용이 이수찬의 검기와 부딪쳐 흙먼지가 자욱이 피어올랐다.

“하얏!”

흙먼지에 가려진 사이로 조일량이 유진룡을 향해 검을 휘둘러 갔다. 동시에 현검자와 맹조덕, 모현 대사가 한 몸이라도 된 듯 유진룡을 향해 덮쳐 갔다. 그들은 곡진우는 아랑곳하지 않았다. 이수찬이 곡진우를 상대하는 것은 유진룡을 치기 위해서 어쩔 수 없는 일이기 때문이었다. 오로지 그들의 목적은 이 자리에서 유진룡을 죽이는 것이었다.

마치 네 사람이 하나가 된 듯한 움직임은 그들의 쇄도뿐만이 아니었다. 그들의 공격 역시 수십 년을 수련한 연수합공처

럼 정교하게 맞아떨어지며 한 사람이 공격을 하듯 유진룡을
공격해 들었다.

조일량의 검이 유진룡의 하체를 베어가며 움직임을 막고
맹조덕의 검이 유진룡의 정수리를 쪼개오며 도약을 막았다.
또한 현검자의 검이 유진룡의 좌우를 동시에 찔러들며 옴짝
달싹하지 못하게 했다. 그런 그물 같은 공세 속에서 모현 대
사의 일장이 유진룡의 심장을 터뜨릴 듯 작렬해 들었다.

그물 같은 공세 속에서 유진룡은 꼼짝도 하지 않고 서 있었
다. 그러나 세 자루의 검이 온몸을 베고 쑤셔드는 순간, 원을
그리듯 두 팔을 교차시키며 휘둘렀다.

퍼엉―

까앙―

유진룡의 두 손이 만든 강기막에 부딪친 검과 장력이 제각
기 특유의 소리를 터뜨리며 수유의 순간 그 자리에 멈추었다.
그리고 어느 순간 쇠공을 두드린 듯 일제히 튕겨 나갔다.

장력을 뿌렸던 모현 대사가 제일 멀리 일 장 가까이 밀려났
고, 검을 휘두른 세 사람은 반 장 가까이 밀려나며 불신의 표
정을 짓고 있었다.

강기막으로 네 사람의 공격을 한꺼번에 튕겨냈다는 것은
네 사람의 내공을 동시에 막아냈다는 말이다. 물론 단번에 승
부를 내고자 일검에 모든 공력을 쏟아붓지는 않았지만 가슴
으로 날아드는 모현 대사의 장력을 막아내며 세 자루 검까지

동시에 튕겨내는 것은 엄청난 무위를 보여주는 것이다.

네 사람은 아무런 생각이 담기지 않은 표정으로 유진룡을 쳐다보고 있었다. 불신의 감정이 극에 달하면 그런 표정이 되는 모양이었다. 그건 네 사람뿐만 아니었다. 주변을 둘러싼 모든 사람들도 멍하니 그런 표정을 짓고 있었다.

쨍―

날카로운 쇳소리가 정적을 일깨웠다.

조일량이 들고 있던 검을 놓치며 나는 소리였다. 반탄력이 검을 통해 손목과 팔, 그리고 단전까지 뒤흔들고 찢어진 호구에서 피까지 흘러내리자 검을 놓치고 만 것이다.

"젠장!"

역정을 토한 조일량이 옷에다 거칠게 손을 닦고는 다시 검을 집어 들었다. 그것을 신호로 네 명의 명숙이 또 한 번 유진룡을 향해 마주 섰다.

이미 승패는 불을 보듯 뻔한 것이나 마찬가지인 상황이었지만 그들이 원하는 것은 승패의 결정이 아니었다. 그들은 끝까지 유진룡의 목숨을 원했다.

"파앗―."

맹조덕의 고함과 함께 다시 네 사람이 한꺼번에 허공으로 날아올랐다.

짓쳐드는 네 명을 쳐다보며 유진룡의 눈이 한광을 내뿜었다.

처음부터 도천극의 부하들이 아니었고 조금 전까지는 덕망 높은 무림 명숙들이었지만 지금은, 그리고 앞으로 이들은 도천극의 개일 뿐이었다. 이들이 앞으로 예전처럼 돌아오지 못하는 이상 동정심은 금물이었다.

유진룡은 두 주먹을 가슴 앞으로 모았다. 그리고는 의념을 모았다.

퍼퍼퍼퍽!

갑자기 허공중에서 파육음이 터져 나왔다. 동시에 몸을 날리며 유진룡을 향해 덮쳐들던 네 명의 명숙이 벽에 올라붙은 파리처럼 허공에서 잠시 정지했다. 그리고는 어느 순간 바닥으로 떨어져 내렸다.

"큭!"

제일 먼저 맹조덕이 비명을 터뜨렸다. 천막 안에서도 일권을 맞고 선혈을 토한 그였기에 제일 먼저 휘청거린 것이다.

"쿨럭!"

맹조덕은 기침과 함께 선혈을 토했다. 그리고는 더 이상 서 있을 수 없었는지 그 자리에서 주저앉았다.

'언제?'

현검자도 자신의 복부를 두드린 주먹을 느끼며 두 눈을 부릅떴다.

분명히 유진룡의 주먹은 움직이지 않았다. 그런데 허공을 격하고 뻗어 나온 권경이 복부를 두드려 기혈을 진탕시키고 있었다.

"무형권?"

소림의 모현 대사가 자신의 가슴을 쳐다보며 신음처럼 중얼거렸다.

소림의 백보신권은 익히 들은 바 있고, 지금은 입적에 든 사부께서 터뜨리는 모습도 본 적이 있었다. 조용히 주먹을 뻗은 채 목표를 응시하자 수십 보 거리의 바위가 박살이 났다. 그렇게 백보신권은 발출되었다. 한데 저놈은 주먹을 뻗지도 않았다. 그럼에도 불구하고 백보신권과 같은 경력이 가슴에 터졌다. 그리고 지독히 답답한 기운이 온 혈맥으로 밀려들었다.

"쿨럭!"

현검자가 먼저 기침을 토했다.

맹조덕에 비해서는 가벼워 보였지만 그의 입에서도 선혈 한 줄기가 흘러내렸다.

"쿨럭!"

"쿨럭!"

모현 대사와 조일량도 기침을 하며 선혈을 토했다.

잠시 정적이 일었다.

곡진우와 이수찬도 서로의 병기를 거두며 장내를 쳐다보았다.

"이놈!"

입에서 흐른 피를 소매로 닦은 현검자가 얼음장같이 차가운 표정과 함께 검을 들어 올렸고 모현 대사와 조일량도 이를 악물며 신형을 추슬렀다.

그 순간 유진룡의 신형이 그 자리에서 푹 꺼졌다.

퍼퍼퍽!

다시 세 줄기의 파육음이 터졌다. 그리고 세 명의 명숙이 허공으로 떠올랐다가 바닥에 떨어졌다.

그들이 바닥에 떨어지고 난 후에야 유진룡의 모습이 그들 사이에 솟아났다.

"크윽!"

조일량이 비명을 토하며 몸을 일으켰다. 억지로 신형을 일으킨 그가 비틀거리며 중심을 잃었다.

"공력이……."

조일량이 자신의 단전을 쳐다보며 허깨비처럼 중얼거렸다.

몸을 일으켰지만 단 한 점의 공력도 끌어올릴 수 없었던 것이다. 조금 전 유진룡의 일장이 그의 기해혈을 파괴시켜 버린 결과였다.

현검자와 모현 대사도 두 눈을 부릅뜨며 공력을 끌어올리려 했지만 조일량과 마찬가지였다.

"차라리 죽여라!"

맹조덕이 꿈틀거리는 짐승처럼 고함을 질렀다. 그는 한발 앞서 무형권에 맞는 순간 단전이 파괴된 상태였다.

"죽일 놈!"

곡진우를 상대하던 이수찬이 몸을 돌려 동귀어진이라도 할 자세로 유진룡에게로 날아들었다. 유진룡은 신형을 팽이처럼 회전시키며 발을 차올렸다.

퍼억—

이수찬의 복부에서도 파육음이 터지며 입에서 선혈이 쏟아졌다.

붉디붉은 정혈이었고, 그것이 터져 나온 것으로 보아 이수찬의 기해혈 역시 다른 네 명처럼 파괴되어 버린 것이다.

"으으—."

이수찬이 신음을 흘리다 자신의 검을 목으로 가져갔다.

"안 되오, 사백!"

종남의 한 청년이 급히 뛰어들어 이수찬의 검을 쳐냈다. 그와 동시에 다른 네 명의 사문에서도 청년들이 뛰어나와 네 명명숙의 팔을 붙잡았다. 그들도 이수찬과 같이 스스로 목숨을 끊으려 했기 때문이다.

발광을 하는 다섯 명숙이 사문 사람들에게 끌려가자 제갈세가의 천막이었던 자리에는 유진룡과 곡진우만이 남아 모든 정도맹도들의 시선을 받으며 서 있었다.

"내가 자넬 너무 과소평가했군! 오 대 일이 아니라 십 대 일이라도 문제가 없었겠어."

여조성이 유진룡에게로 걸어오며 절레절레 고개를 흔들었다. 유진룡도 묵묵히 여조성은 마주 보다가 손을 내밀었다.

"그것 좀 보여주시겠습니까?"

"뭐 말인가?"

여조성이 의아한 표정으로 유진룡의 솥뚜껑만 한 손을 쳐다보았다.

"아까 그 옥패……."

"아하! 이것 말인가?"

여조성이 품속으로 손을 넣어 옥패를 꺼냈다.

"그걸 어디서 구했습니까?"

유진룡이 옥패를 쳐다보며 물었다.

"은자유림곡이라고 하더군."

"그렇군요. 그걸 당분간 빌릴 수 있을까요?"

유진룡의 말에 여조성이 잠시 생각에 잠기다가 고개를 끄덕였다.

"그렇게 하게. 왠지 나보다는 자네에게 더 필요할 것 같군."

여조성은 옥패를 유진룡에게 건넸다.

옥패를 가슴속에 갈무리한 유진룡은 제갈세가의 사람들이 있는 곳으로 걸음을 옮겼다.

유진룡이 가까이 오자 놀란 눈을 뜬 정도맹의 청년 무사들이 서둘러 길을 내주었다. 경악과 불신, 흠모 등등의 복잡한

색조들이 그들의 눈에서 흘러넘쳤다.

"그건 왜 빌렸어, 형?"

제갈유성의 곁에 선 마웅탁이 약간은 염려스런 표정으로 물었다.

"그보다는 괜찮은지부터 물어야 하는 것이 아닌가요?"

당소미가 뾰족한 음성과 함께 마웅탁을 흘겨보았다.

"어디 맞은 데가 있어야지."

마웅탁이 덤덤하게 대꾸하며 유진룡과 함께 쓰러진 천막 옆에 있는 천막으로 들어갔다. 그곳이 제갈세가 사람들의 진짜 처소였다.

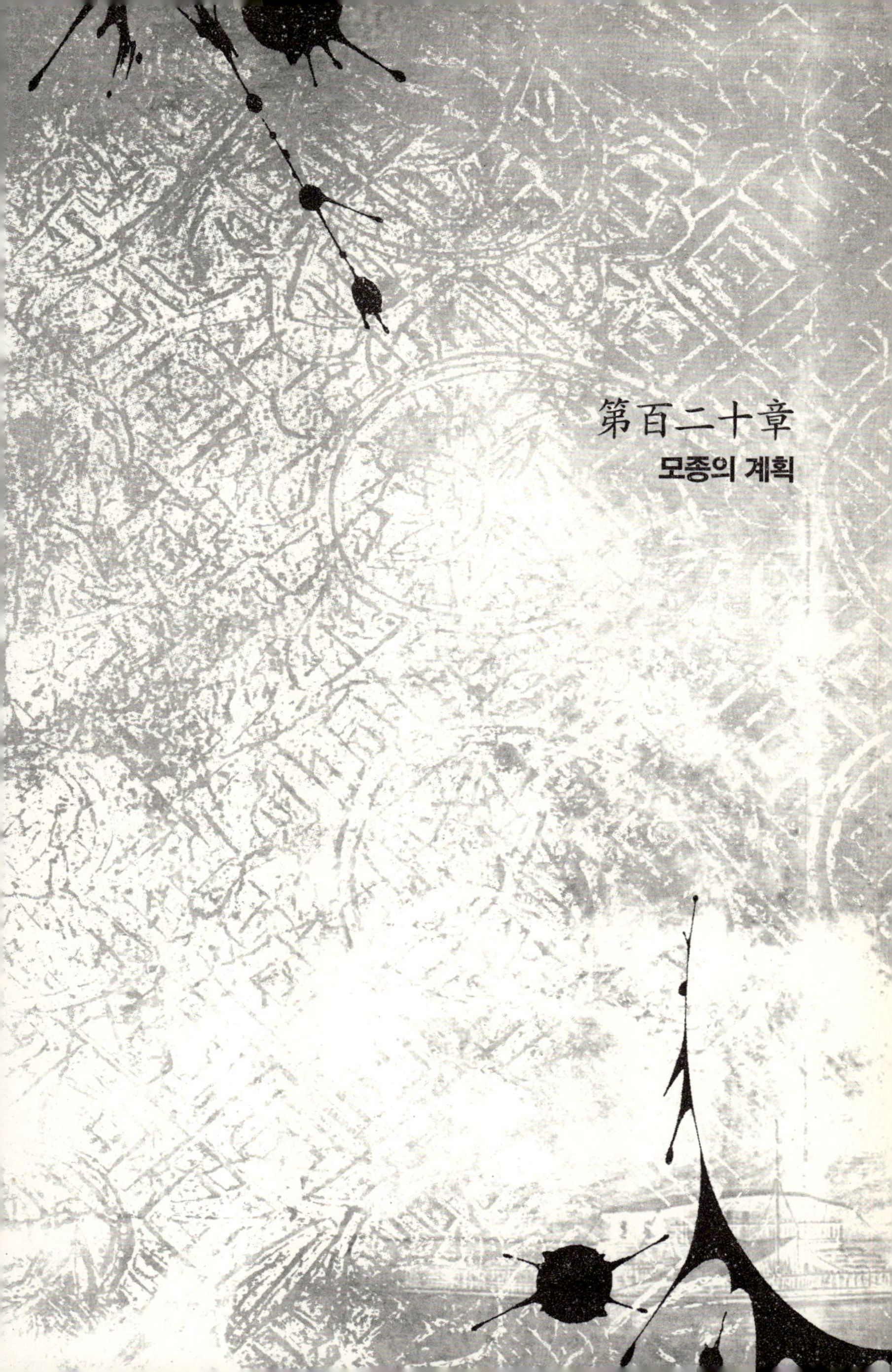

第百二十章
모종의 계획

萬里雄風

"그런 너무 위험해요. 아니, 자살행위에
요!"

유진룡과 마주 앉은 정소채가 고함에 가까운 소리를 지르
다 얼른 주위를 살피며 목을 움츠렸다.

천인혈독에 중독된 다섯 명의 무림 명숙을 제압한 유진룡
은 즉시 정소채와 단둘이 만나 영화전장의 총주가 자신에게
보낸 서찰을 펼치며 자신의 계획을 말했고, 정소채는 펄쩍 뛰
며 소리를 친 것이다.

"그것이 최선이오. 그렇지 않으면 피해는 눈덩이처럼 커질
것이고, 정도맹은 흑사련과 전쟁에서 이기더라도 그 후유증이

엄청날 것이오. 물론 이렇게 나간다면 이긴다는 보장도 없고……. 그리고 무엇보다 그게 당신들이 원하는 게 아니었소?"

유진룡은 정소채가 총주로부터 유진룡에게 전한 편지를 흔들며 완고한 표정으로 말을 받았다.

"애초의 계획대로 하면 문제가 없어요. 하지만 공자님이 덧붙인 계획은 너무 위험해요. 그렇게 하면 유 공자님의 목숨을 삼 할도 보장할 수 없어요."

정소채가 고개를 흔들며 다시 거부의 의사를 표했다.

"그건 내가 알아서 할 일이오. 그러니 그에 따른 준비나 해주시오."

유진룡은 바위 같은 모습으로 정소채를 정시하며 타는 듯한 안광을 내뿜었다.

잠시 동안 유진룡과 눈을 맞추던 정소채가 망막이 불에 데이기라도 한 듯 시선을 돌렸다.

"휴우― 알겠어요. 최대한 준비를 해보겠어요."

마침내 한숨을 토한 정소채는 천천히 신형을 일으켰다.

"응탁에게는 절대로 비밀이오."

유진룡이 정소채의 뒤통수에 대고 당부했다.

"제가 바본 줄 아세요."

정소채가 고개를 돌려 대답한 후 천막 밖으로 사라졌다.

*　　　*　　　*

"사라졌다고?!"

정도맹주 여조성이 벌떡 일어서며 고함을 질렀다.

도천극의 꼭두각시가 된 다섯 명숙을 색출하고 가슴을 쓸어내린 다음날인 어제 저녁부터 원로들과 함께 오늘 새벽까지 숙의를 하다가 잠에서 깨자마자 유진룡이 사라졌다는 소식을 들은 것이다.

"대체 그게 무슨 소리냐? 자세히 말해보아라!"

총사 곡진우도 황망한 표정을 하며 소식을 전해온 청년을 향해 재촉했다.

"어제까지는 좀 서먹했지만 오늘 작심을 한 각 문파의 젊은 후기지수들이 유 공자를 만나기 위해 아침 일찍부터 유 공자가 기거하는 천막 앞으로 모여들어 서성거렸습니다. 하지만 아무리 기다려도 유 공자가 밖으로 나오지 않아 들어가 보니 천막에 없었습니다. 그래서 이리저리 찾아보았지만 어느 곳에서도 보이지 않았습니다. 백방으로 찾다가 외곽에서 보초를 서던 사람들에게 물어보았더니, 유 공자는 어젯밤 늦게 잠시 다녀올 곳이 있다고 하며 사라졌다고 합니다."

청년은 안타까움과 걱정스런 감정이 교차하는 표정으로 말했다.

중독되어 도천극의 꼭두각시가 된 정도맹 명숙 다섯 명을 한꺼번에 상대하여 그들의 무공을 폐지시켜 버린 유진룡의 무위는 그들에게는 더없는 위안이었고, 더 나아가 유진룡은 정도맹 후기지수들의 우상이 되어 있었다. 성급한 몇몇 청년들은 유진룡의 무공이 정도맹주 여조성에 버금갈 것이라는 판단까지 내렸다.

비록 자신들 사백이나 사숙을 사정없이 몰아붙일 때는 피가 거꾸로 솟으며 당장 뛰어들어 맞상대하여 싸우고 싶었지만 결국 다섯 명숙은 적보다 더 위험한 사람들로 변해 버렸으니 누군가 나서서 그들을 저지하거나 처치해야 했다. 그런 과정에서 자칫 크나큰 피해가 일어날 수도 있었다. 그 위험을 유진룡이 혼자서 잠재웠고, 명숙 다섯 명을 무공을 폐쇄시키는 선에서 끝냈다.

그런 일련의 사건들이 크나큰 호감을 느끼게 함과 동시에 강함을 최고의 가치로 삼는 무가의 자손들은 자신도 모르는 사이에 유진룡에게 깊은 경외심까지 느끼게 됐다. 한데 유진룡이 밤사이 떠나 버렸으니 안타까운 심정은 말할 것도 없고, 성벽 한곳이 무너져 내린 듯한 허전함을 느꼈다.

"대체 왜? 그리고 어디로 떠났다는 말이냐?"

화산의 구진자도 당황한 기색이 역력한 표정으로 물었다.

"그건 알 수 없습니다. 그런데 사천당문의 지옥화 당소미 소저도 유공자를 따라 사라졌다고 합니다."

"당 소저까지?"

"대체 무슨 연유인가?"

총사 곡진우가 탄식처럼 토하며 천막 밖에서 웅성거리고 있는 청년들을 쳐다보았다. 곡진우는 그들의 표정에 나타난 숨길 수 없는 불안감을 읽었다.

앞서 언급했듯이 유진룡의 존재는 그들에게 있어 정도맹 주만큼 큰 기둥이었다. 또한 독을 독으로 상대하며 큰 역할을 한 당문의 여식 당소미도 큰 위안이었는데 두 사람이 한꺼번에 사라져 버리자 걱정스런 표정으로 서성거리고 있었다.

"제갈세가 사람들을 만나봅시다. 그들과 함께 왔고 내내 같이 있었으니 그들은 연유를 알 수 있을 것입니다."

"그렇군요. 어서 가봅시다."

맹주 여조성과 정도맹 원로들은 급히 천막을 벗어났다.

"우리도 알 수 없기는 마찬가지입니다."

제갈유성이 고개를 저으며 말했다.

"이곳까지 같이 오고 내내 같이 있지 않았습니까?"

여조성이 혹시라도 제갈세가에서 무언가를 숨기지 않나 싶어 제갈유성의 얼굴을 정시했다.

"그런데 우리에게도 아무 말 없이 사라졌으니 무슨 영문인지……."

제갈유성은 큰 먹구름이 깔린 것 같은 표정으로 답하며 마웅탁 쪽으로 시선을 돌렸다. 유진룡이 사라졌다는 소식을 들은 순간부터 마웅탁은 돌처럼 굳은 얼굴이 되어 눈을 감고 있었다.

"그렇다면 짐작이 가는 곳이라도……?"

곡진우가 조심스럽게 말했다. 제갈유성의 표정을 보아서는 무엇을 숨기는 것 같지 않았기에 그들의 생각을 들으려 했다.

"지금으로서는 아무것도 짐작할 수 없습니다. 바람처럼 나타나 제갈세가의 위기를 구해주었을 뿐, 속을 말하지 않은 청년이었으니까요."

제갈유성이 고개를 흔들었다.

"허어!"

곡진우가 탄식을 토했다. 제갈세가의 사람마저 모르는 일이라면 그 누구도 유진룡이 사라진 이유를 알 수 없을 터였다. 영문도 모른 채 고수 한 사람을 잃어버린 상황이 곡진우의 가슴을 답답하게 했다. 그때 제갈연지가 자리에서 일어섰다. 그리고는 품속에서 무언가를 꺼냈다.

"어제저녁 유 공자님이 제게 이걸 맡기며 마 공자님 곁에서 떨어지지 말고 혹시 아직 남아 있을 꼭두각시들을 가려내라고 했습니다!"

제갈연지의 목소리에 모두들 그녀의 손에 시선을 고정시켰다. 제갈연지의 손에는 어제 유진룡이 정도맹주 여조성에게서 빌려간 옥패가 들려 있었다.

"그걸 너에게 주면서 그런 부탁을 했다는 것은 한동안 어디로 떠나겠다는 말이 아니냐?”

제갈유성이 걱정스레 물었다.

“어제 유 공자님으로부터 그런 부탁을 받았을 때는 그냥 유 공자님은 바빠서 내게 맡긴 것 같았는데, 이제 생각해 보니 떠나기 위해서 그런 것 같아요.”

제갈연지도 걱정스러운 표정으로 말했다.

“젠장! 대체 무슨 생각인 거야, 형!”

듣고만 있던 마웅탁이 벌떡 일어서며 서성거렸다.

마웅탁 자신이 몸을 혹사시키는 것을 보며 내내 초조해하던 유진룡이었다. 그러나 혹시 모를 위험이 있을지 몰라 곁에서 떨어지지 않았는데 이제 그것이 해소되었으니 본격적으로 무슨 일을 벌이려 하는 것이고, 그건 아마도 도천극과 상관이 있을 것이다.

“형이라니, 자넨 누군가?”

제갈세가가 철저히 마웅탁의 정체를 비밀에 붙이고 있었기에 마웅탁을 제대로 알지 못하는 여조성이 마웅탁을 보며 물었다.

“지금은 그것이 중요한 것이 아니지요.”

마웅탁이 찌르는 듯한 눈으로 여조성을 쳐다보았다. 여조성은 무림의 어떤 고수들보다 더 날카로운 마웅탁의 시선에 잠시 주춤하다가 입을 열었다.

“그렇군. 그럼 자넨 자네의 형이 어디로 갔는지 짐작이 가는가?"

여조성이 질문을 정정하며 다시 물었다.

"도천극과 상관이 있는 일이겠지요. 어쩌면 그놈을 잡으러 갔든지."

마웅탁이 단호하게 결론을 내렸다.

"그게 무슨 소린가? 자네 말대로라면 유 공자가 단신으로 도천극을 치러 그놈의 소굴로 갔다는 말인가?"

총사 곡진우가 펄쩍 뛰며 말했다.

아무리 유진룡이라 할지라도 그건 불가능한 일이었다. 설사 도천극의 소굴까지 무사히 뚫고 들어가 그와 필생의 대결을 벌이고 그를 처치한다 하더라도 더 이상은 목숨을 보장할 수 없는 일이었다.

"십중팔구는 제 생각이 맞을 것 같습니다."

마웅탁은 입술을 씹으며 절망적인 표정을 지었다.

유진룡이 옥패를 여조성에게서 넘겨받는 것을 보며 무언가 불길한 느낌이 가슴에 일었다. 그러나 다섯 명숙을 유진룡 혼자서 모두 꺾어버린 흥분감에 그 느낌을 길게 붙잡고 있지 못했다. 마웅탁은 그것이 가슴 치도록 후회스러웠다.

"말이 안 되는 소리일세. 막아야 하네."

여조성이 납덩이처럼 무거운 음성으로 말했다.

유진룡이 아무리 고수라도 혼자서 도천극의 소굴로 찾아가는 것은 자살행위나 다름없다. 지금 같은 시기에 유진룡만

한 고수라면 천군만마를 얻은 것 같은 힘이 될 것이다. 아무런 활약도 하지 않고 이곳에 있어만 준다 해도 사기는 하늘을 찌를 것이고, 그 고양된 사기로 인해 전쟁을 유리하게 수행해 나갈 수 있다. 그런 후에 도천극을 맞아 심장을 터뜨리는 것이 백번 현명한 일이었다.

"언제나 말이 안 되는 삶을 살아온 사람이지요. 그래서 절대로 막을 수 없을 겁니다."

마웅탁은 칼로 자르듯이 말한 후 품속에 있던 도면을 꺼냈다.

"이게……?"

제갈유성이 눈을 크게 뜨며 도면에 시선을 주었다.

도면에는 복잡하기 짝이 없는 그림들이 정교하게 그려져 있었는데, 그건 무슨 물건의 설계도 같았다.

"이것이 무엇인가?"

제갈유성이 물었다.

"대전을 좀 더 빨리 끝낼 수 있는 물건입니다. 심력을 너무 많이 소모시키는 일이라 머뭇거리고 있었는데, 최대한 빨리 만들어야 할 것 같습니다."

마웅탁의 눈이 종이를 태울 듯 이글거리고 있었다.

*　　　*　　　*

따가닥—

따가닥!

세 필의 말이 질풍같이 달려나가고 있었다.

오랜 시간 질주를 멈추지 않은 듯 말들의 입에서는 거품이 일고 있었고, 몸체에서도 땀이 흐르고 있었다.

유진룡과 정소채, 그리고 당소미였다.

어젯밤 정도맹의 집결지에서 빠져나온 그들은 지금껏 말을 달리고 있는 것이다.

애초에는 유진룡과 정소채만 빠져나오기로 할 작정이었는데 유진룡과 정소채가 단둘이 만나 무언가를 숙의하는 순간부터 도끼눈을 하고 두 사람을 주시하던 당소미는 두 사람이 집결지를 빠져나가는 것을 보고 막무가내로 두 사람을 따라붙은 것이다.

그녀는 두 사람이 어디로 가는지 묻지도 않은 채 지금까지 목에 단내가 나도록 두 사람을 따라 말을 달리고 있었다.

“워! 워!”

잠시 후 유진룡이 말고삐를 당기며 달리던 속도를 늦추었다.

“좀 쉬어 갑시다.”

유진룡의 말에 두 여인도 숨을 몰아쉬며 말고삐를 잡아당겼다. 말이 완전히 멈추자 두 여인은 얼른 물주머니를 꺼내 마른 목부터 축였다.

“아직 멀었나요?”

목을 축인 당소미가 정소채를 향해 조심스럽게 물었다. 어 딜 가는지 묻지도 않고 막무가내로 두 사람을 따라온 그녀이 기에 어딜 가는지는 묻지 못하고 얼마나 남았는지만 물었던 것이다.

“어딜 가는지는 궁금하지 않고 얼마나 남았는지는 궁금한 모양이죠?”

정소혜가 고소를 머금으며 말했다. 지옥화라 불리며 남녀 노소를 불구하고 옆에 근접하는 것조차 허락하지 않던 이 여 인도 철탑 같은 이 사내에게는 대책없이 끌리는 모양이란 생 각이 들었다.

“그야 뭐……”

당소미는 말끝을 흐렸다.

아무리 생각해도 자신이 한심스러워 견딜 수 없었다.

예정대로라면 자신은 지금 제갈세가 사람들과 함께 천인 혈독의 해독약을 만들면서 덤으로 얻은 산공독을 가지고 파 황마령대와 도천극의 마수를 무력화시킬 계책을 마련하고 있 어야 했다. 그런 계획으로 제갈세가에 왔고, 정도맹의 군영까 지 온 것이었다.

그런데 어제저녁부터 유진룡과 정소채가 둘이서만 움직이 며 무언가 의논을 하는 것을 보고 이유를 알 수 없이 신경이 날카로워져서 그들을 내내 주시하다 야반도주를 하는 현장을 목격하자마자 무작정 따라온 것이다.

다시 한 번 당소미는 자신이 한심스러운 생각이 들었지만 지금 와서 되돌아갈 수도 없었다.

"지금은 어딜 가는지보다는 정도맹에서 얼마나 떨어졌냐가 더 중요해요."

정소채가 뒤를 돌아보며 말했다.

"그게 무슨 소리예요?"

당소미가 눈살을 찌푸렸다.

"말 그대로예요. 일단은 정도맹에서 멀리 떨어진 후 그다음엔 얼마나 남았는지를 생각할 때예요. 그들이 막으려 들지도 모르니까."

"대체 어딜 가기에……."

당소미가 다시 말끝을 흐렸다.

"지옥보다 더한 곳!"

정소채가 과장된 몸짓으로 어깨를 움츠리며 답했다.

"설마 도천극의 소굴을 단신으로 뛰어들려는 것은 아니겠지요?"

당소미가 슬쩍 눈을 흘기며 농을 던졌다.

"점쟁이군요!"

정소채가 목소리를 높였다.

"설마?"

정소채의 반응에서 뭔가 불길한 느낌을 받은 당소미가 두 눈을 동그랗게 뜨며 정소채를 쳐다보았다.

"말도 안 돼요!"

당소미가 황당한 표정을 지으며 유진룡을 쳐다보았다.

유진룡은 정소채가 당소미에게 사실을 말해주는 것이 의아스러워 정소채를 쳐다보았다.

"쇠고집을 꺾으려면 할 수 없어요. 숨기고 있다가 당 소저가 잘못되고 나중에 사천당문이 알면 그땐 더 골치 아파져요. 사실을 알고 돌아가기로 마음먹게 하세요."

정소채의 말에 유진룡은 묵묵히 고개를 끄덕이고 품속에 있는 서찰을 꺼내 건네주었다. 그것은 정소채가 제갈세가로 향하던 골목에서 자신의 무위를 시험해 보고 건네받은 영화전장 총주의 서찰이었다.

당소미는 긴장된 얼굴로 유진룡이 건네준 서찰을 읽었다.

처음부터 자네와는 보통 인연이 아니라고 느꼈는데, 내 느낌이 틀리지 않았네. 자네는 인연이 있는 사람뿐만 아니라 내게 있어 다시없는 귀인이라는 생각이 드네. 이미 자네로부터 획득한 은자도 만만치 않지만 자네가 지금 내가 하는 부탁을 들어준다면 그건 지금까지의 은자와는 비교도 할 수 없는 일이 될 테니까 말일세.

그래서 감히 제안하고자 하네. 자네가 내 부탁을 들어준다면 정사대전이 끝날 때까지 소향상회에 철통같은 호위는 물론이고,

대전이 끝난 후 오 년까지 왕실의 가장 큰 납품은 소향상회에 맡기겠네.

끝까지 비밀로 하려 했지만 이쯤 되면 내 신분을 밝히지 않을 수가 없구만. 내 진정한 신분은 황실의 외밀원(外密園) 원주일세.

황실에는 가장 비밀스런 조직으로는 내밀원과 외밀원이 있는데, 내밀원은 황제가 기거하는 궁궐 안에서 태어나 그곳에서 한 발짝도 밖으로 나오지 않고 수련을 받고 자라며 죽을 때까지 한 발짝도 황제의 처소를 벗어나지 않고 황제를 지키는 사람들일세. 나도 그들에 대해서는 모르네. 그리고 내가 거느린 외밀원은 궁 밖에서 은밀히 움직이며 황실을 지키는 사람들이지. 자네가 알고 있는 은하전장은 우리 외밀원이 필요에 의해서 요 몇 년 사이 흡수한 조직일세. 그들은 극소수를 제외하고는 내가 외밀원 소속이라는 것을 모르네. 시국이 하도 수상하다 보니 전장까지 흡수하며 조직이 너무 방대해졌지만 우리가 하는 일을 끝내고 나면 꼬리를 자르고 사라질 생각이네.

내 정체에 대해 알았으니 부탁도 틀림없이 들어줄 것이라 믿으며 부탁을 말하겠네.

내가 하는 부탁은 서찰의 다음 장에 적힌 한 사람을 죽여 달라는 것일세. 왜 우리가 직접 그 임무를 수행하지 않고 자네에게 부탁하는지 궁금할 것이네.

몇 가지 이유가 있는데, 그 첫 번째 이유는 그의 죽음에 우리가 개입되었다는 냄새가 절대로 풍겨서는 안 되기에 그런 것일세. 그리고 두 번째 이유는 그가 우리로서는 함부로 상대할 수 없는 고수이기 때문일세.

뒷장에서 그에 대해 상세히 설명하겠지만, 그는 정도맹 총사인 곡진우와 함께 삼후의 반열에 올라 있는 파산철도(破山鐵刀) 야관정(也官丁)일세. 그의 신분에서도 알 수 있듯이 무공으로서도 황궁 내에서는 그를 상대할 사람이 거의 없기에 어렵고, 설사 그를 처치하더라도 절대로 황궁에서 손을 썼다는 냄새가 나지 않아야 하기에 더욱 어렵네. 그래서 골머리를 싸매고 있던 차에 자네에 대한 소식을 은자유림곡에서 들었다네.

자네는 앞의 두 가지 조건에 가장 걸맞는 사람일세. 야관정의 비밀에 가려진 또 다른 신분은 동창의 실제적인 우두머리라 할 수 있는 첩형(貼刑)일세. 지금 그는 황실에서 크나큰 음모를 꾸미는 왕야 중 한 명의 심복이 되어 도천극과 모종의 거래를 하고 있으니 도천극을 원수로 생각하는 자네의 손에 죽는다면 아무도 황실이 손을 썼다는 의심을 하지 않을 것이네.

그는 조만간 왕야 중 한 명의 밀영을 받고 도천극을 만나러 갈 것이네. 그를 중도에서 처치해 주게. 그 세부 사항은 시기가 임박하면 알려주겠네. 쉬운 일은 아닐 것이네만 아직까지는 아무도 모르는 자네의 본신 능력을 은자유림곡에서 파악했기에 이런 부탁을 하는 것일세. 그럼 건투를 비네.

“삼후의 일인? 그리고 동창의 첩형?!”

당소미는 눈알이 빠질 듯 두 눈을 부릅뜨며 고함을 질렀다.

“우리 가문으로 같이 왔던 분과 정 소저는 그럼 황궁의 사람인가요?”

놀란 가슴을 달랜 당소미가 정소채를 쳐다보며 물었다.

“비밀을 지키세요. 그걸 발설하면 정 소저는 행방불명될 수도 있어요.”

정소채가 생긋 웃으며 말했다.

“정말 대단한 사람들이군요. 어떻게 그동안 그렇게 감쪽같이 속일 수가 있었지요?”

당소미는 고개를 절레절레 저으며 정소채를 빤히 쳐다보았다. 뭔가 비밀스런 구석이 있다는 것을 느꼈지만 황실의 사람이라고는 생각지 못한 당소미였다.

“이젠 상황을 파악했을 테니 돌아가는 것이 어떻겠소?”

유진룡이 서찰을 접으며 당소미에게 말했다.

당소미가 잠시 유진룡을 흘겨보다가 입술을 움직였다.

“백지장도 맞들면 낫죠.”

“찢어질 수도 있소.”

당소미가 다시 눈을 흘겼다.

“내 한 몸은 건사할 자신있으니 걱정 말아요. 그리고 내 임무 역시 도천극의 독을 무력화시키는 것이니 유 공자님의 계획과 부합될 수도 있어요.”

당소미는 냉랭한 목소리로 말하고는 시선을 돌렸다. 그녀는 죽든 살든 끝까지 가볼 생각을 하고 있는 것 같았다. 그런 독한 성격이 그녀에게 지옥화란 별호를 안겨주었을 것이다.

혹 떼려다 혹 하나 더 붙인 심정이 된 유진룡은 고개를 흔든 후 정소채에게 시선을 주었다.

"서찰에 있는 세부 내용에 그동안 상황이 바뀌지는 않았는지 모르겠소."

"최근까지 제가 알아본 바에 의하면 그런 것 같지는 않아요. 내일쯤에는 지부에 도착할 수 있으니 그곳에서 다른 정보도 확인하고 인원도 보충하기로 해요."

정소채가 지도를 보며 답했다.

"그럼 다시 달리도록 합시다."

유진룡이 고개를 끄덕인 후 말에 올랐다.

총주, 아니, 황궁 외밀원 원주의 부탁만 들어주기로 한다면 시간이 촉박하지는 않았지만 그 계획에 자신의 계획을 추가하여 성공시키기 위해서는 촌각도 아껴야 했다.

"이랴!"

말에 올라선 유진룡은 고삐를 흔들어 질풍같이 달려나갔다. 그 뒤를 정소채와 당소미가 기를 쓰며 따랐다.

*　　　*　　　*

번쩍!

한 자루 철도가 허공을 갈랐다.

일체의 소음도 없이 번개처럼 허공을 가르는 철도는 황소만 한 바위 위로 떨어졌고, 바위 한쪽이 두부처럼 싹둑 잘려나갔다.

그런데 그때 이상한 일이 벌어졌다. 잘려진 바위의 틈사이로 붉은 선혈이 낭자하게 흘러나오고 있지 않은가?

"크으윽!"

바위의 껍질이 한 겹 벗겨지며 한 인영의 모습이 드러났다. 바위 뒤에서 은형술을 펼치고 있던 사내였다. 심장이 쩍 갈라진 사내는 잠시 불신 가득한 눈으로 자신의 심장을 내려다보다가 고개를 떨구었다.

"자네도 이제 그만 모습을 드러내는 게 어떤가?"

바위를 자른 중년의 사내가 아름드리나무의 둥치를 보며 묵직하게 내뱉었다.

순간적으로 나무둥치가 흔들리는 듯 보였다. 그리고 다음 순간 나무 둥치 역시 한 겹의 껍질을 벗으며 한 인영이 비조처럼 허공으로 솟구쳤다.

"가소로운 수작!"

중년인 옆에 서 있던 청년이 슬쩍 손을 흔들었다.

청년의 손에서 하얀 빛줄기가 어린다 싶은 순간, 날아가던 사내가 화살 맞은 야조처럼 떨어져 내렸다.

중년인과 청년은 천천히 떨어진 사내에게로 다가갔다.

파앗—

떨어진 사내가 독단을 깨물려는 순간 중년인의 칼등이 사내의 목을 건드리며 혈을 제압했다. 그리고는 그의 가슴을 지그시 밟았다.

"누구의 지시냐?"

중년인이 발에 힘을 주며 사내에게 물었다.

낮지만 무언가 항거할 수 없는 기운이 서린 목소리였다. 그것으로 보아 중년인은 손짓 하나만으로도 수많은 부하들을 부리는 자리에 있음을 직감할 수 있었다.

"크윽!"

가슴을 밟힌 사내가 선혈을 토하며 비명을 터뜨렸다. 그러나 사내는 끝까지 입을 열지 않았다.

"제게 맡겨주십시오."

청년이 손바닥에 기형의 쇠침을 들고 나섰다. 젓가락 굵기에 손가락만큼 긴 쇠침은 기이하게 뒤틀리고 구부러져 그 생김새만으로도 섬뜩한 기운을 느끼게 해주었다.

잠시 망설이던 중년인이 사내의 가슴에 얹었던 발을 내리며 물러섰다. 그러자 청년은 즉시 흔형술을 펼쳤던 사내에게 다가가 점혈은 한 후 입속에 작은 알약 하나를 튕겨 넣었다. 그리고는 잠시 후 은형술을 펼쳤던 사내의 옆구리에 천천히 쇠침을 찔러 넣었다.

사내가 처절한 비명을 지르며 몸을 비틀려고 했지만 점혈을 당한 몸은 통나무처럼 굳어 움직이지 못하고 고통만 가중되었다.

"모, 모른다. 시키는 대로만……."

지독한 고통에 눈동자가 반쯤 뒤집혀진 사내가 억눌린 비명을 질렀다.

"그러니까 누가 너에게 시켰느냐는 말이다."

청년이 차갑게 말하며 쇠침을 빙글 돌렸다.

"크으윽! 전장의 주인!"

사내는 더욱 큰 비명을 지르며 괴로워하다가 쥐어짜듯 토해냈다.

"전장?"

중년인이 눈살을 찌푸렸다.

고도의 은형술을 펼치는 모습으로 보아 보통의 조직이 아닐 것이라 여겼는데, 고작 돈을 빌려주는 전장의 소속이란 말인가?

"아직 덜 아픈 모양이다."

중년인이 나직하게 말하자 청년은 더욱 세차게 쇠침을 돌렸다.

"크아악! 더 이상은 모른……."

마침내 은형술을 펼쳤던 사내가 고개를 푹 꺾으며 정신을 놓았다.

그것을 본 청년의 눈에 잠시 혼란이 일었다. 그동안의 경험
상 이런 정도의 고문을 견디며 실토를 하지 않은 사람은 없었
다. 아무리 고강한 무공을 지닌 사람이라도 이지를 반쯤 상실
한 상태에서 가해지는 지독한 고통을 견뎌내지는 못했다. 그
렇다면 지금 정신을 잃은 사내의 말에 거짓이 없다는 뜻인데,
그건 이해가 되지 않았다.

"전장이라……."

중년인이 나직이 중얼거렸다.

"뭔가 몸체를 숨긴 조직이 있다는 말이군."

결론을 내린 중년인은 천천히 뒤쪽을 바라보았다.

꼬리가 붙었음을 느낀 것은 어제였다. 그때부터 미행자는
끈질기게 따라붙었고 온갖 종류의 속임수도 통하지 않았다.
그것 역시 이해하기 어려운 일이었다. 자신의 능력으로 누군
가의 미행을 떨치지 못한다는 것은 있을 수 없는 일이었다.

'그렇다면……?'

중년인의 눈이 칼날처럼 빛났다. 그리고는 청년을 처다보
았다.

"우리 두 사람의 몸에 추종향이 묻어 있다."

"그럴 리가……."

청년이 깜짝 놀라며 자신의 몸 곳곳을 살폈다.

"소용없는 일이다. 피부 속에 스며 있을 것이기에."

"공력을 끌어올려 태워 버리면……."

청년이 조심스레 말했지만 중년인은 무겁게 고개를 흔들었다.

"미행을 당했다는 사실 자체가 우리에게 있어서는 치명적인 일이다. 아무도 모르는 우리의 움직임이 누군가에게 포착되었다면 그것으로 일은 반이 틀어진 것이다."

중년인의 말에 청년의 얼굴이 돌처럼 굳어졌다.

"그럼?"

"여기서 기다린다. 그럼 몸통이 나타날 것이다."

중년인이 단호하게 말한 후 바위 위에 몸을 기댔다.

몸통은 반나절이 지난 뒤에 모습을 드러냈다. 말을 달려오고 있는 세 명의 인영이었다.

그들은 처음에는 질풍처럼 말을 달려왔지만 중년인과 청년이 기다리고 있는 것을 발견하고는 즉시 말을 멈추었다. 그리고는 잠시 무언가를 의논하더니 한 명의 인영만이 말에서 내려 천천히 다가왔다.

"나머지 두 명은 제가 잡겠습니다."

청년이 뒤쪽에서 접근하지 않고 있는 두 인영을 보며 말했다.

"그만두게!"

중년인이 무거운 음성으로 말하자 청년의 눈이 의혹의 빛을 뿜었다.

"다가오는 저놈은 절정고수일세! 내 곁을 떠나는 즉시 자
넨 죽네."

청년은 믿을 수 없다는 표정을 하며 중년인을 쳐다보다가
흠칫 신형을 굳혔다.

동창의 첩형이며 삼후의 일인인 파산철도 야관정이 이글
거리는 눈으로 다가오는 사내를 쏘아보고 있었다. 그의 이런
눈빛은 지극히 이례적이었다. 자신과 버금가는 고수들을 만
날 때에야 이런 안광을 내뿜었다.

동창 소속 당두 감두경(坎斗庚)은 야관정의 시선을 따라 다
가오고 있는 인영을 쏘아보았다.

큰 키에 조각 같은 몸매의 석상을 연상시키는 사내였다. 그
리고 그 사내가 조금 더 다가왔을 때 감두경은 사내가 자신보
다 더 어려 보이는 청년이란 사실에 크게 놀라 눈을 몇 번씩
이나 끔벅거렸다.

청년은 계속 일정한 걸음걸이로 다가왔다. 조금도 긴장하
거나 주춤거리지 않고 마치 친인을 만나러 오듯이 다가오는
청년의 모습에 야관정의 눈은 이채를 띠었다.

"안녕하시오?"

지척까지 다가온 청년이 가벼운 인사를 던졌다.

여전히 일말의 긴장도 하지 않은 모습에, 적의라고는 느껴
지지 않는 표정에는 언뜻 반가움의 기색까지 감도는 것 같았
다.

파산철도 야관정은 잠시 동안 대답을 하지 않고 청년을 주시했다. 그리고는 한참 뒤 입을 열었다.

"자네가 이자들의 몸통인가?"

야관정은 자신들을 미행하다가 역추적을 당한 후 도륙당한 두 명의 사내를 가리키며 물었다.

"그들이 죽은 줄은 짐작했지만 죽인 사람이 이렇게 기다리고 있을 줄을 몰랐습니다."

유진룡은 잠시 인상을 찌푸리다가 답했다.

"우릴 미행한 이유는?"

야관정이 딱딱한 음성으로 물었다.

"누군가 당신을 조용히 죽여달라고 하더군요."

"푸하하!"

유진룡이 단도직입적으로 답하자 야관정의 옆에 있던 청년 감두경이 어이없다는 웃음을 터뜨렸다.

"내가 누군지는 알고 있나?"

야관정이 유진룡을 향해 다시 물었다.

"삼후의 일인인 파산철도 야관정, 그리고 동창의 첩형!"

유진룡의 대답에 어이없다는 웃음을 머금고 있던 감두경의 얼굴이 급격히 굳어졌다.

처음에는 아무것도 모르고 달려드는 부나비인 줄 알았는데 야관정의 정체를 알고, 더 나아가 숨겨진 신분까지 정확히 알고 이렇게 추적하여 왔다는 사실은 경악을 금치 못하게 했다.

야관정이 누구인가?

동창의 첩형이라는 무시무시한 신분은 제쳐 두더라도 강호상에 알려진 신분은 삼후의 일인이 아닌가?

검황 독고장천은 속세를 떠난 사람이나 마찬가지니 정도맹에서는 맹주 여조성만 빼고는 아무도 그 위에 있지 않다고 자부할 수 있었다. 그런 신분을 정확히 알고 있으면서도 저런 말을 한다는 것은 두 가지 경우일 뿐이다.

첫 번째는 미친놈이라는 말이었다. 그래서 천지를 모르고 천방지축으로 날뛰는 것이다. 그리고 두 번째는… 정말 그만한 실력을, 아니, 그건 불가능했다. 그러니 두 번째도 미친놈이라는 말이었다.

그러나 야관정은 그렇게 생각지 않는 모양이었다.

"자넬 알겠군!"

한참 유진룡을 쳐다보던 야관정이 고개를 끄덕였다.

유진룡은 묵묵히 듣기만 하였다.

"요 몇 달 사이 급격히 명성이 휘날리고 있는 백호투왕이라는 친구로군."

야관정은 동창의 우두머리 중 한 명답게 순식간에 유진룡의 정체를 추측해 냈다.

"역시 동창이군요."

유진룡은 빙긋 웃으며 한 걸음 더 옮겼다.

“죽는다!”

더 이상 다가오면 수리도를 날리겠다는 듯 감두경이 팔을 쳐들었다.

“죽을 때 죽더라도 좀 앉읍시다. 열흘도 넘게 계속 말을 달려왔더니 땅이 흔들려서 멀미가 날 지경이오.”

유진룡은 넉살 좋게 말하며 야관정이 앉아 있는 바위 옆으로 가서 털썩 엉덩이를 걸쳤다. 제법 넓은 바위였지만 유진룡이 옆에 앉자 더 이상 공간은 없어지고 무척이나 비좁다는 느낌이 들었다.

“날 죽여달라는 사람은 누구였나?”

자신과는 한 뼘도 안 되는 거리를 격하고 앉은 유진룡을 보며 야관정은 어이가 없다는 표정을 하고 물었다.

“외밀원주.”

유진룡의 대답에 감두경은 혼란이 극에 달한 표정을 하고 있었다.

자신들의 정체를 정확히 아는 것에서부터 시작된 혼란은 유진룡이 아무 거리낌 없이 야관정이 앉은 바위에 걸터앉는 것으로 증폭되었고, 이젠 청부자의 신분까지 주저없이 밝힘으로써 극에 달하게 된 것이다. 그런 일련의 행동들은 모두 자신의 예상을 벗어났다.

“금의위인 줄 알았더니, 의외로군! 있는 듯 없는 듯하여 무시하고 있던 외밀원이 실제로는 금의위보다 더 위험한 존재였군.”

야관정이 고개를 끄덕였다. 그의 표정에서 텅 빈 공허감이 급격히 번져 갔다.

자신의 행적을 이렇게 정확히 알고 있다는 것은 그간 자신이 벌인 모든 일들을 속속들이 파악하고 있다는 뜻이었고, 그것은 또 파멸이라는 결과로 귀결되는 것이다. 이제 자신은 이곳에서 살아나간다 하더라도 금의위와 외밀원의 집요한 추적을 받아 살아도 산목숨이 아닐 것이다.

긴 한숨을 내쉰 야관정이 서서히 신형을 일으켰다.

“피차 바쁜 사람들이니, 시작해야겠지?”

모든 것을 포기한 표정이 된 야관정은 소매를 걷어 올렸다.

“그런데 그간 상황이 좀 변해 버렸소.”

유진룡은 여전히 바위 위에 버티고 앉은 채 말했다.

“무슨 말인가?”

야관정이 눈 사이를 좁혔다.

“처음에는 당신을 죽여달라는 명령을 받았는데, 며칠 전 새로 내려온 지시는 당신을 살려서 데려오라는 내용으로 바뀌었소. 그동안 황실의 상황이 급변한 모양이었소. 그래서 당신이 살아서 증언을 해주는 것이 더 낫다는 판단을 한 모양이오.”

“그럼?”

“더 이상 자세한 것은 나도 잘 모르오. 황실에서 무언가를

꾸미던 사람이 실패를 했고, 그 음모가 드러나지 않았나 하는
정도만 짐작할 수 있을 뿐이었소."

유진룡의 대답에 야관정의 표정이 짧은 순간 십여 차례는
더 바뀌었다. 오랜 세월 정보 조직에서 무섭게 단련된 두뇌가
지금 최고조의 속도로 회전하고 있었다.

"그렇다고 자네 뜻대로 될 것 같은가?"

야관정이 조소와 함께 말했다.

"내 뜻이 어떤 것이라 생각하시오?"

유진룡이 반문했다.

"날 산 채로 잡아가겠다고 하지 않았나?"

"죽일 수는 있을지 모르지만 삼후의 일인을 그렇게 할 수
있는 사람은 세상에 아무도 없지요."

유진룡은 고개를 흔들었다.

"그럼 자네의 뜻은?"

"거래!"

"거래?"

"당신의 생명은 물론이고, 이제까지 행한 일을 일소에 붙
이는 조건으로 거래를 제의하고자 하오."

"내가 응할 것 같나?"

야관정은 비웃음을 머금고 말했다. 동창의 첩형이라는 그
의 자존심이 쉽게 굽히는 것을 허락하지 않는 표정이었다. 또
한 새파란 유진룡을 믿을 수 없기에 그런 것도 같았다.

“응하지 않으면 당신은 살 수 있을지 모르겠지만 당신 가족을 비롯한 육친, 구족은 말할 수 없는 고문과 고통, 그리고 능욕을 당하고 짐승보다도 더 비참한 생을 이어가겠지요. 그건 누구보다 당신이 잘 알 것이라 생각하는데…….”

유진룡이 냉정한 음성으로 답하자 야관정의 표정이 처참하게 일그러졌다.

동창에 몸담아 십 년도 넘게 생활하며 자신이 제일 많이 그런 자들을 색출하거나 무고한 사람에게 누명을 씌워 잡아들인 후 고문까지 하지 않았던가. 그 처참한 광경이 생생히 떠올랐고 이제는 자신과 자신의 가족들이 그 당사자가 되려 하고 있었다.

“그런 일을 하는 사람들은 가족이 없는데 뜻밖에도 당신은 가족과 친인이 많다더군요. 지금쯤 모두 뇌옥 속에 있을지도…….”

“개자식!”

때때로 진저리를 치며 유진룡의 말을 듣고 있던 감두경이 참지 못하고 고함을 질렀다.

파앙―

얼굴을 살짝 찌푸린 유진룡이 미세하게 손을 움직였다. 그러자 감두경의 가슴에서 폭음이 터지며 가을 낙엽처럼 이 장 가까이 날아갔다.

“크윽!”

저만치 날려간 감두경이 선혈을 왈칵 토했다.

"윗사람들 간의 대화 중에 새까만 졸자가 끼어들어서는 안 된다는 것을 동창에서 안 배운 모양이군."

유진룡은 싸늘한 눈으로 감두경을 한 번 쳐다보고는 야관 정에게로 시선을 돌렸다.

마치 사술을 부린 듯한 유진룡의 손속에 야관정의 눈동자 가 일순 빠르게 움직였다.

"내가 자네 조건을 들어주면 약속을 지킬 것이라고는 어떻 게 믿을 수 있나?"

잠시 후 야관정이 찌르는 듯한 눈길로 유진룡을 쳐다보았 다.

"조건보다는 약속을 먼저 챙기는 것을 보니 역시 동창이라 는 생각이 드는군요."

싱긋 웃으며 고개를 끄덕인 유진룡이 품속으로 손을 넣었 다.

"내 동료가 말하길, 이것은 그만한 약속을 지킬 수 있는 자 격을 부여하는 물건이라고 하더군요."

유진룡은 황금색 패찰을 꺼내 야관정에게 넘겨주었다.

금패를 본 야관정의 눈이 번쩍하고 빛을 토했다. 정작 유진 룡은 제대로 모르는 금패의 위력을 야관정은 정확히 알고 있 는 것 같았다.

"이젠 조건을 말해보게."

잠시 금패를 살피던 야관정이 다시 이글거리는 눈으로 말했다.

고개를 끄덕인 유진룡은 천천히 자신의 조건을 설명해 나갔다. 유진룡의 설명을 듣는 동안 야관정의 얼굴이 몇 번이나 변했다.

잠시 후 야관정이 고개를 흔들며 입술을 열었다.

"그런 조건이라면 자네 능력이 그만큼 따라주어야 한다는 전제가 있어야 가능한 것이겠지. 그렇지 않다면 내 노력은 허사로 돌아가고 더불어 내 가족들은 자네가 말한 그 비참한 상황에서 벗어나지 못할 테니까."

야관정은 천천히 허리로 손을 가져갔다. 그리고는 거무튀튀한 철도를 뽑았다.

"자네 능력을 시험해 보고 결정을 내리겠네."

"좀 쉽게 가면 안 되겠소?"

유진룡이 인상을 쓰며 입맛을 다셨다.

"난 내가 본 것 외엔 아무것도 믿지 않는다네. 그래서 지금까지 살아남았지. 아니, 그것보다는 내 무공으로 자네를 꺾을 수 없다는 것을 도저히 인정할 수 없네."

야관정은 예고도 없이 철도를 슬쩍 흔들었다. 그러자 철도의 끝에서 한가닥 경기가 섬전처럼 쏘아졌다.

"크윽!"

도기에 가슴을 관통당한 감두경이 비명과 함께 두 눈을 부릅뜨며 야관정을 쳐다보았다.
 "이제까지 살아남은 또 한 가지 이유는 불필요한 눈과 귀
는 항상 깨끗하게 정리하고 다녔다는 것이지."
 야관정은 감두경의 숨이 끊어지는 것을 확인하고는 도를
들어 올렸다.

第百二十一章

웅풍천하(雄風天下)

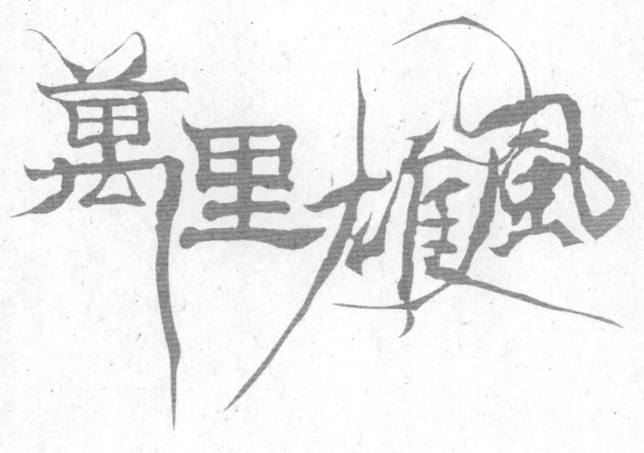
萬里雄風

"**역**시 중원은 멋진 땅이오, 내 모든 것을 걸고 도박을 할 만큼 충분히."

말에서 내린 한 사내가 넓게 펼쳐진 들판과 그 들판 너머로 웅장하게 펼쳐진 성시를 바라보며 감탄사를 토했다.

사내의 옆에는 긴 외투를 머리에서 발끝까지 둘러쓴 인영이 묵묵히 시립해 있었다.

"태양천가 놈들만 아니었다면 이 땅은 벌써 오래전에 가주의 것이 되었겠지요."

외투를 쓴 인영이 쉰 목소리로 화답했다.

"아니지요. 놈들이 아니었다면 오래전에 백부의 땅이 되었

겠지요. 그러고 보면 놈들에게 고맙다고 해야 하는가요? 하
하!"
　사내가 가지런하고 하얀 치아를 드러내며 웃었다.
　흘러내리듯이 출렁거리는 부드러운 머릿결과 눈이 부시도
록 희고 깨끗한 피부는 여인이라 할지라도 고개를 숙일 정도
로 화사했다.
　구유묵가의 마지막 후손이자 현 흑사련주 도천극이었다.
그가 지금 혈노만 동반한 채 섬서성 한복판에 들어와 하북으
로 향하고 있었다.
　흑사련의 주력은 여조성이 이끄는 정도맹에 막혀 아직 이곳
까지 진군하지 못했지만 도천극은 이미 섬서성 한복판까지 들
어와 하북으로 향하고 있다는 사실은 놀랍지 않을 수 없었다.
　"지금쯤 정도맹 놈들은 치고 빠지는 흑사련을 맞아 진이
빠지고 있겠지요?"
　혈노는 전대 가주 묵사역을 떠올리기 싫은 듯 대화를 바꾸
었다.
　"그렇겠지요. 정도맹주까지 나선 섬서성 접경에서는 내가
언제 나타날지 눈이 빠지게 기다리고 있을 것이오. 그렇게 병
정놀이를 하고 있는 그놈들이 황실의 군대가 자신들 뒤통수
를 치기 위해 다가오는 것을 보면 어떤 표정을 지을지 궁금하
군요. 하하하하!"
　도천극은 통쾌하게 웃었다.

"하지만 예상외로 섬서성 접경에 모인 정도맹 놈들이 강한 것 같습니다. 아니면 흑사련이 생각보다 약하든지."

혈노가 약간은 걱정스런 투로 말했다.

"충실한 수하들이야 혈노만 함께하면 얼마든지 만들 수 있으니 굳이 흑사련만 고집할 필요가 없지 않습니까? 후후!"

도천극은 조소와 함께 성시를 향해 먼 시선을 던졌다. 그의 표정은 마치 세상을 다 가진 것 같은 빛을 띠고 있었다.

"그렇긴 하지만 정도맹 놈들이 예상외로 강한 것이 조금 마음에 걸리기는 합니다."

"그게 정파의 저력이란 것이지요. 하지만 그것도 이젠 얼마 남지 않았습니다."

도천극은 마음이 급한 듯 손에 벗어 들었던 죽립을 머리에 쓰고는 얼른 말에 올랐다.

'끄응!' 하고 무거운 신음을 흘린 혈노도 외투 위로 죽립을 쓰고 도천극을 따라 바쁘게 말을 달렸다.

스스스—

두 사람이 떠나자 몇 줄기 바람이 일어나며 두 사람을 따랐다.

*   *   *

진성객점(辰星客店)은 섬서성 북쪽인 연안(延安)에 인접한 고갯마루에 있는 유일한 객점으로, 그렇게 화려하지는 않았지만 인근 오십 리 안에는 다른 객점이 없다는 희소성 때문에 언제나 자리가 모자랄 정도였다.

어떤 업종이든 한 곳이 자리가 모자랄 정도로 번창하면 인근에 경쟁 업체가 생길 법도 한데, 진성객점은 그런 경쟁을 받지 않았다.

그 이유는 진성객점의 주인 도소춘(度小春) 때문이었다.

인근 녹림채인 연안채의 채주와 호형호제하는 도소춘은 육 척 거한에 칼솜씨도 만만치 않아 인근 오십 리 안에 다른 객점이나 주루가 생기면 단걸음에 달려가 박살을 내버렸다.

간혹 그들 중에 자신 혼자만으로는 벅찬 상대가 있으면 그때는 연안채에 연락한 후 그들과 함께 한밤중에 난입하여 아예 불을 질러 버렸다. 그리하여 도소춘은 독점사업에 따른 확실한 수익을 확보받으며 언제나 입이 벌어져 있었다.

그런 도소춘이 지금은 굳은 얼굴이 되어 이따금씩 객점 구석으로 불안한 눈길을 주고 있었다.

도소춘의 눈길이 스쳐 가는 객점 구석에는 제법 큰 객실이 있었는데, 반 시진 전 정체를 알 수 없는 어떤 인간이 방갓을 깊게 눌러쓴 채 그곳으로 들어갔다.

무기를 소지하지 않았지만 그는 무림인이 분명했고, 온몸으로 폭발적인 기운이 느껴졌다. 그리고 약 일각 전 두 명의 인영이 더 나타나 그 객실로 들어갔다.

그들 역시 방갓을 눌러쓰고 있어 정체를 알 수는 없었지만, 무림인 같았고 위험하기 짝이 없는 냄새를 풍겼다.

오랜 경험상 그런 분위기의 인간들이 들어간 객실에서는 어김없이 큰 소란과 함께 폭죽이 터지듯 싸움이 일었다. 그것이 도소춘을 내내 불안하게 하는 요인이었다.

도소춘은 한층 더 불안한 얼굴과 함께 구석 쪽 객실을 향해 귀를 기울였지만 그곳으로부터는 아무런 기척도 새어 나오지 않았다.

"우라질!"

도소춘은 역정을 한 번 토하고는 이층으로 올라갔다.

이층의 구석 객실은 마침 비어 있으니 손님인 척 그곳으로 들어가 아래층 객실의 동정을 살필 생각이었다.

잠시 후, 이층객실로 들어온 도소춘은 조심스럽게 바닥에 귀를 갖다 댔다. 동시에 피잉! 하는 미세한 소음과 함께 한 줄기 경력이 도소천의 이마를 꿰뚫었고, 도소춘은 의식도 못하는 사이 염라국으로 직행했다.

"여전히 잔인하군!"

아래층 구석 객실에서 한 사내가 싸늘한 목소리로 말했다.

"비밀을 지켜야 할 입장이어서 말일세."

마주 앉은 사내가 빙긋 미소를 지으며 답했다. 하얀 얼굴에 부드러운 머릿결이 인상적인 사내였다. 그 옆으로 대머리노인이 눈을 번뜩이며 두 사람을 쳐다보고 있었다.

"이젠 모두 의미없는 일이라는 걸 잘 알 텐데?"

"의미있는 일은 지금부터일세."

흰 얼굴의 사내가 다시 미소를 지었다. 온 방 안이 환해지는 화려한 미소였다.

"좋도록 생각하시오. 하지만 정말 뜻밖이오. 당신이 이곳까지 직접 올 줄은 몰랐소."

"나 역시 마찬가지네. 내가 만나기로 한 사람 대신 자네가 이곳에 앉아 있을 줄은 꿈에도 생각하지 못했네. 역시 우린 외나무다리에서 만날 운명인 모양이야."

흰 얼굴의 사내 도천극은 '쩝!' 하고 입맛을 다셨다.

"당신이 이렇게 종자 하나만 데리고 나타타는 바람에 난 더없이 편하게 되었소. 야관정을 따라 소굴까지 찾아가서 처치하려면 엄청나게 복잡한 일이었을 텐데 말이오."

파산철검 야관정과의 대결 후 그를 대신하여 도천극을 만나러 온 유진룡은 착 가라앉은 눈빛으로 도천극을 쳐다보며 차가운 미소를 흘렸다.

"자넨 언제나 날 놀라게 하는군. 내 집까지 찾아와서 날 처치할 생각까지 하고 있었다니 말이야. 역시 대단한 사람이야. 하하하!"

도천극이 광소를 터뜨렸다.

"그래, 그럴 만하지. 자네로 인해 내 계획이 엄청나게 틀어져 버렸으니까. 하지만 결과는 마찬가지일세. 시간은 조금 더 걸리겠지만……."

"여기서 대화만 해서는 그건 불가능하지 않겠소?"

"그건 동감일세. 그때 못다 한 승부를 가른 후에야 모든 것이 가능하겠지. 혈노는 여기서 잠시 기다리시오. 얼마 걸리지 않을 테니."

도천극이 신형을 일으켰다.

"가주!"

혈노가 도천극을 따라 벌떡 일어섰다.

"기다리면 좋은 일이 있을 수도 있소. 다시 만나기 힘든 예쁜 여인이 놀아줄지도 모르니까 말이오."

유진룡은 커다란 손으로 혈노의 어깨를 눌러 앉혔다. 그리고 두 사람은 실내를 빠져나갔다.

*　　　*　　　*

"헉! 헉!"

혈노는 목에서 단내가 날 정도로 빠르게 경공을 펼쳤다.

행적이 노출된 이상 모든 것은 끝장이다. 그건 명백한 사실이었는데 도천극은 그것을 인정하려 들지 않았다. 또한 철탑 같은 그놈은 절대로 만만해 보이지 않았다. 아니, 오히려 가슴을 철렁하게 만들었다.

설사 도천극이 그놈을 처치한다 할지라도 행적이 알려졌으니 이곳에서 독 안에 든 쥐가 될 가망성이 높았다.

'그동안 너무 수련을 등한시했어.'

혈노는 자신의 느린 경공을 한탄하며 무조건 앞으로 달렸다.

"헛!"

바위 모퉁이를 도는 순간 혈노는 경호성을 토했다.

한 처녀가 요염하게 바위 위에 앉아 자신을 내려다보고 있었다. 그녀는 마치 한 마리 백여우가 둔갑한 것 같은 느낌을 주었다.

"어딜 그리 급히 가시는지요, 노인장?"

처녀가 상냥한 목소리로 말을 걸어왔다.

"이럴 수가?"

혈노는 다시 헛바람을 토했다.

이 처녀는 천인혈독이 통하지 않았다.

자신이 실수하지 않았나 생각한 혈노는 다시 천인혈독을 뿌렸다.

여전히 통하지 않았다. 그렇다면 해독약을 복용했다는 말이고, 그것은 다시 말해 자신의 입지가 더욱 좁아진다는 말이었다.

"새파란 계집이!"

혈노는 천천히 머리를 덮은 외투를 벗었다. 독은 통하지 않겠지만 어린 계집이니 무공으로도 얼마든지 상대할 수 있었다.

손을 들어 올려 일장을 내뿜으려던 혈노는 흠칫 표정을 굳혔다. 바위 뒤에서 또 한 명의 인영이 걸어나오고 있었기 때문이다.

자신들이 만나기로 한 동창의 첩형 야관정이었다.

"상황이 요상하게 바뀌는 바람에……. 쩝!"

야관정이 인사 대신 스스로의 옹색한 처지를 변명하며 철도를 들어 올렸다.

"네놈은 죽지 않았군."

유진룡에게 죽었으리라 생각한 야관정의 등장에 혈노는 으드득 이를 갈았다.

"영원한 친구도, 영원한 적도 없는 것이 무림의 이치가 아니겠소?"

"닥치거라, 비열한 놈!"

"우리 동창의 특기가 그것이지."

야관정은 피식 웃으며 당소미를 쳐다보았다. 당소미가 혈노를 자신이 처치하고 싶다고 거듭 떼를 썼기 때문이다.

"정말 괜찮겠나, 당 소저?"

"문제없어요. 도망치지 못하게 뒤만 막아주세요."

당소미는 생긋 미소를 지으며 앞으로 나섰다. 그리고는 혈노가 뿌린 천인혈독의 흔적을 혀를 내밀어 음미했다.

"처음 보는 여인에게 이렇게 귀한 선물을 하시다니… 외모와 달리 대단한 풍류남아인가 보군요. 그럼 저도 답례를 해야겠지요."

당소미가 생긋 웃으며 슬쩍 손을 흔들었다. 그녀의 소매 속에서 다섯 개의 광간강사가 쾌속하게 뻗어 나왔다.

*　　　*　　　*

"자네와 대결을 벌이기에는 너무 초라한 곳이란 생각이 드는군. 우리 두 사람의 대결이라면 강호의 모든 무림인들이 눈을 크게 뜨고 지켜보는 가운데에서 며칠 밤낮을 지새우며 경천동지할 수준으로 해야 하는데 말일세."

진성객잔이 위치한 고갯마루를 내려와 삼면이 야산으로 막힌 골짜기에서 유진룡과 마주한 도천극은 입맛을 다시며 말했다. 그의 말대로 이곳은 너무 초라하고 갑갑해 보이기까지 했다.

"비밀을 지키기 위해서는 이곳이 더 좋지 않소?"

유진룡이 주변의 야산을 쳐다보며 화답했다.

"언제부터 내 입장을 그렇게 살펴주었나?"

"사실은… 당신은 이렇게 이름 모를 골짜기에서 죽고 사방이 꽉 막힌 곳에서 시체가 되어 파묻혀야 제격이란 생각이 들어서 이곳으로 데려온 것이오."

스산한 목소리로 말한 유진룡의 눈에서 불길이 일기 시작했다.

"사부께서도 외롭게 돌아가셔서 작은 산비탈에 묻혔는데 당신 최후는 그보다 더 초라해야 어울리지 않겠소?"

"그게 소원이라면 그렇게 해주지. 내가 아니라 자넬 말일세. 후후!"

도천극이 스산한 미소와 함께 손을 들어 올렸다. 출수를 하려는 것이 아니라 누군가에게 신호를 보내는 손짓이었다.

"은밀히 호위하고 온 파황마령대 열 명을 기다리는 것이라면 포기하는 게 좋을 것이오. 지금쯤 파산철도 야관정에게 모두 도륙되었을 테니까."

유진룡이 말에 도천극의 얼굴이 흠칫 굳어졌다.

"그놈 하나만으론 힘들 텐데? 그들은 다른 파황마령과는 근본적으로 다르니까 말일세."

"양혼절맥수 공우기 대협도 지금쯤 합류했을 것이오. 당신의 흔적을 따라 이곳까지 왔더군. 그리고 그 두 사람이 파황마령을 깨부수는 힘을 얻었다면 결과가 다르겠지요. 육성과 삼후의 반열에 오른 고수이다 보니 습득도 빠르더군요."

"네놈은 끝까지… 하지만 상관없어. 조금 귀찮기는 하지만 결과는 마찬가지일 테니까."

"또한 남궁세가도 그들을 깨뜨리는 힘을 얻어 온 무림에 전수할 테니 여기서 날 꺾는다 해도 중원에서 파황마령이 설 땅은 어디에도 존재하지 않을 겁니다."

유진룡의 대답에 도천극의 눈에서 핏빛 살기가 뭉클 흘러나왔다.

"어쨌든 네놈만은 죽이고 말겠다."

도천극은 파황마령을 부르기 위해 들어 올렸던 손을 앞으로 내밀었다.

그의 손에서 붉은색 기류가 어렸다. 그러나 그것도 잠시, 붉은색은 순식간에 사라지고 아지랑이같이 투명한 기운이 파도처럼 일렁거렸다. 반면 유진룡은 조금도 동요하지 않고 고요히 서 있었다.

"자네 역시 예전과는 비교도 안 되게 변했군. 태양천가의 힘이겠지?"

미동도 않고 서 있는 가운데에서도 유진룡의 전신으로 피어오르는 무형의 기운을 느낀 도천극은 이를 드러내며 비릿하게 웃었다.

"그 힘이 사부와도 연관되어 있고 자네에게로 고스란히 이어졌다는 것을 최근에야 알았지. 그래서 자네를 만난 그 때 그렇게 내 혈맥이 뒤틀렸다는 것도 이해가 되었네. 하지만 그 정체를 알았으니 이젠 절대로 실수하지 않겠네."

말이 끝나기도 전에 도천극이 가볍게 손을 흔들었다.

우우웅—

손바닥 안에서 작은 접시만 한 안개가 어리는 것 같았다. 그런데 그 기운은 순식간에 대문짝만 해지며 유진룡의 전신을 구름처럼 덮쳐 왔다.

공력을 그렇게 쏟아부은 것 같지도 않았다. 그런데도 그 기운은 바위라도 날릴 듯 엄청났다.

콰지직—

기운에 휩싸인 돌멩이 하나가 포탄처럼 날아가 아름드리 나무에 부딪치자 우지직 허리를 꺾으며 넘어갔다.

유진룡은 신속히 양손을 들어 올린 후 앞으로 쭈욱 뻗었다.

유진룡의 손에서 거대한 꽃송이가 피어올랐다. 그리고 그것들은 순식간에 비산하며 온 세상을 은색 꽃잎으로 뒤덮었다.

콰콰콰쾅!

은색 꽃잎이 무형의 기운을 향해 세차게 부딪치며 파황마령의 기운을 흩어나갔다.

파황마령의 기운이 무수히 흩날리는 꽃잎에 부딪쳐 주춤거렸다. 그리고는 어느 순간 폭약이 터지듯 사방으로 터져 나갔다. 더 나아가 그 꽃잎들은 한 곳으로 모이며 도천극의 전신을 향해 쇄도해 들었다.

"멋지군!"

도천극이 감탄한 표정으로 꽃잎들을 바라보더니 우수를 세차게 흔들었다.

그의 우수에서 두터운 강기가 어리더니 순식간에 전신을 감쌌다.

극강한 호신강기였다.

도천극의 전신으로 파고들던 꽃잎들이 호신강기에 부딪쳐 모조리 소멸되었다

미소와 함께 도천극은 손가락 하나를 튕겼다.

손가락 끝에서 물방울이 어렸다.

피잉―

물방울은 한줄기 빨랫줄 같은 광채로 변하며 유진룡의 심장으로 쏘아져 들었다.

유진룡은 정권을 앞으로 내밀었다. 유진룡의 주먹에서도 송곳같은 기운이 터져 나와 도천극이 뿌린 빨랫줄 같은 기운에 마주쳐 갔다.

콰아앙―

마주친 두 기운은 송곳처럼 가늘고 날카로웠지만 터져 나오는 폭음은 산을 무너뜨릴 듯한 굉음이었다.

"너무 엄청나군!"

혈노를 처치하고 뒤이어 공우기와 함께 도천극의 호위인 열 명의 파황마령대까지 처치한 후 한달음에 달려온 야관정과 당소미가 눈을 동그랗게 뜨고 두 사람의 대결을 지켜보고 있었다.

'제발!'

정소채와 공우기도 경악한 표정으로 두 사람의 대결을 지켜보았다.

미증유(未曾有)!

지금 두 사람의 대결을 그 말이 가장 잘 어울렸다.

처음 폭음이 터지고 채 다섯 합도 겨루지 않은 것 같았다.

그런데 야산의 껍질들이 반은 벗겨지고 시커먼 흙구덩이가 몇 개나 만들어져 있었다. 그리고 그 흙구덩이에서 터져 나온 흙과 돌덩이들은 바닥으로 떨어지지도 못하고 두 사람이 뿌리는 공력에 따라 회오리를 일으키며 이리저리 휘날렸다.

서로를 향하는 공격들은 비슷한 것 같으면서도 판이하게 달랐다.

무공은 판이하게 달랐지만 서로를 상대해 가는 모습들이 너무 닮은 것 같았다.

서로를 오랫동안 상대해 본 고수가 각각의 절기를 가장 적절히 사용하여 빈틈없는 공수를 펼치는 모습은 너무 닮았다.

서로 한 치의 오차도 없었고, 한 순간의 양보도 없었다.

콰아앙—

산 하나가 무너져 내리는 듯한 폭음과 함께 야산의 돌출부 한쪽이 왕창 잘려져 산의 지형이 달라졌다.

"하앗!"

도천극의 손이 무수한 잔영을 만들며 유진룡을 덮쳐 갔다.

유진룡도 우수를 흔들어 두꺼운 손 그림자를 만들었다.

도천극이 뿌린 기운이 유진룡의 손 그림자에 막혀 허공에서 소멸되고 흙먼지가 온 산을 뒤덮을 듯 비산했다. 그 흙먼지 속으로 도천극의 신형이 섬전처럼 쏘아져 왔다.

허공을 격한 공격으로는 끝이 없겠다고 생각한 도천극은 직접 유진룡의 육신에 타격을 가해 끝을 내려 하는 것이다.

"하아아!"

기합성을 지른 도천극의 탈백마수가 유진룡의 전신을 소낙비처럼 쳐왔다. 유진룡도 두 손으로 도천극의 탈백마수를 막고 흘으며 무한십이수의 연환공격으로 바람처럼 상대해 나갔다. 이제 두 사람의 움직임은 정소채와 당소미의 눈에는 보이지도 않았다.

도천극의 신형이 어느 순간 사라지고 유진룡 앞에서 솟아나는가 싶으면 유진룡의 신형도 그 자리에서 푹 꺼지며 도천극의 좌측에서 맹렬한 일격을 퍼부었다. 그런가 하면 도천극은 어느새 유진룡의 뒤쪽으로 돌아가 유진룡의 등을 터뜨릴 듯 일권을 내뻗고 있었다.

흔들!

유진룡의 신형이 아지랑이처럼 흔들렸다. 그리고는 도약하는 대호처럼 허공으로 솟구쳤다.

도천극도 한 마리 대붕처럼 순식간에 유진룡의 신형을 따라붙었다.

단 한 번의 도약으로 십 장 이상의 높이로 날아오른 유진룡이 받침대라도 있는 듯 허공을 박차고 솟아오르는 도천극을 향해 선풍각을 날려갔다.

파팡!

유진룡의 선풍각을 우수로 막은 도천극이 급전직하로 추락했다.

유진룡은 비둘기를 덮치는 매처럼 도천극을 향해 쏘아져 내리며 태산압정의 정권을 뻗었다.

콰아앙!

도천극이 신속히 몸을 피했고 유진룡의 일권이 터진 땅바닥에 이제껏 파인 구덩이보다 배는 더 큰 구덩이가 파이며 흙덩이들이 분출하는 화산처럼 터져 올랐다.

두 사람이 터뜨리는 기파가 점점 더 거세어지자 당소미와 정소채는 더 이상 견디지 못하고 바위 뒤로 몸을 피했다.

계속 지켜보아야 제대로 보이지도 않았고 대결의 여파로 터져 나오는 돌덩이들에 맞기라도 한다면 갈비뼈가 부러져 그 자리에서 즉사할 것 같았다.

콰아앙—

폭음과 함께 두 사람은 각기 이 장씩 뒤로 밀려났다.

두 사람의 몸에서 터져 나온 경력들이 계곡의 땅껍질을 온통 허공으로 날려 보내고 있었다.

"세상을 놓고 한판 도박을 할 만한 자격이 있군!"

유진룡이 흙먼지 속에서 도천극을 쳐다보며 담담하게 중얼거렸다.

"후후! 정말 멋져. 정말 마음에 드는 사제야."

도천극은 고개를 숙여 자신의 옷자락을 보며 연신 감탄사를 토했다. 유진룡과 마찬가지로 도천극의 옷도 여기저기 찢긴 채 너절하게 변해 있었다.

"하지만 내가 자네의 정체를 안 이상 자넨 이 자리에서 죽을 수밖에 없네."

도천극이 비릿한 웃음을 흘리며 다시 손을 들어 올렸다. 그의 눈이 서서히 투명하게 물들기 시작했다.

도천극의 손에서 무거운 진동음이 울리며 안개 같은 기운이 흘러나왔다.

다시 격공의 대결로 전환한 것이다.

"하앗!"

기합성과 함께 유진룡도 온 내력을 다 끌어올리며 쌍장을 뻗었다.

두 개의 기운이 중간에서 마주치며 굉음이 울렸다. 뒤이어 온 세상이 흔들리듯 공간이 찌그러지며 주변의 사물마저 왜곡되어 보였다.

왜곡된 공간 속에서 도천극의 신형은 사라지고 도천극이 뿌린 기운만이 계속 밀려들었다.

황소가 끄는 수레처럼 느릿느릿하게, 그러면서도 새벽안개처럼 사방에서 밀려들어 오는 부드러운 기운이었다. 그런데 그 기운에 닿는 것이 하나씩 소멸되고 있었다.

파스스스―

아름드리 바위도, 주먹만 한 돌도, 살아 있는 풀포기도…
안개 같은 기운에 닿는 순간 가루로 으스러지다가 한 줌 먼지
로 사라져 갔다.

저 기운에 휩싸이게 된다면 인간의 육신 역시 한줌의 먼지
가 되어 허공중에 흩어져 버릴 것이 분명했다.

유진룡은 앞으로 뻗었던 두 손을 빠르게 흔들었다.

양 손바닥에서 터져 나온 은빛 꽃송이들이 사방으로 비산
하며 안개 같은 기운을 흩어나갔다.

밀려오던 안개가 꽃잎에 부딪쳐 잠시 주춤했다. 그러나 은
빛 꽃잎들을 모조리 삼킨 기운은 다시 사방을 감싸며 느릿하
게 밀려들었다.

유진룡은 다시 두 손을 세차게 흔들었다.

순식간에 수백, 수천 개의 손 그림자가 피어오르며 유진룡
의 주변으로 두꺼운 벽을 만들어갔다.

"어림없는 수작!"

어디인지도 모를 곳에서 도천극의 목소리가 들리며 안개
같은 기운은 더욱 두텁게 밀려들었다.

파파팡—

유진룡의 손 그림자가 안개에 부딪치며 한 겹 터져 나갔다.
그러나 안개 같은 기운은 여전히 같은 속도, 같은 두께로 밀
려들고 있었다.

파파팡—

다시 한 겹의 손 그림자가 터져 나갔다. 그리고 그 속으로 유진룡의 모습이 드러났다.

팔을 아래로 떨어뜨린 유진룡의 이마에서 굵은 땀방울이 흘러내렸다.

유진룡의 기운이 파황마령과 상극이듯이 도천극의 이 기운 역시 유진룡, 아니, 태양천가의 기운과는 똑같이 상극이었다.

안개 같은 기운이 온 몸을 옭죄어들자 팔을 들어 올리는 것도 힘들었다. 그랬다가는 팔도 소멸되어 공간 속으로 사라져 버릴 것 같았다.

스스스—

머리카락 몇 올이 안개 같은 기운에 닿아 허공으로 사라졌다. 그리고 조금 뒤 상의의 앞섶이 빨려들며 가루로 휘날렸다. 이렇게 육신을 감싼 옷이 모두 사라지고 나면 그다음은 피부가 소멸되고 심장마저 터져 소멸될 것이다.

유진룡은 필사적으로 내력을 끌어올리며 의념을 한 곳에 모았다.

'실체만 찾을 수 있다면.'

그렇게만 된다면 그 실체에 의념을 폭발시킬 수가 있을 것이다. 하지만 도천극의 모습은 그 어디에서도 보이지 않았다.

츠츠츠—

겉옷이 이젠 모두 소멸되었다. 그리고 속옷마저 소멸되어졌다.

그 순간 옷 속에 있던 무언가가 앞으로 빨려 나왔다.

유진룡의 입가에 한 가닥 미소가 어렸다.

상의의 속옷 주머니에서 빠져나와 허공에 떠오른 황금색 거울에 땀에 흠뻑 젖은 도천극의 모습이 비쳤다. 도천극은 자신의 뒤에서 안개 같은 기운을 조여오고 있었던 것이다.

유진룡은 주먹을 움켜쥐었다. 그리고는 온 의념을 주먹에 모았다.

퍼억—

유진룡의 뒤쪽에서 둔중한 파육음이 터졌다. 의념에 의해 만들어진 무형권이 도천극의 가슴을 가격한 것이다.

"크윽!"

답답한 비명이 울렸다. 그리고는 지옥의 불길처럼 사방을 조여오던 기운들도 스멀거리며 사라졌다.

유진룡은 천천히 신형을 돌렸다. 그리고 비틀거리고 있는 도천극을 쏘아보았다.

가슴은 멀쩡했지만 내부의 혈맥이 가닥가닥 끊어진 도천극의 얼굴에는 급격하게 생기가 빠져나가고 있었다.

"어떻게?"

가슴 어림을 부여잡고 울컥 피를 토한 도천극이 억눌린 목소리로 질문을 던졌다.

태양천가의 기운에 대항할 파황쇄천(破荒碎天)은 완벽했

다. 완벽한 파황쇄천 속에서 태양천가의 기운은 소멸의 길을 걸을 수밖에 없었다.

그런데 갑자기 자신의 몸 내부에서 폭죽이 터지는 것 같은 느낌이 일며 가슴에 있는 대혈이 터져 버렸다. 뒤이어 전신 대혈들과 세맥들이 한꺼번에 터지고 가닥가닥 끊어졌다.

대체 어떻게?

도천극의 눈이 애타게 답을 요구하고 있었다.

"나 혼자 싸운 것이 아니니까."

"무슨……?"

"난 내 동생들과 같이 싸웠지."

유진룡은 반쯤 소멸되어 버린 금빛 도금의 나무판을 도천극의 눈앞으로 내밀었다.

서투른 글자들이 음각된 황금빛 판에 자신의 얼굴이 비치는 것을 본 도천극은 다시 울컥 선혈을 토했다.

그 황금색 판이 어떤 것인지는 몰랐지만 그것 때문에 자신이 노출되었다는 것을 느낄 수 있었다.

도천극은 이를 갈았다.

"그때… 배에서… 네놈을 죽였어야 했는데……."

도천극이 허공으로 손을 내저었다. 그의 손에는 텅 빈 허공만이 가득 잡혔다.

"크으윽!"

도천극이 다시 비명을 토했다. 비명 소리를 따라 선혈이 폭포처럼 쏟아져 나왔다.

"개떡… 같군!"

그 소리와 함께 도천극은 바닥으로 무너졌다. 그의 입에서 계속해서 터져 나오던 선혈들도 생명이 끊어짐과 함께 잦아들었다.

후두둑—

사방으로 흩날리던 흙덩이와 돌덩이들이 도천극의 몸 위로 떨어져 내려 자연스럽게 도천극의 무덤을 만들어갔다. 얼마 후 도천극의 시신은 흙더미와 돌조각에 완전히 파묻혔다.

"네놈에겐 개떡도 과하다. 대신 비석은 하나 세워주지……."

도천극이 묻힌 자리를 쳐다보던 유진룡은 대전 위에서 굴러 내려온 황소만 한 바위를 들어 올렸다. 그리고는 자연스레 만들어진 도천극의 무덤 위에 강하게 내리찍었다.

쿠우웅—

둔중한 진동음과 함께 바위가 늪 속으로 빠져들 듯 땅속으로 파묻히기 시작했다.

황소만 한 바위는 거의 다 파묻히고 끝부분만 조금 남아 비석처럼 돌출되어 있었다. 바위에 눌려진 도천극은 심맥 뿐만 아니라 이젠 시신마저도 유리잔처럼 으스러져 버렸을 것이다.

"묘비명은 못 써주겠군. 어떤 악독한 구절도 네놈을 다 표현 할 수가 없을 테니."

차갑게 내뱉은 유진룡은 하늘을 쳐다보았다. 흙먼지가 걷혀가는 하늘은 비라도 내릴 듯 잔뜩 찌푸려 있었다.

"이겼군요. 이길 줄 알았어요."

정소채와 함께 달려온 당소미가 넋이 나간 듯한 표정으로 유진룡을 쳐다보고 있었다.

멀리 떨어져서 구경했지만 그녀들의 머리카락과 옷은 한바탕 드잡이 질이라도 한 듯 헝클어져 있었고 온 얼굴에 흙먼지가 내려앉아 경극 배우를 보는 듯 했다.

"공 대협은?"

유진룡은 공우기의 안부를 물었다.

"난 괜찮네."

공우기도 먼지를 가득 뒤집어쓴 채 비탈을 걸어 내려왔다. 그의 왼팔은 파황마령대의 검에 당했는지 팔뚝 아래로 싹둑 잘려 있었다.

전신에 크고 작은 검상을 입은 야관정도 비틀거리며 공우기의 뒤를 따라왔다.

"내년에는 자연스럽게 밭이 일구어지겠군."

야관정은 온통 껍질이 벗겨져 나간 계곡을 믿기지 않는 눈으로 둘러보다가 털썩 그 자리에 주저앉았다.

그들을 따라 유진룡도 쓰러지듯 바닥에 주저앉았다.

*   *   *

　백호투왕의 손에 도천극이 죽었다는 소문은 비정상적인 속도로 빠르게 퍼져 나갔다. 외밀원이 영화전장의 지부를 이용하여 조직적으로 퍼뜨렸기 때문이다.

　처음에는 아무도 갑작스런 도천극의 죽음을 믿지 않았다. 그 소문이 퍼진 후에도 파황마령대와 천인혈독에 중독된 자들이 악착같이 설쳤기 때문이다. 그러나 얼마 후 목이 잘린 뱀 꼴이 된 흑사련이 지리멸렬 흩어지는 것을 보고 모두들 그 소문을 믿게 되었다.

　그런 후에도 파황마령대와 천인혈독에 중독된 꼭두각시들은 남은 흑사련을 이끌고 최후의 발악을 했다. 하지만 소주에 진을 치고 있던 남궁세가가 가세하여 파황마령대만 골라 다니며 너무 쉽게 처치해 버리고, 제갈세가의 계략에 빠진 꼭두각시들이 신무기와 화탄에 거의 전멸하다시피 한 후 정사대전은 서서히 종말로 치닫고 있었다.

　"대장이 온대요. 응탁이 오빠도 같이 오고 있대요."

　소향상회는 유진룡이 귀향하던 그때처럼 아침부터 발칵 뒤집혔다.

　"응탁이… 응탁이도 무사히 같이 온다고?"

양혜란이 황망한 눈으로 동생들을 쳐다보며 물었다.

"그래요, 언니! 대장이 기필코 웅탁이 오빠를 무사히 구해서 데리고 오고 있대요. 정말 대장다워."

유선이가 팔짝팔짝 뛰며 고함을 질렀다.

'마웅탁······.'

양혜란의 눈이 어느새 젖어들고 있었다.

"대장!"

"웅탁이 형!"

소향상회에서 기다리지 못하고 소주 외곽까지 달려나온 소고와 하택이가 유진룡을 향해 달려갔다. 그 뒤를 이장명이 뒷짐을 지고 어슬렁거리며 따랐다.

"대장, 이젠 정말 돌아오신 거죠? 다시는 어디 안 갈 거죠?"

뜨거운 재회를 한 후 하택이가 윽박지르듯 목소리를 높였다.

"그래, 이젠 나도 지쳤다. 좀 쉬고 싶다."

유진룡이 고개를 끄덕였다.

"그래요, 대장! 이젠 정말 낚시나 하며 쉬어요."

소고가 활짝 웃으며 고개를 끄덕였다.

'낚시라······.'

유진룡이 속으로 나직이 되뇌었다.

이젠 다른 데로 가지는 않겠지만 마웅탁의 절맥을 치료하려면 당장 내일부터 지하 석실이나, 아니면 자신이 수련을 했던 수련동을 치우고 몇 년 동안 죽을 고생을 해야 할 것이다.
다행인 것은 사천당문과 구파일방으로부터 온갖 영약들을 다
제공하겠다는 약속을 받았고, 제갈세가에서는 마응탁의 절맥
에 대한 온갖 자료와 지식을 다 동원해 주겠다는 약속과 함께
제갈연지를 소향상회로 보내 상주시킨다는 말도 했다.

'그래, 이 녀석과 함께 낚시할 날이 언젠가는 꼭 오겠지.'

유진룡은 핼쑥한 얼굴의 마응탁을 쳐다본 후 소고에게로
고개를 돌렸다.

"다들 잘 있겠지?"

유진룡이 물었다.

"모두 건강하게 잘 있습니다. 딱 한 사람만 빼고."

소고가 느물거리며 답했다.

"한 사람만 빼다니? 그게 누구냐?!"

유진룡이 와락 고함을 질렀다.

"회주님이……."

"회주님? 회주님이 왜?"

이번에는 마응탁도 눈을 동그랗게 뜨며 목소리를 높였다.

"대장이 또 훌쩍 떠나고 난 후부터 우울증에라도 걸렸는지
식사량이 늘기 시작하더니, 가끔 폭식도 하고… 그러다 보니
허리가 점점 굵어지고 나중에는 배까지 튀어나와 지금은 아
예 뚱보가 되었습니다."

"뚱보?"

유진룡이 눈살을 찌푸렸다. 그리고는 의심스러운 눈으로 소고를 쳐다보았다.

버들가지 같은 몸매의 단리하연은 아무리 폭식을 한다고 해도 뚱보가 될 체질은 아니었다. 특히 무공까지 익힌 그녀이기에 더욱 그랬다.

"이 녀석 말이 정말이냐?"

유진룡이 이장명을 쳐다보며 물었다.

"그래! 정말이다. 요즘은 진짜 못 봐줄 정도다. 우울증이 그렇게 무서운 병인지 처음 알았다."

이장명이 눈살을 찌푸리며 고개를 끄덕였다.

심각한 이장명의 표정과 달리 하택이와 소고가 쿡쿡거리며 웃음을 참았다. 그런 두 사람을 보며 마웅탁이 잠깐 눈을 빛내다가 와락 고개를 돌리며 이장명을 쳐다보았다.

마웅탁의 기대감 가득한 표정을 보며 이장명이 은밀하게 고개를 끄덕였다.

"회주가 어떻게 그렇게 살이 찔 수가 있지? 도저히 이해가 안 가는데……."

유진룡은 고개를 몇 번이나 갸웃거리며 심각한 표정을 지었다.

'웅탁이하고 같이 바위 짊어지기 훈련을 시켜야 하나?'

그런 생각과 함께 유진룡은 한숨을 푹 내쉬었다.

"그렇지만 너무 걱정 마라. 그렇게 찐 살은 빠지기도 쉽게 빠지니까."

이장명이 유진룡의 어깨를 툭툭 치며 안심을 시켰다.

"정말 그럴까?"

유진룡이 조금 안심이 되는 표정으로 소고와 하택이를 쳐다보았다. 빙글거리며 웃고 있던 소고와 하택이가 얼른 미소를 지우며 고개를 끄덕였다.

"그나저나 찬바람이 쌩쌩 부는 이 시기에 자두는 어디서 구한단 말이야. 정말 미치겠네."

소고가 난감한 표정과 함께 고개를 흔들었다.

"자두는 왜? 누가 과일가게 차렸어?"

유진룡이 뚱하게 물었다.

"쿡쿡!"

소고와 하택이의 억눌린 웃음소리가 나지막하게 울려 퍼졌다.

『만리웅풍』 完

또 한 질의 작품을 탄생시켰다.

그렇게 내 방의 책장 한 칸은 더 채웠지만 마음은 오히려 텅 비고 물밀 듯 밀려오는 공허감에 십 년 전에 끊었던 담배 생각만 간절하다.

초심으로 돌아가서 가볍게 쓰고자 기를 쓸수록 더 부담이 생기고 무거워지는 것은 아직도 내공이 한참 부족한 때문이리라.

만리웅풍은 4권으로 끝낸 처녀작 '두령'에서 못 다한 얘기를 마저 쓰고 싶은 무의식이 발동하여 탄생된 작품이 아닌가 싶다.

그 무의식은 진정한 우두머리가 점점 더 귀해지는 현실의 안타까움과 그런 현실 속에서 나 자신 또한 점점 초라해지고 이기적인 모습으로 변해 가는데 따른 반발심리 때문에 생성되었을 것이다.

　이번 작품을 통해 희미해져 가던 우두머리 원숭이의 모습을 단 한 번이라도 더 회고했다면 그것으로 만족하고 싶다.

　졸작에, 출판 주기마저 극악했던 작품을 끝까지 읽어주신 독자 제현께 엎드려 배례드린다…….

월인 배상.

성진 게임 판타지 소설

The
LORD

더 로드

共同傳人
공동전인

설경구 新무협 판타지 소설

마교를 재건하라.

혈마옥에 갇히며 마교 장로들의 공동전인이 된 사무진에게 주어진 과제.
역사상 가장 착한 마교의 교주.
하지만 역사상 가장 강한 마교의 교주가 되고 싶다.

고정관념을 버려요.
마교도라고 해서 꼭 나쁜 놈일 필요는 없잖아요.
지금까지와는 다른 마교.
이제 사무진이 만들어가는 새로운 마교가 모습을 드러낸다.

Book Publishing CHUNGEORAM

설봉 新무협 판타지 소설

歡喜密功
환희밀공

무유칠덕(武有七德), 금폭(禁暴), 집병(戢兵), 보대(保大),
정공(定功), 안민(安民), 화중(和衆), 풍재(豊財), 자야(者也).
〈좌전(左傳), 선공 십이년(宣公 十二年)〉

무에는 일곱 가지 덕이 있다.
첫째, 난폭을 금지한다. 둘째, 무기를 거두어들인다. 셋째, 큰 나라를 보전한다.
넷째, 공적을 정한다. 다섯째, 백성을 편안하게 한다. 여섯째, 대중을 화합하게 한다.
일곱째, 물자를 풍부하게 한다.

섬서성(陝西省) 육반산(六盤山)에 신력(神力)을 바탕으로
패공(霸功)을 구사하는 가문(家門), 육반루가(六盤婁家).
세상에게 외면받고 멸시당하는 환희교(歡喜敎).
육반루가의 후손과 환희교 교주의 운명적인 만남.

"넌 환희교를 지키는 수문장(守門將)이 될 거야.
강하게, 아주 강하게 키워주마."
'아버지처럼 죽지 않을 거야. 아무도 날 죽일 수 없어.
세상에서 최고로 강한 사람이 될 거야.'